彩图典藏版

更好的方法
读诗经

柏 华 主编

知识出版社
Knowledge Publishing House

图书在版编目（ＣＩＰ）数据

更好的方法读诗经 / 柏华主编. -- 北京 ： 知识出
版社，2018.5

ISBN 978-7-5015-9791-8

Ⅰ．①更… Ⅱ．①柏… Ⅲ.①古体诗—诗集—中国—
春秋时代 Ⅳ．①I222.2

中国版本图书馆CIP数据核字（2018）第101098号

更好的方法读诗经　柏　华 主编

出 版 人	姜钦云	
责任编辑	易晓燕　朱金叶	
策划编辑	袁　卫	
装帧设计	罗俊南	
出版发行	知识出版社	
地　　址	北京市西城区阜成门北大街17号	
邮　　编	100037	
电　　话	010-88390659	
印　　刷	三河市兴国印务有限公司	
开　　本	710㎜×1000㎜　1/16	
印　　张	19	
字　　数	236千字	
版　　次	2018年5月第1版	
印　　次	2018年5月第1次印刷	
书　　号	ISBN 978-7-5015-9791-8	
定　　价	35.00元	

序 言

走进《诗经》，
唤醒我们沉睡的诗性和真情

走进《诗经》，我们面对什么样的难题

"七月在野，八月在宇，九月在户，十月蟋蟀入我床下。"

《中国诗词大会》第二季的节目中，上海复旦附中高一女生武亦姝，口吐莲花般答出了《豳风·七月》里的句子。

评委啧啧称赞，观众更是惊呼："就连《诗经》都难不倒她？"

《诗经》难吗？

难。许多人都这样说，距今三千多年，年代久远了，难。

翻开一看，"豳风""鸱鸮""螽斯""荇菜""缁衣"……好多字不认识，难。

"翘翘错薪，言刈其楚""未见君子，惄如调饥""之子于归，百两成之"……句子令人费解，也难。但是，难易就在转念间。改变观念，仔细品读，你会发现《诗经》是一座宝库！它兼文学性、史学性和哲学性于一体，融真、善、美于一炉。几千年过去，

它依然那样纯美自然、素朴率真。在《诗经》里，我们能找到想要的一切。

思无邪，《诗经》是我们最初的精神家园

孔子说："《诗》三百，一言以蔽之，曰：'思无邪'。"孔子又说："不学诗，无以言。"他还说："《诗》可以兴，可以观，可以群，可以怨；迩之事父，远之事君；多识于鸟兽草木之名。"这里的"诗"，指的都是《诗经》。思无邪，即思想纯正光明、毫无虚假之意，是理解《诗经》的关键。《史记•孔子世家》太史公曰："孔子以诗书礼乐教，弟子三千，贤者七十有二人。"还说《诗经》三百零五篇，孔子皆能弦歌之。

原来，孔子给他弟子们上课的教材就是《诗经》！

从西周初年到春秋中叶的五百余年间，虽然是物质匮乏的蛮荒时代，先民们吃着粗茶淡饭，穿着葛布缁衣，但就是有这么一群人，上至君王贵族，下到黎民百姓，不分男女贵贱，他们远瞻星空，近观蒹葭，唱着婉转悠扬的歌谣，沾着尘粒和草香，一路翩翩而来……

于是，有了风、雅、颂。

风，它的繁体字内是个"虫"，意味着接地气，有"风俗"之说，这是各地的民歌。十五国风160首，内容最丰富，我们熟悉的《关雎》《蒹葭》就是代表作。

雅，本意是"鸟卧树枝"，有"高雅"之说。"雅"分为大雅、小雅，共105首，主要是朝廷乐歌。我们常说登"大雅之堂"即来源于此。

全国著名特级教师胡立根老师统计"君子"一词在《诗经》中共出现187次，其中在"风"出现56次，"小雅"102次，"大雅"28次，"颂"1次。"君子"频率出现如此之高，表明我们文化源头的诗经时代，是一个君子崇拜时代。

颂，主要是宗庙祭祀的乐歌和史诗，据传多为朝廷用来歌颂祖先的舞曲歌辞，从另一个角度看，我们可以从中读到王者之风的诸多特质。

"风"让我们寻找到最本真纯粹的自我；"雅"使我们具君子之风；而"颂"，则以王者之风垂范于后世。用"诗"的清雅去寻找，用"经"的深邃去看待，《诗经》便是我们最初的精神家园。

风、雅、颂，《诗经》是一本情商手册

让我们来读读这些精美的句子——

三千年前的士卒独行吟诵："昔我往矣，杨柳依依。今我来思，雨雪霏霏。""死生契阔，与子成说。执子之手，与子偕老。"这些诗句穿越时空，如此真切地属于一个人，又如此博大地属于每一个人。

三千年前的相见如此美妙："有美一人，清扬婉兮。邂逅相遇，适我愿兮。""既见君子，云胡不喜？""今夕何夕，见此良人？子兮子兮，如此良人何？"突然见到如此好的你，高兴得不知如何是好了。

三千年前的送别缠绵悱恻："燕燕于飞，颉之颃之。之子于归，远于将之。瞻望弗及，伫立以泣。"春光旖旎明媚，燕子呢喃翻跹，雾里挥别，伫立潸然是怎样动人心扉。

三千年前的相思牵动心肠："耿耿不寐，如有隐忧。""中心藏之，何日忘之？""君子于役，如之何勿思？"

三千年前的誓言依然铿锵："我心匪石，不可转也。我心匪席，不可卷也。"

三千年前的忧伤决绝也与今天一样："知我者谓我心忧，不知我者谓我何求。""逝将去女，适彼乐土。""信誓旦旦，不思其反。反是不思，亦已焉哉。"

《豳风·七月》《小雅·无羊》是美丽的田园牧歌；《周南·芣苢》有采摘的欢乐。"哀哀父母，生我劬劳"言父母之恩；"岂曰无衣？与子同袍"抒报国情怀；"我有嘉宾，鼓瑟吹笙"讲朋友之义；"如切如磋，如琢如磨"，温润如玉的君子就是这样炼成的。

冰山一角，情越三千年，丰富而深沉，豪放而缠绵，单纯而真实。仔细揣摩品读，儒家所言修身、齐家、治国、平天下之理、之方均在此中。

赋、比、兴，《诗经》是一册写作大全

《诗经》内容美，系内在美，即善心，称之为"窈"；形式美，系外在美，即善容，称之为"窕"。它出色的艺术手法，韩愈称之为"葩"，王士祯说它是"画工之肖物"，意思是诗人善于塑造众多逼真的人物形象，就像花一样生动美丽。

"巧笑倩兮，美目盼兮"，精妙神态描写，化静为动，化美为媚，成千古佳句。

"知子之来之，杂佩以赠之！知子之顺之，杂佩以问之！知子之好之，杂佩以报之"系列动作描写，急管繁弦之中洋溢着殷勤之情。

"耿耿不寐，如有隐忧""我心伤悲，莫知我哀""如何如何？忘我实多""既见君子，云胡不喜"直抒胸臆，情感喷薄，动人心扉。

"谁谓河广？一苇杭之。谁谓宋远？跂予望之"设问、夸张与想象，何其豪迈！

"燕燕于飞，差池其羽。之子于归，远送于野""桃之夭夭，灼灼其华。之子于归，宜其室家"以景衬情，或悲或喜。

前人将《诗经》的艺术手法总结为赋、比、兴。赋是"铺陈直叙"，即把思想感情及其有关的事物平铺直叙表达出来。比是比喻，"以彼物比此物"，诗人借一个事物来比喻另一个事物。兴是"先言他物以引起所咏之词"，触景生情，多用于诗开端。赋、比、兴是《诗经》最基本的艺术手法，其他还有复叠、对偶、排比、拟人、借代、顶真……《诗经》的文学艺术魅力，非其他典籍能及。

我们以什么样的姿态走进《诗经》

邂逅一首好诗，如漫步田野时发现世外桃源，遍地花开，令人惊喜流连；也如邂逅一位美人，其一颦一笑，让人怦然心动。《诗经》就是这样一片广袤的原野，我们可以读之、诵之、歌之、写故事、创诗歌、怀揣《诗经》游天下、体悟《诗经》现场……

清风自来兮，汝心安在否？

来，让我们走进灵魂深处，用真情和诗心醉倒在美了三千年的《诗经》里……

（文／柏华）

目 录

第一章

谁谓河广，一苇杭之

——走进三千年前先人的日常生活

刘慧勤

导 读

    与《诗经》中生活的先民遥隔着近三千年的岁月之河，我们总是无比好奇，总觉得那时的一切如这岁月一样遥不可及。然而，他们的一颦一笑，一饮一啄，衣食住行，嬉笑怒骂，却可以透过手中的这卷经书，在文字之中、吟咏之间，与我们交汇，或羚羊挂角，或雪泥鸿爪。"谁谓河广，一苇杭之"，《诗经》就犹如那枝渡河的芦苇，带我们一沐三千年前先人的生活烟火。

    在《诗经》中，那些看似渺小细弱的昆虫，常常引发先人对天地、国家、人生的哲思。春生秋衰的蟋蟀、螽斯，在《诗经》的无数篇目里留下悲鸣，为先人或及时行乐或生命苦短或勤勉农事的思想开道；朝生暮死的蜉蝣，以一对华美的翅膀和一副骄傲的公卿气度，引发先人无尽的忧思遐想，是悲耶？是喜耶？秋虫细虫，皆可与之语人事、诉人情。

采摘生活的甘与辛

周南·芣苢

采采芣苢，薄言采之^①。采采芣苢，薄言有之^②。

采采芣苢，薄言掇之^③。采采芣苢，薄言捋之^④。

采采芣苢，薄言袺之^⑤。采采芣苢，薄言襭之^⑥。

● **词语注释**

①芣（fú）苢（yǐ）：车前子，多年生草本植物。叶可食，实可入药。薄、言：都是发语词。

②有：采得，取得。③掇（duō）：拾取。④捋（luō）：用手握住条状物，往一端滑动。

⑤袺（jié）：手执衣襟，以衣襟盛物。⑥襭（xié）：把衣襟扎在腰带里，用来兜东西。

● **大家说诗**

　　这是周代的人们采集野生植物车前子时所唱的歌谣。《诗经》中的民间歌谣，多用重章叠句的形式，《周南·芣苢》篇重章叠句的运用可谓其中佼佼者。全诗三章十二句，每一章只改动其中两个字，全篇只有六个动词——采、有、掇、捋、袺、襭——是不断变化的，其余全是重叠。如姚际恒在《诗经通论》中所说："章法极为奇变。"

　　这种看似单调的不断重叠，却有一种简单明快、往复回环的音乐感。同时，这六个变化的动词，"摇曳"出一个连贯又丰富的采摘画面：看到芣苢了，心动去采；雀跃向前，近前采到了；先细心地一片片摘，然后欣喜地一把一把捋下来；越采越多用衣襟兜起来，越兜越多衣襟要扎起来，满载而归了。而满载的何止是这田间野菜，更有春风里采摘的乐趣。

诗中无一句写乐，而采摘女的欢乐愉快就蕴藏在这看似单调实则明快的重叠所营造的音乐节奏中。不信，我们尝试吟咏一番，是否不由自主地渐渐越吟越快，仿佛追随采摘女那正在采摘的双手，仿佛看到一张张欣悦的笑脸？这种至为简单的文辞复沓的歌谣，适合许多人在太阳底下一起吟唱，仿佛没有忧伤，没有心事，仿佛生活里全是甜。

清人方玉润曾经于《诗经原始》这样品鉴此诗："读者试平心静气涵咏此诗，恍听田家妇女三三五五于平原绣野、风和日丽中群歌互答，余音袅袅，若远若近，忽断忽续，不知其情之何以移，而神之何以旷，则此诗可不必细绎而自得其妙焉。"

这是中国古代文字简洁之美的典范之作：似简实丰，意蕴深深。

● 个性解读

春雪已融，人间三月草木青，沕水正波光粼粼，犹如一条发光的绫带。天帝神灵常在人间巡视，也爱这江边春天的田野：开花的树是神灵们真心赏爱的香水瓶花，而那田间嫩苗、水中萍藻，是唇齿间清新碧绿的菜肴。这一切，神灵们与世间凡人同享，天地间一团春意和暖，酥酥软软蔓延流淌。

女人们来到水边，溪涧的水将她们的脸庞、眸子、声音洗得晶晶亮，江风裹挟丽日的晴美，吹走她们一冬的瑟缩臃肿，将她们的头发吹散开来，让她们的衣袖飘荡起来，舒展，舒展，像荇菜萍藻一样悠游在春水里，像桃花李花一样绽放在春阳里，像茉苣荠菜一样披拂在春风里。

"啊，看，茉苣，这么绿！"大眼睛的红衣姑娘一眼瞥见春风里圆圆叶子的茉苣，快活地跑向那些绿色的小轮子，绿色的小莲花。

"好多好多，好嫩好鲜，一起来采啊，姐妹们。"姑娘的大姐招呼

芣苢

身边的女人。

采呀采呀，红衣姑娘素手纤纤，一片一片摘下细嫩的小圆叶子，叶子摩挲在手掌心，又柔又软。

采呀采呀，大姐笑着走在红衣姑娘的边上，摘着摘着，再一把捋下，双手翻飞如一双蝴蝶。

采呀采呀，女人们的双手已经抱不下了，索性牵起衣襟，把嫩叶扔进去，绿汁液悄悄地在衣襟上染上一个个细细的圈圈点点，像一个个细小的忍不住的笑脸。

采呀采呀，衣襟已经圆圆鼓鼓快兜不住。大姐俊眼一飞，伸手往身边女伴的衣襟里薅了一小把，轻声一笑："不能再多了，再多就十月怀胎了。"

"来来来，一把太少，我给你两把，"女伴也不示弱，她一边说着一边把自己的衣襟用腰带束起来，快手快脚连捋两把，顺手往大姐的衣襟里一抛，哈哈一笑，"这样你好怀两个娃娃。"

这一笑，惹得身边姐妹们俯身一阵笑，连春风也"扑哧扑哧"，笑逗起溪头的荠菜花来，引得一阵黄黄花影颤颤摇曳。田野那头，不知谁唱起歌儿来："采采芣苢，薄言采之。采采芣苢，薄言有之。"

红衣姑娘向那歌声传来的方向招招手，大声唱和："采采芣苢，薄言掇之。采采芣苢，薄言捋之。"

"采采芣苢，薄言袺之。采采芣苢，薄言襭之。"

田野里的女人都唱和起来，她们兜着一襟绿色嫩叶，回家，回家，只见那乡间小路绿草茵茵软软，只听得村边溪水潺潺湲湲。

● 写作点拨

向《周南·芣苢》学写作
——如何写好"专业又好看的"动作描写

写作小练笔：我学外婆包粽子

富有画面感的动作描写是场面描写的关键。小到一个职业化的动作，比如穿针走线，裁剪缝纫，踢毽子，打羽毛球，抛秧栽禾，骑车上坡；大到一个劳动、训练、竞技运动会、歌唱会场面，比如学生军训、校园艺术节、校园升旗仪式与国旗下的演讲会……同学们要写好这些我们日常生活中常见的活动，首先找到精准的动词来描绘动作，并且写出动作的连贯性；其次在动作描写之外用其他的描写来丰富所写内容，使其不至于单一，比如：环境描写可以衬托氛围带来情味，对话描写可以增添趣味和生机，神情描写可以带来亲切感，等等。

包粽子是一项具有连贯动作的技术活。同学们可以来写这样一篇练笔作文——"我学外婆包粽子"。写作时，要注意把"我"的"学"和"外婆""包"的动作写准确，写连贯，还要符合"我"和"外婆"此时的"身份"：一个生疏，一个娴熟；一个学，一个教；一个凸显孩童之稚拙，一个凸显老人之智慧。当然，只有动作描写往往过于单一，包粽子时的特殊节日氛围、家人间的言谈欢笑、祖孙间独具个性的情感交流……这些描写有烘云托月的效果。通过动作描写小练笔，同学们可以明白如何克服作文时容易犯的"内容空洞，笔意粗糙，抒情泛滥"的毛病。

● 诗经现场

连连看，看"字"如图，看图写话

东汉有位"字圣"许慎，著有《说文解字》，里面有许多有意思的字解。比如：鬶。《说文解字》："發，射发也。从弓癹声。"本义为拉开弓射出箭，所以从弓。《说文解字》："癹，以足蹋夷屮，从癶、殳。"如果把"癶"看作是两只外撇的脚板，"殳"同"攴、攵"，为手（又）拿棍子、鞭子（丨）抽击物之形，那么"癹"就是用双脚拨开杂草，开弓发箭。这样解字，你喜欢吗？下图是"采"字的字形演变，看字如图，见字知意，"采"的甲骨文、金文、篆文的字形都表示：一只勤劳的手，手指攥起，正在采摘一棵枝繁叶茂的树上的甘美果实。

甲骨文	金　文	篆　文	隶　书
采　采	采	采	采
楷　书	行　书	草　书	标准宋体
采	采	采	采

　　请你试一试将下列汉字的"前世今生"连起来，并选其中两个字，仿照上文对"采"的解读，写一段理解的文字。感兴趣的话，还可以再收集一些这种有意思的汉字。

牧　　舞　　花

　　我选择的字是（　　）（　　），我的看"字"写话：

　　我收集的有意思的汉字是：

细虫可语人事

曹风·蜉蝣

蜉蝣之羽，衣裳楚楚①。心之忧矣，于我归处②？

蜉蝣之翼，采采衣服③。心之忧矣，于我归息？

蜉蝣掘阅，麻衣如雪④。心之忧矣，于我归说⑤？

● 词语注释

①蜉（fú）蝣（yóu）：一种昆虫，寿命只有几个小时到一周左右。羽：蜉蝣的翅膀。楚：鲜明的样子。②于我归处：即"于何归处"，不知哪里是我的归处。古音"我""何"互通。③采采：光鲜明丽的样子。④掘阅（xué）：挖穴而出。阅：通"穴"。麻衣：用白麻皮缝制的衣服，此处指蜉蝣之羽。⑤说（shuì）：通"税"，休息。

● 大家说诗

　　蜉蝣是水乡常见的小昆虫，细弱渺小。成虫没有嘴，不能饮食。在日暮时分，常见它们成群飞舞在水面上，那是它们在空中交配，以完成物种的延续，之后便结束生命，可谓朝生暮死。虽然生命短暂，但是蜉蝣有一对异常漂亮的翅膀，比身形还修长，羽翅透明，花纹美丽，富有光泽，飞在空中时姿态纤巧动人，引人注目，惹人怜爱。它生命的短暂与身姿的华美形成了强烈的对比。

　　曹国弱小，又置身大国之间，在战乱年代难免让人生出朝夕难保的惶惶不可终日之情。曹国多水泽，蜉蝣常见。敏感而忧伤的曹国诗人自然从蜉蝣的生命联想到自己的人生命运与国家的国运兴衰：我和我的国家呀，此刻尚是能享富贵与繁华，到底这富贵与繁华是浮生梦一场，如

那水中的蜉蝣。

因此此诗开篇以蜉蝣起兴，以"蜉蝣之羽"为比，以"人生无处觅归宿"为情感落脚点，内容单纯，结构简单，富有很强的表现力。诗人通过三个层次的反复，渲染蜉蝣这只生命只有一天的小虫的翅膀的美丽，为它渺小卑微的生命镀上一层不真实的艳丽华彩，使之形成一种强烈的对比：生命短暂渺小却光彩照人，伤感的死亡瞬间来临时，生命的光彩尽情铺陈。这个强烈的对比自然而然地引发诗人的人生思考，发出带有哲学式的追问："我是何人？我往何处？生亦何欢，死亦何伤？"

这种追问，成为中国式的"天问"，是后世诗人此类诗作的源头，如庄子的"梦蝶"，曹操的"譬如朝露，去日苦多"，李白的"今月曾经照古人"等。

● 个性解读

月光洁白如雪，照着静谧而局促的曹国大地，也照在一间间华丽殿宇上。月华如织，在黑魆魆的画檐上，织就一个忧伤的巢。画檐下、珠帘里，麻衣如雪的贵公子，双眉不展，望月而叹。他身后的庭院深深，一盏盏灯火辉煌，好像挂着无数的明月；他身后的宫娥攘攘，一层层彩衣烂漫，好似仙女巡游。清歌曼乐被如水的月色簇拥，时远时近，时高时低，如花朵一般不知疲倦地盛开在这夜晚，好像明天就没有了，所以今晚要彻夜不眠，把欢乐享尽，把欢歌唱完，把欢喜用光。

这歌声也盛开在他的耳畔，包围着他，随着那一声声的叹息，随着那叹息一声声，渐渐低下去，低下去，渐渐凋谢，渐渐熄灭。

他忘不了黄昏时经过郊外河塘的那一幕，那一幕烙在他心里，成了心石之上的一幅壁画。夏日的最后一缕光辉，将要隐退，却映照得天边

蜉蝣

红霞似火，仿佛广阔西天飞起一只巨大的火凤凰。这般壮丽，让人恍惚以为沐浴朝霞。寂静的河塘也绚丽生动起来，只见满天蜉蝣飞舞，它们晶莹剔透的羽翅迎着光，露出繁丽的花纹，光彩闪闪；它们长长的尾须在风中飘摇，在河面摇曳出一条条纤细的、发光的弧线。许多许多的光彩，许多许多的弧线，聚集在这面河塘。河塘和蜉蝣已经连为一体了，就像叶与花，发与簪，银河与星星。河塘成了一个闪闪发光的河塘，一个闪闪发光的梦境，一个让他说不出话的咒语，一个让他想停留、飞舞、融入的奇幻之所。他以为过了很久，可也许不过是一瞬间，西天的"火凤凰"

瞬时隐没、消退，河塘的光被收走了，风似乎也停歇了，水面暗淡如石，上面飘着一层层的雪白。不仔细看，以为河塘是静止的，其实河水正静静流淌，那覆盖河面的层层雪白，正顺水流逝。那是死去的蜉蝣，羽翅收敛，青白如霜。

我的国啊，我的家啊，我的一生啊！就这样远去了吗？

是收心认命？还是韬光养晦？或是拼尽所有气力燃烧到最后一刻？

这是神的意旨吗？

他的头抵在手心里，麻衣如雪，玉冠矗立，远远看去，真像一只不肯收敛羽翅的蜉蝣。

● 写作点拨

向《曹风·蜉蝣》学写作

——如何巧借物，妙抒情

写作小练笔：木棉花／木槿花／晚霞／萤火虫／夏蝉之咏叹调

本篇诗的写作技巧重在借物抒情、托物言志。优秀的作者既要善于观察事物的特征，提炼物体的诸多特性中的独特个性，用丰富精要的语言描绘出来，更要善于找到这事物特征中对应的人世情态，并且能将这二者自然过渡融合，找到特别的事件、故事和情境来体现来升华，从而自然抒发人生感悟，带读者进入此中悟境，产生共鸣。比如南方地区常见的木棉花，它有诸多特性：春天落叶，叶落尽开花；花朵硕大、红艳，挺立枝头，落地有声，不改样貌，无萎谢的凋残样，有花之艳丽而无花之柔弱……提炼出这样一些特点，可以对应现代职业新女性、新丽人执着专一、尽显女性魅力、独立自主、自爱自信、爽利干脆的个性。写作时，这些对应之处要在具体的故事和情境中自然过渡融合，从而达到托物言志、借物抒情的效果。其余题目亦可使用此思路来构思。

●诗经现场

猜风物灯谜，写咏物短诗

本诗吟咏蜉蝣，感叹光阴短暂，追寻人生归宿，可谓咏物诗之滥觞。古代文人颇有诗情雅兴，每逢中秋元旦等热闹佳节，常常猜制灯谜、娱乐身心；或者指物作诗、吟咏风物，来寄托志向、传情达意。无论是风物灯谜还是咏物诗，要为上乘佳作，就既要实写其形态特征、所处环境，求其"形似"，务必述尽其妙，又要不滞于物，由物到人，由实到虚，借助比喻、拟人、对比等修辞，写出精神，写出品格，以托物言志。

1. 大家来猜一猜《红楼梦》中的几个风物灯谜。

谜面：身自端方，体自坚硬。虽不能言，有言必应。

谜底：（　砚台　）

谜面：能使妖魔胆尽摧，身如束帛气如雷。一声震得人方恐，回首相看已化灰。

谜底：（　　　　）

谜面：阶下儿童仰面时，清明妆点最堪宜。游丝一断浑无力，莫向东风怨别离。

谜底：（　　　　）

2. "风一来，花自然会盛开。梦是指路牌，为你亮起来。所有黑暗，为天亮铺排，未来已打开，勇敢的小孩，你是拼图不可缺的一块。"温小戒同学最近常唱这样一首歌——《苔》，这首歌的原唱和作曲是在贵州山区支教的梁俊老师，他带着他的学生在中央电视台综艺节目《经典咏流传》的舞台上唱出这首歌，把这首歌送给自己，也送给那些平凡却

不自惭形秽、充满自信、绽放个性色彩的人。歌词的立意取自清代袁枚的咏物诗《苔》："白日不到处，青春恰自来。苔花如米小，也学牡丹开。"读初一的温小戒同学在他的画本上看到了一组喜欢的素描：木槿花、茉莉花、勒杜鹃（三角梅）、绿萝、萤火虫、蝉、蚯蚓，心中有了自己的想法。你喜欢这首歌吗？试着唱一唱，也可以学着找一个物品或景物，写一首自己的歌为自己代言。

我选择的代言物：

我创作的歌词：

舞至酣处情成痴

陈风·宛丘

子之汤兮，宛丘之上兮①。洵有情兮，而无望兮②。

坎其击鼓，宛丘之下③。无冬无夏，值其鹭羽④。

坎其击缶，宛丘之道⑤。无冬无夏，值其鹭翿⑥。

● 词语注释

①子：你，这里指巫女。汤（dàng）：通"荡"，指跳舞的样子。宛丘：陈国山丘名。②洵：确实。望：希望。③坎其：击鼓、击缶声。④无：不管，不论。值：持，手里拿着。鹭羽：用白鹭羽毛做成的舞蹈道具。⑤缶（fǒu）：瓦盆，可做乐器敲击发声。⑥翿（dào）：将白鹭羽毛聚集于柄头，下垂如伞盖，此处是指伞状的舞蹈用具。

● 大家说诗

《陈风·宛丘》一诗表达了诗人对一位巫女舞者的爱慕之情。"汤"通"荡"，有摇摆之义，正写舞者热情奔放的舞姿。陈国巫风炽盛而四季巫舞不断，舞者或为祭祀或为求子而舞，或为娱神或为娱己而舞。台下的观者爱上那个巫女，实在是很"诗经"的。

在内容上，本诗的情感核心是"有情"与"无望"。此诗三章，首章感情浓烈。开篇一个"汤"字，既写巫女奔放恣意、摇摆性感的舞姿，又写诗人情随舞起、心旌摇荡的陶醉。随后两个"兮"字："子之汤兮，宛丘之上兮"，神气延宕，看似寻常，其实是诗人内心情愫暗涌的自然流露。紧接着又是两个"兮"："洵有情兮，而无望兮"，语带惆怅甚

至幽怨，一腔单相思无以成好事又徒唤奈何！第二、三章全用白描手法和蒙太奇的手法，展现给我们影像：鼓声、缶声咚咚，巫女旋转不停，从宛丘山上、坡顶一直舞到山下道口，从寒冬舞到炎夏；空间、时间不停变幻，伊人装扮、美态、舞姿不变，仍是那么神采飞扬、热烈奔放，散发蓬勃的野性之美；不是伊人不变，而是看她欢舞的诗人深情不变。这两章看似白描巫女的舞蹈，其实全是情话：你尽管跳，跳你喜欢的舞，做你喜欢的事，甚至爱你喜欢的人。就算你不看我一眼，我还如当初一样，我心中的你也如当初一样。看似无一句情语，细思句句皆情语。

这首诗的特色在技法上。本诗的情感核心是"有情"与"无望"，但诗人偏偏不写如何"洵有情兮"、如何"而无望兮"，而是以意象：女巫、鼓声、缶声、鹭羽、鹭翿、宛丘道、冬天、夏天的罗列，来打破常规的抒情，同时移情于景，借景抒情，取得突出的艺术效果。全诗一开始就以"汤"字写欢舞，以"无望"二字写出悲伤，对比强烈，令人销魂凝魄。第二、三章以"宛丘"二字与上文呼应，进行渲染、铺张，语势轻盈快捷，让人感受那无休无止的舞步中洋溢着的生命律动，感受舞者热烈奔放、酣畅淋漓的野性释放，从而营造出一种特别的文化氛围，让这看似无望的痴情，也别具一种特殊的兴发感动之力，不具哀感顽艳之伤怀，而更具原始青春之勃勃生气。

● 个性解读

你不会知道我是谁。宛丘之上，宛丘之下，宛丘之道，来看你跳舞的人，就像宛丘路边柳树上的柳枝一样多，就像你头上鹭翿上的羽毛一样多，就像你光洁的脚底踩出的尘土一样多。

请让我来告诉你我是谁。

你轻轻打起小手鼓，咚咚咚，咚咚咚，声音那般好听，我看到你喜悦里流露的惊讶。你也许不知，那蒙在鼓上的蛇皮，来自一条赤地白花蟒。而这蟒，是我十三岁时在恶涧毒草中独自赤手捕捉到的，只为不留一点瑕疵。现在，献给你，这不留一点瑕疵的美。咚咚咚，咚咚咚，如此完美。

你手持鹭羽翩然而舞，那轻柔细腻的羽毛轻轻拂过你的脸颊，拂过你的嘴唇。洁白的鹭羽，一丝丝，无比洁净，一丝丝，无比完整。你也许不知，我曾经背着箭筒，跋山涉水，追随最美丽的鹭群。在那恍若与世隔绝的鹭洲，露珠摇落在红色的野花瓣上，我做了一个最美的梦，那只世上最美的鹭，为我奉上世上最美的羽。现在，献给你，这世上最美的爱，它飘飘浮浮，恍若坠落，如是纯洁。

你不会知道我是谁。宛丘之上，宛丘之下，宛丘之道，来看你的人，就像宛丘路边柳树上的柳枝一样多，就像你头上鹭翿上的羽毛一样多，就像你光洁的脚底踩出的尘土一样多。

你不会知道我在哪里，观者如云，如林，如海。我，就在其中，翘首盼望，抬眼凝望，满眼都是痴望。

我永远知道你在哪里，我的心就像是无数面移动的镜子，无论你曼妙的身影舞动至何处，从来不曾绕过我的这面明镜，从来都清晰地翩然落在我的心镜之上，不偏不倚，刚刚好，刚刚好，不偏不倚。

你的袖子挥向左边，我的心早已预知，它轻巧地接住，正等候那柔软的袖子的那一次轻轻摩挲；你的脚向右一跃，我的心早已预知，它欣然迎接，正等候那洁白的脚踝上的野花花环荡出一个芬芳之吻。你的身子飘飘欲上，我的心已经迅速结下丝丝密网，等待你落入其中，如一片花叶那样，落到大地之上。你那善睐明眸向人群里一望，我的心早已化成无数的眼眸，从四面八方，赶去与你相对。

你不会知道我在哪里，观者如云，如林，如海。我，就在其中，翘

首盼望，抬眼凝望，满眼都是痴望。

● 写作点拨

<h2 style="text-align:center">向 《陈风·宛丘》学写作</h2>

——如何设计"主人公"特别的出场

写作小练笔：唱歌的女孩 / 他在笛声悠扬处

本诗中的舞者——女巫犹如童话《红舞鞋》的主人公一般无休无止地旋舞欢舞，是诗人为他的梦中情人特别设计的出场方式。谁不曾有过一段朦胧的青春之歌？谁的青春之歌里没有一个独一无二的他或她？如何将这一段青春的朦胧写出青涩而不呆滞，写出灵动而不浮夸，写出个性而不做作，写出心中的独一无二而不附庸风雅？那就要学会设置独具青春气息的氛围。要写出一个立体的、跃然纸上的人物，就要像一个导演一样，给他搭建一个独属于他的舞台、环境。

比如写作小练笔中的题目——"唱歌的女孩"与"他在笛声悠扬处"，人物的具体活动必然在歌声与笛声中开展，写作者必然要为主人公设计唱歌与弄笛的情境，主人公的一言一行、品性德行、美姿美态自然而然由此生发，至于故事情节和情感，也必然因歌与笛的个性美感而呈现出特别的韵味。

●诗经现场

地名人名大作战

1. 温小戒同学经过一个叫"甘棠公社"的小区，觉得这个小区的名字很别致，比那些洋化的"香榭丽舍""巴黎左岸"的小区名好多了。好奇的他上网搜查"甘棠"才发现，原来这个名字来自《诗经》。甘棠是《召南·甘棠》里的一棵树，周武王的弟弟召公巡行乡邑，曾在甘棠树下，决断狱事，主持公正，施行德政。召公死后，百姓后人思念他，就凭吊这棵树，不让人伤害损毁这棵树。后人也就以"甘棠遗爱"来赞颂离任官员的政绩和德政，也用来缅怀离世的有德之人。原来，"甘棠公社"这个小区名是一种对公平公正、各得其所的美好生活的期许与向往！从此温小戒同学开始留意身边的事物名称，发现不少别致好听的地名、人名都能在《诗经》里找到，看来《诗经》离我们并不遥远嘛！他觉得好玩，也有意义，就做了许多有关《诗经》地名、人名的卡片，你也来玩玩吧！

地名	篇目	诗句	人名	篇目	诗句
怀柔	《周颂·时迈》	怀柔百神，及河乔岳	屠呦呦	《小雅·鹿鸣》	呦呦鹿鸣，食野之苹
蒹葭	《秦风·蒹葭》	蒹葭采采……宛在水中沚	周邦彦	《郑风·羔裘》	彼其之子，邦之彦兮
绥中	《小雅·鸳鸯》	君子万年，福禄绥之	周作人	《大雅·棫朴》	周王寿考，遐不作人

2. 温小戒同学有个朋友的妈妈是一位画家，工花鸟，她的画室叫"茉莒堂"，她自号"茉莒堂主人"。温小戒同学明白：茉莒也是《诗经》中的一种草木，善画花鸟草木的画家以此给自己的画室命名，那是最贴切也最风雅不过的了。温小戒同学喜欢《卫风·淇奥》篇，希望成为一位如美竹一般的君子，于是，他摘取"瞻彼淇奥，绿竹猗猗"句中"瞻""竹"二字，给自己的书房取名为"瞻竹轩"，有"见贤思齐"之意。你喜欢《诗经》中的哪几首，可以摘用或融合其中的字句、意思，给自己的书房取一个有格调的名字，或者给城中的街道取一个名字，并跟同学分享一下你的创意。

庆丰庆年庆天地

周颂·丰年

丰年多黍多稌，亦有高廪，万亿及秭①。
为酒为醴，烝畀祖妣②。以洽百礼，降福孔皆③。

● 词语注释

①黍（shǔ）：黄米。稌（tú）：糯稻。廪（lǐn）：仓库。万亿及秭（zǐ）：形容粮食数不胜数。周代以十万为亿，以十亿为秭。②醴（lǐ）：甜酒。烝（zhēng）：进献。畀（bì）：给予。祖妣（bǐ）：指男女祖先。③洽（qià）：配合。孔：很，非常。皆：普遍。

● 大家说诗

　　关于《周颂·丰年》，宋代朱熹《诗集传》曰："此秋冬报赛田事之乐歌，盖祀田祖先农方社之属也。言其收入之多，至于可以供祭祀，备百礼，而神降之福将甚遍也。"

　　《毛诗序》云："《丰年》，秋冬报也。""报"，据郑玄的《毛诗传笺》解释，就是"尝"（秋祭）和"烝"（冬祭）。在秋天这个收获的季节，举行盛大的庆祝活动，来洽百礼，用丰收的粮食酿酒，来祭拜祖先，谢天谢地谢祖宗，是一件再自然不过的事情了。

　　丰收之"丰"，在两个"多"字，一个"高"字：许许多多的粮食谷物，堆得满满的高大的粮仓，丰收的快感油然而生。开篇就洋溢着一种丰收的喜悦和自豪，让人莫名的就有一种精神的亢奋，摹物写实，叙事直白，情感纯粹。"万""亿""秭"，是一组抽象的计量计数单位的递进排

列，也是形容粮食之多，多到已经无法计数了，这是丰收的喜悦心情的
持续发酵，此处是由实转入虚写，仿佛为我们拉开一幅绵延不绝的满满
粮仓遍布的图画，也在这丰收图中显现了西周王朝国势强盛的盛世图景。
因此《周颂·丰年》篇所描绘的是确确实实的"丰年"——丰收、丰饶、
丰满、丰盛。下篇写："为酒为醴（用丰收的粮食制成），烝畀祖妣。"
这是祭享"祖妣"，即祭祀先祖，希望得到祖先的庇佑。因为风调雨顺，
因为丰收，有足够的粮食来酿酒，有足够的食物喂养牲畜，拥有足够多
的祭品，所以能够"以洽百礼"，这里也是洋溢着丰收之后百事咸亨的
自豪之情。"降福孔皆"既是对神灵所赐的风调雨顺的赞美感恩，更是
对神灵进一步普遍赐福的深深祈求。在这里，我们深深地感叹周人生活
不易，丰年并不常有，大自然瞬息多变，人们难以主宰自己命运，想要
吃好碗里的饭，要看天看地，天地照顾。所以最后一句对于未来收成的
祈求，是周人对未来的深谋远虑，是周人对美好未来生活的向往，是周
人对大自然的深深敬畏与崇拜。

● 个性解读

　　高高的谷垛，一座、一座又一座，矗立谷场，比树林、山岗还要高，
要高到天空了。那稳稳的垛，形成一条圆满的弧线，划过一双双流露出
喜悦的眼睛，眯缝着的苍老的皱皱的眼睛，眯笑着的年轻的圆圆的眼睛。
粮仓都要装满了吧，谁管呢，只管运过去，运过去，都欢天喜地的，仿
佛运不完一样，一直还有，一直还有。满上，满上，运走，运走；再满上，
满上，再运走，运走。粮仓满了，满了，满了就装上船啊，装满所有的
船啊，运到它们要去的地方。

　　风从远处青黛的树梢、圆圆硕硕金红的瓜果、狭长碧绿的蕹叶上一

黍

路浩浩荡荡冲过来，它试图把所有的气味统一兜售，可是，树叶的清辣味、瓜果的丝丝甜味、蕹叶的清新气，还是自行分了类，往人们的鼻子里撞。然而它们仿佛只是香水的前调，稻谷之香、黍稷之香才是这个季节和土地的主打香，才是此时统领田野、谷场的王者之香。

　　不知谁说了一声：去年的那场大雪，下得真是好。大家都点着头，纷纷说起去年冬天的那场雪来，那是藏在大家心里的一个秘密。那雪，白茫茫一片，把山、树、田野都覆盖了，那就是老天给的一床轻轻软软的大棉被。冷是真的冷啊，可大家都在心里盼着今天，想着这个丰年，

像共同孕育一个孩子。每个人心里都卯着一股劲，努力干啦，没有白流的汗，再多做一点，再勤快一点，收成总会更好一点吧？那场大雪，总不会白下的吧？现在"孩子"终于生下来了，长得还真是好呀！多少年了，都没有这么好过，这样的风调雨顺，这样的河清海晏。来，一起把这个秘密说出来，有谁没有这样想过？没有在心里向苍天祈求？向祖先祈求？去问问那片龟甲，去问问啊，现在，应该再在上面刻上一个字：吉。不，两个字：大吉！

不知谁说了一声：今年应该多酿些醴酒啊。大家都点点头，这么多粮食，还是头一次见。收割、捆扎、搬运、贮藏，哪一个环节没把手累断，没把脚走断，没把腰弄断，没把汗流光！是该多酿一些，再多酿一些，犒赏犒赏自己。大家嘴里心里都开始涌上甜甜蜜蜜的滋味。醴酒那个甜呀，是会醉死人的，那可不是醉倒一个两个，那得是一屋子的人，一村子的人，还有，要醉一醉那庇佑我们的祖先，让他们的嘴巴甜甜的，心里热热的，才有力气继续庇佑我们，还要庇佑我们的子孙，我们的子子孙孙，好日子不要到头啊，好日子要年年都有啊，好日子要世世代代都有啊。还有还有，更要醉一醉那充盈天地间的百千神灵，让他们酣畅笑饮，无心他往，让他们陶醉的眼睛常常眷顾我们这方大美之土啊！

高高的谷垛，一座、一座又一座，矗立谷场，饱满、圆硕，鼓着一个个大肚子，仿佛有千言万语要说，又一个个静默无言，充满了无尽的喜悦，屹立在金色的秋风里。

● 写作点拨

向《周颂·丰年》学写作

——特别的人生年鉴

写作小练笔：我的护身符 / 我的丰年 / 盘点我过去的一年

本篇的作文设计重点是：如何写好一篇不落俗套的个人人生年鉴或一段自我总结。过去、现在、未来，是我们必然要述及的三个时间点，如何以巧妙的方法来串起这三个时间点的人生事迹、成败功过、情感态度、经验教训，是这类型文章吸引读者的关键，不可因行文简单而过于直接、直白，亦不可因行文绵密而过于凌乱、分散。

首先，最好是有一条"经线"贯穿全文，而好的题目能起到"经线"的作用。比如："我的护身符"一题，以"护身符"贯穿，"护身符"是比喻说法，意思是庇佑自己渡过人生劫难，经历挫折而不败的物品或者精神品质，可以一，可以二，可以多，这样一来，文章可长可短，但条理清晰，脉络分明。"我的丰年"与"盘点我过去的一年"同样是这样的题目，为文章提供了一个线索，好比一个五斗橱，一棵大树，散而不乱，多而不杂。写自己的一段人生要有一个全局观，胸有丘壑，不可让读者陷入你的"自说自话"，犹如身处迷宫，不得要领。

其次，不可将其写得过于直白，变成一条条的人生经验教训的总结，那样又有些笨拙。学会留白，学会将人生领悟化成含蓄的箴言，变成人生事迹讲述中的"内线、暗线"，埋伏在故事之中，那么，故事才能立起来，才有精气神，才能讲得好看，引发共鸣。比如"我的丰年"一题，应该是写自己一年中的成功与收获，应该是取得不少不错的成绩。那么在写作过程中，不要变成成绩的罗列，而是挖掘成功后面的因素，写出成功过程中的自己的犹豫、徘徊、抉择、奋斗、拼搏、喜悦。

更好的
方法读 **诗经**

● 诗经现场

读读《诗经》，认识自己

古有画像题诗，今有题字赠照。二十一岁的鲁迅留学日本期间，怀着一腔热忱，加入反清爱国的革命运动中。他剪掉长辫子，在一张剪过辫子的照片背面题诗明志，表达为国捐躯、矢志不渝的决心，并将这张照片赠予好友许寿裳："灵台无计逃神矢，风雨如磐黯故园。寄意寒星荃不察，我以我血荐轩辕。"民国才女张爱玲也在一张送给当时的知己爱人胡兰成的照片背面写道："遇见他，她变得很低很低，一直低到尘埃里去，但她的心是欢喜的，从尘埃里开出花来。"以示爱的决绝与坚贞，表达爱的欣悦与甜蜜。今天，我们也来个题字赠照的怀古活动，找一帧喜欢的照片，送给父母、朋友或老师，在背面写上文字，写出自己的心声。

祭天祭地祭春秋

周颂·潜

猗与漆沮，潜有多鱼①。

有鳣有鲔，鲦鲿鰋鲤②。

以享以祀，以介景福③。

● 词语注释

①猗（yī）与：赞美之词，好啊，真好啊。漆、沮：岐山下的两条河流名，今陕西省境内。潜：通"槮（sēn）"，水中柴堆，供鱼栖止，以便捕捉。②鳣（zhān）：大鲤鱼。鲔（wěi）：鲟鱼。鲦（tiáo）：白条鱼。鲿（cháng）：黄颊鱼。鰋（yǎn）：鲇鱼。③介：助词。景：大。

● 大家说诗

祭祀诗离不开歌功颂德，主题都比较庞大。《周颂·潜》算得上是一首非常"小清新"的乐歌。它记述春祭之时供鱼的盛况，歌颂漆水沮水的美丽富饶，其实更是歌颂自漆沮渡渭，造福百姓的祭祀对象公刘。

第二章六条鱼一出来，漆水沮水边的捕鱼场景就活了：只见春江浩荡，群鱼跳跃，虽不见水，而满纸水波荡漾；虽罗列多种鱼类，却无杂乱呆板之感。这篇颂诗在漆、沮二水中，巧妙隐含对公刘的祭祀悼念；在春祭活动中蕴藏民间祈福"有鱼有余"的风俗，可谓独辟蹊径，匠心独运之作。《周颂·潜》中以鱼类为供品，诗中鱼的数量多——"多鱼"，品种繁——"有鳣有鲔，鲦鲿鰋鲤"，捕鱼的方式为"潜"。潜，柴草堆置于水底，吸引鱼群聚集，方法简单原始却有效有趣。简单几句，写

出了漆水沮水的物产丰饶，写出了当时统治者公刘的聪明能干，写出了周人对这方土地的热爱，在歌颂功德中洋溢着满满的自豪之情。而以鱼供享，以鱼祭祀，以"鱼"即以"余"祈福，这是本篇颂诗构思精巧之处。人们已经不仅仅在祭祀祈福中祈求来年渔产更加丰饶，而且巧妙地以"有鱼"寓意"有余"，寓意生活中的所有都能够"多余"，这使得祈福的主题显得更加宽广有趣。我们现在的春节有雕刻木鱼挂在墙壁上和贴"连年有余"的年画的习俗，有宴席上的年鱼菜碗从年初一放到年十五不能动筷子的不成文的规矩，这些可爱有趣的风俗和本诗的祈福主题是多么一致啊！这篇颂诗虽篇幅短小，但内容含蓄委婉，语言清新质朴，题材新颖独特，风格活泼灵动，在一众语言堂皇、题材宏大的《诗经》颂诗中算得上是独树一帜。

● 个性解读

漆沮之水悠悠长长，它悠悠流淌，缓缓地，缓缓地，清澈得犹如大地上的一只巨大的明眸。蓝天把它的蓝停留在这只眼眸里，这眼眸里便汪着一潭深邃的碧澄，红的鲤、银的鳡，一群群，一群群，逡巡游弋其中，红如红枫，银如宝刀，追逐，悠游，摇头，摆尾，那般明艳那般自在。这春水，这眼眸，脉脉含情，绵绵延延，仿佛上天将它的万般慈悲和蔼，尽全投射在这一尾尾红鲤银鳡之上。

漆沮之水转过山峡之侧，它奔腾翻卷，迅猛得如一匹无形无影的虚幻白马，溅起如珠细浪、如烟白沫。河水浩浩汤汤，远看又仿佛是从天边裁下的白云，借仙子的时空之手，在这里迅疾浣洗，一直漂洗到天的那边。那无穷无尽的鳣鲔鲦鲿，闪着银光，随着这欢水跳浪，水是白的，鲦鱼也是白的，那白又有不同，会点点反射光芒，一闪再一闪，只见它

鳣

们晶光灿烂，从水云里跳出来，又跳进水云里去，俶尔远逝，唯余蹦跳声声，不绝于耳；云霞是红的，鲤鱼也是红的，那红又有不同，会水中隐现，晶光跳跃，仿佛裁自云霞，分明更加明丽灵巧，只见它们腾挪闪耀，左冲右突，东飞西翔，以白水雪浪为树为田，灼灼其上，就是一朵朵开放在水中的红花，一朵朵燃烧在渔人眼中心中的火焰。

好水啊！好水。大鱼啊！大鱼。

网，网已经一张张堆在船头；罾，罾已经一副副摆在船舱；刀，刀已经一柄柄在河岸上闪着寒光；祭台，那擦得闪亮的祭台已经高高地朝

着太阳摆放。

捕鱼的号子响起来，粗大的渔网越过蓝天越过大船，打在战栗的河面上，下沉，下沉，上升，上升，绳索紧紧地抱住欢蹦乱跳的鱼儿，喜悦地出水。

深水里的大罾支起来了，张在大河里。男人喊起来，用竹篙大绳搅动河面，河水搅动绳索，罾一点点露出水面，罾网中央有无数大鱼拍打出阵阵水花，哗哗哗欢唱不停。浅水里的小罾放下河了，男孩用手击打水面，一下比一下快，嘴里喝喝有声，一声比一声高，好让鱼儿进罾，好比瓮中捉鳖。

哗，哗哗，哗哗哗，是群浪翻滚，是群鱼欢跃，是群情激昂，是太阳底下的一曲豪气粗犷。

感谢我祖好公刘啊，当年沿着溪泉岸边走，只见广阔原野漫凝眸，再次登上高冈放眼量，立志在此建都筑城啊，完美无俦。

感谢我祖好公刘啊，当年横渡渭水驾木舟，只知砺石锻石任取求，现今块块基地治理好，民康物阜年年有余啊，笑语密稠。

年年有鱼，年年有余。

年年有鱼啊，年年有余啊。

拜祭声声入耳，酒撒苍穹与大地。男人、女人、孩子，整整齐齐，齐齐整整，叩首，那祭拜的身子在河岸边弯成一张张饱满有力的弓，向这脚下的土地射出虔诚而感恩之箭。他们身边，漆水与沮水，在太阳底下，闪烁粼粼金光，一路浩浩荡荡而去。

● 写作点拨

向 《周颂·潜》学写作

——如何准确又新颖地写出场景的特点

写作小练笔：三月风筝节／老家的集市／人来人往的天桥

《周颂·潜》里六条鱼一出来，漆水沮水边的捕鱼场景就活了。场景描写重在有"场"，在群体的活动场面里，作者需要眼观六路耳听八方，顾全全"场"，"场"才能建起来。"场"建起来了之后，还要"活"起来，还需要凝视个体，尤其是个性特征鲜明的个体，更是需要以笔为镜头，捉住细节，聚焦细部，进行特写。

比如练笔题目——"三月风筝节"，写放风筝的场景，需要写出三月风的特色，这是春天的风；还要泛写出整座公园里多人放风筝的场面；更要以工笔、细笔写出富有特色的、或少年或老者或娴熟的或笨拙的放风筝的人的细节，力求使他从人群中凸显出来。

又比如说"人来人往的天桥"这一题目。天桥是一个非常典型的小社会，形形色色的匆匆行人，杂而不乱各自为政的地摊好似天桥标配，这是天桥的"场"。但是，地铁口的天桥和居民街道的天桥是截然不同的，抓住匆匆的人中能凸现本天桥的风格气质的那几个，聚焦地摊中最吸引眼球、最挠人心的内容，打开五官，开放眼耳口鼻心，遁入自己笔下的世界里，去看去听去闻去感知，才能使你笔下的天桥有别于他人笔墨中的天桥，从而脱颖而出。

● 诗经现场

识得几个偏旁，认得几个字

有时我们通过同一偏旁、部首找到一系列的汉字，就能走进一个奇异的缤纷世界，进入一段特别的历史时期。

鱼部：鱼 鲸 鲤 鳏 鳝 鲔 鲦 鳌 鳏 鲜 鲈 鲧 鳞

佳部：佳 雀 鹤 雌 雄 雉 瞿 惟 唯 雏 雅 集 霍

羽部：翅 翱 翔 翩 翎 栩 翌 羿 翟 翀 翘 翡 翠

你也积累积累吧，为以下每个偏旁部首收集十个有内涵的字。

手部：

丝部：

金部：

木部：

玉部：

泛读涉猎

邶风·简兮

简兮简兮，方将万舞^①。日之方中，在前上处^②。

硕人俣俣，公庭万舞^③。有力如虎，执辔如组^④。

左手执龠，右手秉翟^⑤。赫如渥赭，公言锡爵^⑥。

山有榛，隰有苓^⑦。云谁之思？西方美人^⑧。彼美人兮，西方之人兮。

● 词语注释

①简：一说鼓声。方将：将要。万舞：一种大规模的宗庙舞蹈。②方中：正是中午。③硕人：身材高大的人，指舞师者。俣（yǔ）俣：身材魁梧，形体健美。④辔（pèi）：缰绳。组：丝织的宽带子。⑤龠（yuè）：古乐器。三孔竹笛。秉：持，手里拿着。翟（dí）：野鸡的尾羽。⑥赫：红色。渥（wò）：厚厚的。赭（zhě）：赤褐色。锡：通"赐"。爵：青铜制酒器，用以温酒和盛酒。⑦榛（zhēn）：落叶灌木，花黄褐色，果实叫榛子。隰（xí）：地势低下的湿地。苓（líng）：药草名。⑧西方：指周，周在卫的西方。美人：指舞师。

● 泛读赏析

　　这是一首描述公庭万舞盛大场面的诗歌，极具排场，然而是从台下一个女子的角度来写领舞者之英姿的，因此别具一格，颇多情致。

　　红日当头，鼓声振振，就在舞台正前方，在那最显眼处，站着那个令她心动不已的男子。在所有的舞者中，他最醒目，最耀眼，他是万众瞩目的领舞者。

　　鼓声振振，万舞雄赳赳地跳起来了，只见他身形健硕，孔武有力。奔腾跳跃好比猛虎下山，又见他驱赶车马，手握缰绳不停挥动又是那般英姿勃勃，那舞蹈仿佛跳跃在女子的心上。

鼓声将歇，笛声又起，斯文之文舞跳起来了。只见他左手执竹笛，妙奏清音；右手持雉鸡翎，脸涂红泥，那自在雍容翩翩风度，已经获得公卿王侯的赞美，更是赢得女子的爱慕。

"可是，这么好的他，该有多少人喜欢啊？我思念的是谁？是个来自西边的美男子，这个美男子，到底是来自西边啊，离我多么的遥远。"在清幽的笛声中，女子的心思缠绵悱恻，百转千回。

"山有榛，隰有苓"章，根据《诗经》中多处有"山有……""隰有……"对举的句式，可以得出此处是以树隐喻男子，以草隐喻女子，托兴男女情思，"山有榛，隰有苓"一句比喻男女各得其所，都有自己的归宿。这一章意象朦胧，语意幽婉，引出下文女子暗涌不断的心潮。正是这一章，使得此歌舞之诗别具一格，婉约迤逦。

豳风·七月 （节选）

七月在野，八月在宇，九月在户，十月蟋蟀入我床下。穹窒熏鼠，塞向墐户，嗟我妇子，曰为改岁，入此室处①。

六月食郁及薁，七月亨葵及菽。八月剥枣，十月获稻。为此春酒，以介眉寿②。

七月食瓜，八月断壶，九月叔苴。采荼薪樗，食我农夫③。

九月筑场圃，十月纳禾稼。黍稷重穋，禾麻菽麦④。嗟我农夫，我稼既同，上入执宫功⑤。昼尔于茅，宵尔索绹⑥。亟其乘屋，其始播百谷⑦。

● 词语注释

①穹（qióng）：缝隙。窒：堵塞。塞向：堵塞北窗。墐（jìn）户：用泥涂抹在竹木所制的门上，塞住门缝。②郁：一种野生李子。薁（yù）：一种野果。亨（pēng）：通"烹"，煮。菽：豆类。介眉：祝寿之词。③壶：葫芦。叔苴（jū）：拾取麻籽。荼：蔬菜名，苦菜。樗（chū）：植物名，苦椿树。④黍：小米。稷：高粱。重（cóng）穋（lù）：即种稑，早种晚熟的谷

和晚种早熟的谷。⑤同：收集齐。宫功：修建宫室。⑥索绹：搓草绳。⑦乘屋：修缮房屋，修葺屋顶。

● 泛读赏析

《豳风·七月》是"国风"中最长的一首诗。中国古代诗歌一向以抒情诗为主，叙事诗较少。

这首诗却以叙事为主，在叙事中写景抒情，形象鲜明，诗意浓郁。在诗中人物娓娓动听的叙述中，一幅西周早期社会男耕女织的风俗画缓缓拉开。

豳地在今陕西旬邑、彬县一带，先民以农业为本，辛勤劳作，因此采自民间的诗歌大多详尽地讲述农桑之事。

姚际恒在《诗经通论》中曾经这样评价这首《七月》："鸟语虫鸣，草荣木实，似《月令》；妇子入室，茅绹升屋，似《风俗书》；流火寒风，似《五行志》；养老慈幼，跻堂称觥，似庠序礼；田官染职，狩猎藏冰，祭献执宫，似国家典制书。其中又有似采桑图、田家乐图、食谱、谷谱、酒经：一诗之中，无不具备，洵天下之至文也！"

意思是说这首诗里写了春耕、秋收、冬藏、采桑、染绩、缝衣、狩猎、建房、酿酒、劳役、宴飨，写尽了当时田园生活的方方面面，无所不写，无所不包；姚际恒称它是天下最好、最全的农家生活诗。

他认为本诗"无体不备，有美必臻，晋唐后陶、谢、王、孟、韦、柳田家诸诗，从未臻此境界"——后来的陶渊明、谢灵运、王维等著名田园诗人都无法达到这首诗的境界。

本诗是一本豳地先民循期写给我们的四季农桑日记，是一部豳地先民以诗拍给我们的田园劳作电影，是一首豳地先民含情唱给我们的心灵歌曲。

召南·驺虞

彼茁者葭，壹发五豝[①]。于嗟乎驺虞[②]！

彼茁者蓬，壹发五豵[③]。于嗟乎驺虞！

● 词语注释

①葭：芦苇。茁（zhuó）：草刚长出来时茁壮的样子。发，发矢，射箭。五：虚数，表示数目多。豝（bā）：母猪。②于（xū）嗟乎：叹词，表示赞美。于，同"吁"。驺（zōu）虞（yú），传说中的义兽名，此处可指猎人。③蓬（péng）：草名。即蓬草。豵（zōng）：小猪。

● 泛读赏析

　　正是春天，芦苇日渐茁壮繁茂，蓬草初泛点点绿意，随手张弓搭箭，响箭从芦苇和蓬草处穿过，一窝一窝的母野猪、小野猪，三五成群跑出来。山野里有如此多的禽兽，大自然恩泽绵长深广，猎人又开心又惊讶。

　　全诗共两章，每章三句。第一章中，"葭"是初长出的芦苇，长势甚好，"茁"写其茂状，写出春天芦苇的蓬勃向上。此句点明了田猎的背景，正是春和日丽之时，但见和风润物，花木与春竞秀，母猪隐藏在芦苇之中，猎人"壹发五豝"，收获满满。第二章首句"彼茁者蓬"，"蓬"乃蓬草，春天的原野上处处皆是；再用一个"茁"，让诗歌中弥漫春意勃发的气息。行猎于此，只觉春风满耳，春气荡漾，蓬草虽浅小猪却肥，猎人"壹发五豵"，轻松自在，从容不迫，他也融入这春天里了。诗人精心挑选了两幅画面，简笔勾勒出初春时节，猎人于田野里拈弓搭箭的英姿勃发的形象，言简意丰，形神俱肖。画中景致春意融融，画中人物得意扬扬，令读者身临其境。

第二章

如切如磋，如琢如磨

—— 在美丽的篇章中遇见更好的自己

柏华

导　读

　　人生即修行。如切如磋，如琢如磨，三千年前的君子淑女，穿越时空，与我们相会。他们在朝廷，在战场，在山间，在田野；他们或运筹帷幄，或战斗打猎，或劳作歌唱，或微笑叹息；他们如麒麟般宽厚仁慈，白鹭般高贵美丽，切磋琢磨砥砺修身，有力如虎美仁无度，巧笑倩兮顾盼生辉，温润如玉将翱将翔。他们于皓月当空的夜间踏歌而来，露水晶莹的清晨涉水而去，沾着尘粒和草香，走进我们的梦里，美了人间，醉了岁月。

　　阅读，是为了遇见更好的自己。让我们与《诗经》中最美的君子淑女相识、相知，找到心中最美的那个自己……

原来，这就是传说中的男神

卫风·淇奥

瞻彼淇奥，绿竹猗猗①。有匪君子，如切如磋，如琢如磨②。瑟兮僩兮，赫兮咺兮③。

有匪君子，终不可谖兮④。

瞻彼淇奥，绿竹青青。有匪君子，充耳琇莹，会弁如星⑤。瑟兮僩兮。赫兮咺兮，

有匪君子，终不可谖兮。

瞻彼淇奥，绿竹如箦⑥。有匪君子，如金如锡，如圭如璧⑦。宽兮绰兮，猗重较兮。

善戏谑兮，不为虐兮⑧。

● 词语注释

①淇：淇水。奥（yù）：水岸幽深弯曲的地方。②匪：通"斐"，有才华。切、磋、琢、磨：切骨、锉角、琢玉、磨石，指互相讨论，取长补短，取得学问或修养的进步。③瑟：庄重。僩（xiàn）：威严。赫：显赫。咺（xuān）：威严显赫的样子。④谖（xuān）：忘记。⑤充耳：垂在帽子两侧，用来塞耳朵的宝石。琇（xiù）莹：堵塞耳朵的宝石晶莹透亮。会：皮帽两侧缝合的地方。弁（biàn）：皮帽子。如星：像星子闪亮。⑥箦（zé）：茂盛。⑦金、锡：黄金和锡。圭、璧：精美玉制的礼器，多用来形容君子品德高雅。⑧绰：舒缓、宽和。猗：通"倚"，靠着。重（chóng）较（jué）：车边上让人依靠的木板或厢板。戏谑（xuè）：以诙谐的话逗人笑。虐：尖刻伤人。

● 大家说诗

这是一首赞美完美君子的诗。

君子有原型。相传他是生于西周末年的卫国人武和。武和曾担任过周平王（公元前770～前720年）卿士，辅佐君王平定叛乱，平王封他为公，谥号武。武公一直活到九十多岁，德才兼备，为人宽容，为政廉洁，

善于听取不同意见，说话行事有分寸，深受人们尊敬，卫国人民作此诗歌颂他的美德。

诗先以"绿竹"起兴开头，绿意盎然处，人如竹般虚心有节、淡泊宁静、空灵大度。接着连续用比喻，以切磋琢磨比喻君子治学严谨、不知疲倦，磨砺道德、孜孜以求的精神；以金锡圭璧赞君子意志如金子般坚定，心志像圭玉般纯净。不仅如此，君子仪表堂堂、光彩照人，哪怕是帽上的小小坠饰也是珠玉宝石，熠熠生辉，令人目眩神迷。最后，本诗直接歌颂君子旷达大度，敢于担当，从容出使四方，外交斡旋游刃有余。尤其难得的是，这个君子还很幽默，是个有趣的人。

君子实在太完美！所以诗中反复强调"终不可谖兮"，这个卫国人民心中的"男神"着实让人念念不忘。这一方面是人们对君子的赞美和怀念，另一方面也是他们渴望像武公一样的贤人君子能给自己带来和平安定、繁荣富强的生活。而本诗"如切如磋，如琢如磨"衍生出来的"切磋琢磨"如今也已是人们耳熟能详的词语，鼓励人们像君子一样在学习和事业上彼此商讨，互相吸取长处，努力改正缺点。

● 个性解读

读《淇奥》，越读，心中越爱；越爱，心中便感慨万端，浮想联翩……

这是怎样一个绝世君子呢？

他居住的地方幽静雅致。淇水岸边，河水汤汤，绿竹依依。庭前屋后，岩下山间，田野河畔，是绿的翡翠，竹的海洋。君子行吟其间，他轻抚竹叶，竹叶青青，片片低头，他颔首微笑；他细看竹节，竹节挺拔，枝枝力争向上，直上云霄；他俯身，见小小竹笋破土而出，似与他顽皮戏耍；他仰头，只见阳光灿灿处，碧海金波，竹涛阵阵，鸟鸣幽幽。那颀长的竹，

"未出土时先有节，便凌云去也无心"（徐庭筠《咏竹》），君子观竹，竹亦观君子。看着，看着，君子觉得自己就是一棵竹。

君子治学严谨，孜孜不倦。门前清澈的流水潺潺，阳光如碎金；室内有竹椅竹席、典籍古琴。清风拂过，绿意葱茏，静谧而清幽。君子在这里读书，每一个字仿佛都那样碧绿新鲜，每一册书都仿佛是故人。君子抚琴吟诗，对月抒怀，时而攒眉深思，时而捻须微笑，时而偃仰高歌，时而弹琴长啸。久而久之，他满腹诗书似门前滔滔流水，一腔才华如夜空浩瀚银河。

君子敢担当。国家危难时，他挺身而出；生灵涂炭时，他奔走四方；断壁残垣处，闪现他坚定的身影；刀光剑影中，回荡他有力的呼唤。为天地确立生生之心，为百姓谋求和平安宁。他目光刚毅，行动坚定。他是百姓的保护神。

这样的君子，想象他会长什么样呢？

身长八尺，玉树临风；剑眉星目，面如朗月。他的双耳垂挂晶莹的宝石，皮帽上镶嵌华美的玉坠，雍容华贵，气度不凡。

更难得的是君子很幽默！

他是快乐的发动机，能使凝滞的空气瞬间旋转起来。有人说："这个世界好看的皮囊太多，有趣的灵魂太少。"有趣的灵魂就像花朵上晶莹的露珠。一个好性情、好气度的男子，万千风采就在这幽默风趣中。

这样的君子谁不爱？

这样的君子是在梦里还是在身边？

● **写作点拨**

向 《卫风·淇奥》学写作

——博喻，让描写更生动

写作小练笔：似（　　　）似（　　　）/你是尘埃也是光

有人说，修辞是文学的化妆师，文学是人生的美容师。比喻的修辞手法，让文章更生动形象。这首《卫风·淇奥》就开创了用比喻写人的先河。"如切如磋，如琢如磨"，连用"切""磋""琢""磨"来描绘君子对自己道德学问的砥砺修行、精益求精。"如金如锡，如圭如璧"用"金""锡""圭""璧"四个比喻来赞扬君子的才华精坚珍贵，品质坚定纯净。这种用几个喻体从不同角度来描述一个本体的手法叫"博

喻"。《诗经》中如《邶风·简兮》："有力如虎，执辔如组"；《卫风·硕人》："手如柔荑，肤如凝脂，领如蝤蛴，齿如瓠犀，螓首蛾眉"。这些诗句或描写舞师的动作矫健、力量过人，或形容庄姜的绝世容颜，均用的是博喻。

博喻可以展示丰富的想象，多角度、全方位突出人物形象的特点，写作中不妨大胆尝试这种手法。

● 诗经现场

庭院布置书香浓

温小戒搬进新房住了，房后有一小片空地，可以种些树木、栽些花草，妈妈征求小戒意见，看种什么合适。

小戒说："种竹子！"妈妈问："为什么选竹子呢？"

"因为竹的风格清新脱俗呀！"温小戒继续解释道，"《诗经》里的《卫风·淇奥》一开始就写'瞻彼淇奥，绿竹猗猗'，以竹的精神赞美君子。听说苏东坡也写过这样的诗：'宁可食无肉，不可居无竹。无肉令人瘦，无竹令人俗。人瘦尚可肥，士俗不可医。'还有郑板桥的'咬定青山不放松，立根原在破岩中，千磨万击还坚韧，任尔东南西北风'，王维的'独坐幽篁里，弹琴复长啸。深林人不知，明月来相照'……种了竹子，今后咱也在月夜竹林写诗弹琴……"

妈妈笑了，也念了一首黄庭坚的《画墨竹赞》："人有岁寒心，乃有岁寒节。何能貌不枯，虚心听霜雪。"

她见小戒如此博学善思，欣然应允。如果是你，你会怎样布置你家的庭院？请写出方案并说明理由。

是什么让我如此美丽

卫风·硕人

硕人其颀，衣锦褧衣①。齐侯之子，卫侯之妻。东宫之妹，邢侯之姨，谭公维私②。
手如柔荑，肤如凝脂，领如蝤蛴，齿如瓠犀，螓首蛾眉，巧笑倩兮，美目盼兮③。
硕人敖敖，说于农郊④。四牡有骄，朱幩镳镳，翟茀以朝⑤。大夫夙退，无使君劳⑥。
河水洋洋，北流活活⑦。施罛濊濊，鳣鲔发发，葭菼揭揭⑧。庶姜孽孽，庶士有朅⑨。

● 词语注释

①硕（shuò）人：此处指外貌美、形体好、道德高尚的人。这里指庄姜。颀（qí）：修长。
衣（yì）：穿。褧（jiǒng）衣：女子出嫁时穿的麻布罩衫。②东宫：指太子。私：姊妹之夫。
③柔荑（tí）：白茅草的萌芽。蝤（qiú）蛴（qí）：天牛幼虫，细长白嫩，形容颈部修
长而白皙。瓠（hù）犀：葫芦嫩种子，形容牙齿整齐洁白晶莹。螓（qín）：额宽的虫，
似蝉，这里形容前额宽阔，天庭饱满。倩：笑露酒窝。盼：眼珠黑白分明。④说（shuì）：
通"税"，停驻。⑤朱幩（fén）：马嚼子用红布缠住。镳（biāo）镳：美艳盛大。翟（dí）
茀（fú）：用山鸡羽毛做装饰的车。这里指乘坐山鸡羽毛装饰的彩车去朝拜。⑥夙（sù）：
早。⑦活（guō）活：（黄河）水流的样子。⑧罛（gū）：渔网。濊（huò）濊：撒下渔
网的声音。发（bō）发：形容鱼多，也有说法是形容鱼尾在水中摆动的声音。葭（jiā）
菼（tǎn）：芦苇和菼草。揭揭：形容生长很旺盛。⑨庶姜：随嫁的姜姓众女。孽孽：服
饰华贵的样子。庶士：陪同的武士人员。朅（qiè）：威武的样子。

● 大家说诗

　　这首诗是卫国文士赞美庄姜出嫁盛典的礼歌，其中"巧笑倩兮，美
目盼兮"乃传神之笔。

　　诗中的庄姜身材高挑、衣饰华丽，她有高贵的出身和不凡的社会关

蝤蛴

系：她是齐国的公主，卫侯的妻子，兄弟姐妹皆皇亲国戚。她貌若天仙，风华绝代：十指柔软如柔荑，肌肤光滑如凝脂，脖长白皙像蝤蛴，牙齿白齐像瓠犀；额头宽广，眉毛弯弯，笑生酒窝，顾盼生辉。她出嫁的场面隆重而热闹：郊外短驻，彩车入城，威风凛凛；大臣齐集，宫殿完婚，洞房花烛。

　　她婚后的仪式也极壮观：黄河岸边，万人集聚，舟船竞发。渔网撒下，鱼儿欢跳，收获满满。岸边芦苇茂盛，洁白纤长，仿佛也在舞之蹈之。远镜头是外貌漂亮、衣着华贵的陪嫁姑娘，健壮帅气的随从，一行人渐行渐远，令人回味无穷。

《卫风·硕人》是描写美人文学的"千古之祖"。姚际恒在《诗经通论》中说："千古颂美人者无出其右，是为绝唱。"其独树一帜的容貌美、情态美的刻画，为后世以博喻写美人提供了范例，宋玉曾借来形容东家之子："眉如翠羽，肤如白雪，腰如束素，齿如含贝。"汉乐府《陌上桑》《孔雀东南飞》，曹植《洛神赋》，都有"硕人"倩影，白居易《长恨歌》里的"回眸一笑百媚生"，也有"硕人"的芳踪。

一个女子为何得到如此垂青，被歌颂得如此完美？《毛诗序》说："闵（"悯"）庄姜也。庄公惑于嬖妾，使骄上僭。庄姜贤而不答，终以无子，国人闵而忧之。"《诗经原始》说："颂卫庄姜美而贤也。"

《论语》中记载子夏问孔子："巧笑倩兮，美目盼兮，素以为绚兮，何谓也？"子曰："绘事后素。"（子夏问孔子："笑起来露出甜甜的酒窝，明亮的眼睛黑白分明，左顾右盼，白色的底子画出绚丽的图画，究竟说的什么？"孔子回答："先有洁白的底子，才能画出更好的图画。"）因庄姜的美丽引起的这场师生对话，对后世教育、审美带来深远影响。

● 个性解读

硕人庄姜有高贵的出身，绝美的容颜，她温柔善良，细心体贴。这样完美的嫁娘，谁不欢喜？谁不爱怜？

言笑晏晏，琴瑟和鸣；执子之手，与子偕老。"从此，王子和公主过上了幸福的生活。"人们常常对新人充满美好的祝福与期待。然而，历史往往喜欢跟人们开玩笑：惊艳整个卫国的美嫁娘却未能入卫庄公的眼，《左传·隐公三年》记载她"美而无子"。在那个一夫多妻的年代，卫庄公还娶了陈国姊妹厉妫和戴妫。

没有爱情的婚姻犹如没有色彩的画布，失去芳香的鲜花，没有月亮的夜空。庄姜，这位美丽而寂寞的女子，那如柔荑般纤细的手指，抓住的只是黄昏的孤独；那葫芦籽般整齐洁白的牙齿，咀嚼无尽寂寞；那顾盼生辉的美目，看红颜凋零，心中未免失落惆怅。

但是，即使阅尽了人世沧桑，她仍一如既往多情地爱着这薄情的世界。她视厉妫、戴妫所生的孩子如己出；她宽待庄公，友善地与陈国姐妹相处，把"情敌"变成了闺蜜。那些痛过的、哭过的都演绎成了坚强；那些念念不忘的都风干成了风景。这需要怎样柔软而坚强的力量？

这样的女子天地为之动容，卫国人民也为她的美德感动，情不自禁地为她歌唱："硕人其颀，衣锦褧衣"，她颀长秀美的身影、漂亮的嫁衣深深印在人们脑海里。

最难忘她那双迷人的眼睛、她那甜美的笑容："巧笑倩兮，美目盼兮。"她笑起来呀，两颊露出甜甜的酒窝；她望一望呀，黑白分明的眼睛顾盼生辉。我不由得想起曾经读过的两行诗："你的睫毛是怎样的栅栏，把我永远关在里面。你的眸子这般清澈，可做我长眠的水晶棺。"

只有心中有爱的人，才有如此美丽动人的笑容；只有爱她的人，才能写出饱含盛情、流传千古的绝句。

爱屋及乌，卫国人民不仅赞扬她本人，连她走过的路、身边的人，也不吝啬赞美之词——"庶姜孽孽，庶士有朅"，她身边陪嫁的姑娘个个漂亮，随行的小伙人人帅气。

庄姜不但貌美德贤，她自己也极具才华。山一程，水一程，红尘沧桑，流年清欢，站在岁月之巅，被人写，她自己也书写：

"我心匪石，不可转也。我心匪席，不可卷也。"这是她高贵的誓言与决心。

"仲氏任只，其心塞渊。终温且惠，淑慎其身。"这是她真诚的欣赏与赞叹。

"之子于归,远送于野。瞻望弗及,泣涕如雨。"这是她深深的挽留与眷恋。一腔爱恋,满怀柔情。让笑容扬在脸上,善良长在心底,骨气融进血里,命里刻着坚强。

"巧笑倩兮,美目盼兮。"我仿佛看见庄姜穿越千年,含笑带香,迤逦而来……

● 写作点拨

向 《卫风·硕人》学写作

——描写眼睛,让人物更传神

写作小练笔:初识 / 目光

眼睛是心灵的窗户。"巧笑倩兮,美目盼兮"这句诗传神地描绘了硕人笑的动作、情态,成为千古佳句。刻画人物时,如果注意人物眼睛的描绘,常常会起到事半功倍的效果。鲁迅先生说:"要极俭省的画出一个人的特点,最好是画她的眼睛。"他写祥林嫂:"只有那眼珠间或一轮,还可以表示她是一个活物。"写康大叔:"眼光正像两把刀,刺得老栓缩小了一半。"刘鹗在《老残游记》描写王小玉:"那双眼睛,如秋水,如寒星,如宝珠,如白水银里头养着两丸黑水银,左右一顾一看,连那坐在远远墙角子里的人,都觉得王小玉看见我了;那坐得近的,更不必说。就这一眼,满园子里便鸦雀无声,比皇帝出来还要静悄得多呢!连一根针吊在地下都听得见响!"巴金的《家》对琴的描写:"这一对眼睛非常明亮、非常深透,里面含着一种热烈的光,不仅给她底热烈、活泼的面庞添了光彩,而且她一旦走进房里,连这房间也似乎明亮起来。"

人物描写中,千万别忘了眼睛的重要作用,或用比喻,或借动词,或描神情,或叙效果,或写感受。写人着重写睛,紧扣人心。

● *诗经现场*

点睛名句知多少

有一天，温小戒在网上看到这样一段话：

"巧笑倩兮"，传神的是"倩"字。马融说是"笑貌"，朱熹说是"好口辅也"，杨伯峻说是"有酒窝的脸笑的美呀"。美好的笑容，不光是唇红齿白、面颊美观，连眯缝的眼睛也是透出光彩，轻扬的眉毛也是会舞蹈的！

"美目盼兮"，关键在"盼"字。马融说是"动目貌"，朱熹说是"目黑白分也"，南怀瑾说是"漂亮的眼睛已经够厉害了，还要盼兮，眼神中流露着'道是无情却有情'的意味"，傅佩荣说是"滴溜溜的眼睛真漂亮"。

南朝的刘义庆在《世说新语》里记载道："顾长康画人，或数年不点目睛。人问其故，顾曰：'四体妍蚩，本无关于妙处，传神写照，正在阿堵中。'"于是，温小戒举一反三，查找了古诗文中一些描写眼睛的诗句，打算考考同学。你也可以试着填填并进一步搜集其他"点睛"佳句。

◎ ＿＿＿＿＿＿＿＿＿，六宫粉黛无颜色。（白居易《长恨歌》）

◎ ＿＿＿＿＿＿＿＿＿，再顾倾人国。（《汉书·孝武李夫人传》）

◎ ＿＿＿＿＿＿＿＿＿，＿＿＿＿＿＿＿＿＿。欲问行人去那边，眉眼盈盈处。（王观《卜算子·送鲍浩然之浙东》）

◎萦损柔肠，＿＿＿＿＿＿＿＿＿，＿＿＿＿＿＿＿＿＿。（苏轼《水龙吟·次韵章质夫杨花词》）

◎公辨其声而目不可开，乃奋臂以指眦，＿＿＿＿＿＿＿＿＿。（方苞《左忠毅公逸事》）

你是我的甜蜜与惆怅

秦风·蒹葭

蒹葭苍苍，白露为霜①。所谓伊人，在水一方②。溯洄从之，道阻且长③。溯游从之，宛在水中央④。

蒹葭凄凄，白露未晞⑤。所谓伊人，在水之湄⑥。溯洄从之，道阻且跻⑦。溯游从之，宛在水中坻⑧。

蒹葭采采，白露未已⑨。所谓伊人，在水之涘。溯洄从之，道阻且右⑩。溯游从之，宛在水中沚。

● 词语注释

①蒹（jiān）：还没抽穗的芦苇。葭（jiā）：刚发芽的芦苇。苍苍：深青色，茂盛。下文"凄凄""采采"基本同义。②伊人：那人，指思慕之人。在水一方：在河对岸。③溯：沿着岸往上游走。洄：逆着水流的方向走。从：追寻。阻：艰难。④宛：像。⑤晞（xī）：干。⑥湄：岸边。下文"涘（sì）"义同。⑦跻（jī）：升高。⑧坻（chí）：水中小洲，下文沚（zhǐ）同义。⑨未已：没停止，此处指未干。⑩右：向右侧弯曲。

● 大家说诗

这是表达诗人执着追求爱情的抒情诗。

深秋霜降，诗人伫立于河岸，透过密密苇丛、茫茫河水，找寻朝思暮想的"伊人"。"伊人"若隐若现，若即若离，诗人苦苦追寻，沉醉其中。

近代学者王国维曾将它与晏殊的《蝶恋花》"昨夜西风凋碧树，独上高楼，望尽天涯路"相比较，认为它"最得风人深致"。

葭

历史上，对这首诗的主题有几种解读。第一种是"爱情说"。大多数人认为这是对纯真爱情的执着追求，现代学者余冠英认为"这篇似是情诗"。第二种是"理想说"。诗中"伊人"形象朦胧，暗示追求美好理想的道路是曲折坎坷的，但人们矢志不移、坚持不懈。第三种是"求贤说"。清代学者姚际恒认为"伊人"是春秋时代一位隐居水边的贤人，该诗表达君主求贤招隐之意。第四种是"讽刺说"。汉代《毛诗序》中说这首诗是讽刺秦襄公不守周礼，将招来亡国之祸。

"伊人"神秘，像雾像雨又像风，到底符合哪一种解释，每个人的想法都不同，这正是诗的魅力所在。蒹葭、白露、秋水，回环曲折的道路，

与"秦风"其他激昂粗豪的诗风格迥异，它空灵含蓄、朦胧缥缈，将怅惘的心情烘托得淋漓尽致。"宛在"一词言有尽而意无穷，给读者留下很大的想象空间，而"蒹葭之思"成为旧时书信中怀人的套语，成为"爱情草"的蒹葭，葳蕤至今，根植于每个有情人柔软的内心深处。

那若即若离的"伊人"，在水一方，永不老去。甜蜜与惆怅，是感伤也是力量，有失落更有向往。

●个性解读

少年尚君爱上了一个人。

就在那个春天，就在那条河边。

清晨，尚君在村庄旁的河边读书："瞻彼淇奥，绿竹猗猗……"河水清波荡漾，薄雾迷离，风轻柔而湿润，带着水草滋长的气息。新生的芦苇刚刚发芽，一根根，一簇簇，鲜嫩透亮，露珠儿晶莹剔透。

一阵悠扬的歌声传来，尚君循声望去，一女子在对岸的水边倚石浣纱。她白衣飘飘，姿势是那么美妙，动作是那么优雅，神情是那么欢快，像一朵盛开的白莲。那举手，那投足，在洗涤，也似在舞蹈，洗一身的纯净澄澈，舞一池的灵动曼妙……少年尚君彻底陶醉了！恍然中，歌声和伊人身影已袅袅远去。远去的伊人似乎回眸一笑，这一笑，令尚君竟发了呆，失了神，忘却了自我！

尚君天天来河边读书，伊人却没有来。那朵白莲已在尚君的心湖上悄然绽放，生了根，发了芽，日日芬芳，一朝入梦便相思！他造兰棹桂桨，或顺流而下，或逆流而上，遍寻每一寸河岸，每一块沙汀，每一处小洲。

一日，他仿佛看见远处苇草边她在临水梳妆，柔长的秀发似瀑布垂落水面，娇羞的面庞随波纹流动，微笑如花儿悄然绽放……情急之下，他竟跳入水中游向了她。然而，待到靠近，却不见其踪影。难道，这只是个美丽而缥缈的梦？

秋来了，晶莹透亮的露水凝成白霜，秋风送来丝丝的凉意，秋水泛起薄薄的寒气。

少年尚君痴痴远望，白鹭飞来了，伊人没来；芦苇开花了，伊人还是没有来。"只缘感君一回顾，让我思君朝与暮"，伊人那一顾盼一回头成了尚君心头的糖，孤独寂寞的时候，他就尝尝，爱恋的滋味如雨露，如晨霜，思念甜蜜又惆怅。

尚君久寻不得，便发奋勤读。他渐渐明白，这世间许多人许多事，一如梦幻般的美丽伊人，只要追寻过，努力过，想过念过，得与不得，又何妨？只要心中有，便无处不在。他赴京赶考，金榜题名，为官一任，造福四方。

他有了自己的妻，他的妻如夏阳般温暖、春花般灿烂。

尚君年老还乡。一日，他与妻来到河边，蒹葭苍苍，白露为霜。尚君遂想起了六十年前那个春日的清晨及寻找伊人的故事，告诉了妻。

妻惊喜笑曰："天！那个当年河边吟读'如切如磋，如琢如磨'的少年是你？"

原来，她也倾慕于他，只是第二天父亲接到诏令到另一处赴任，来不及回首，她便只得跟着去了。

天地一片粲然。

你一定会遇上我，只要还在路上；你一定会爱上我，只要时间够长。

所有的伏笔，都是铺垫。一切的遇见，都不是偶然。

回到家，尚君托墨绘心，徐徐写下十六字：

所谓伊人，在水一方。

琴瑟在御，莫不静好。

● 写作点拨

向《秦风·蒹葭》学写作

——环境描写，烘托人物品质

写作小练笔：心目中的英雄 / 远方的他

环境是人物生活的"土壤"，是人物性格、品质形成和发展的基础。古人曾说过："状难写之景如在目前，含不尽之意见于言外。"

《卫风·淇奥》中苍翠的绿竹、潺潺的流水、秀美的景色，很好地衬托出君子的高雅威仪。《卫风·硕人》中随行的车马、捕鱼的场景，烘托出庄姜的高贵不凡；《秦风·蒹葭》中茫茫的芦苇丛、缥缈的雾气，将在水一方的伊人衬托得如梦似幻。《郑风·野有蔓草》中绵绵的青草、晶莹剔透的露珠为邂逅点染了清新氛围；鲁迅《故乡》中深蓝的天宇、金黄的圆月、海边碧绿的瓜田，把手握钢叉的少年闰土衬托得威风凛凛。

运用环境描写烘托人物品质时，要注意所写景物与人物之间的内在联系，不要为写景而写景；其次要注意将景物细化，多角度、多侧面、多修辞有序进行描写。

● 诗经现场

我以我手改《诗经》

温小戒的同学们都很喜欢《诗经》，他们把《秦风·蒹葭》改写成了现代诗歌，这里选取其中两首，你更喜欢哪一首？你愿意尝试改写吗？从书中挑一首试试。然后，和同学们一起来一场《诗经》朗诵吧。

（一）

一声鸡鸣高昂，

一片净天破晓。

浓浓水雾亲吻苍苍芦苇，
苍苍芦苇紧拥粒粒霜花。

水中央驻足的身影，是你吗？
等等我，好吗？
等我逆这淙淙流水，轻触你的手。

水中滩柔软的素衣，是你吗？
等等我，好吗？
等我顺这潺潺溪流，牵起你的手。

水中洲美丽的发簪，是你吧。
即使你不等，
我也会斩却一切险阻，握紧你的手。

可是，眼前，
何来身影？何来素衣？何来发簪？
只一海茫茫芦苇罢。
（罗芳）

（二）
曾到过一处河畔
那儿的芦苇苍茫
叶片上薄薄的露水
都已凝成了霜
风儿轻轻拂过
芦苇们悠悠歌唱

我眺望河水那方
咦，这是谁家的姑娘？
朦胧的身影

仿佛立在河水中央
天边火红的朝阳
映着我羞红的脸庞
不知谁人的心房
被轻轻叩响

我驾着小船逆流而上
水中的礁石
划过我的船桨
我追着你的身影
奋力前行
哦，我美丽的姑娘
请你慢下脚步
让我折一支芦苇
别在你心上
（蒋妍）

开在车上的那朵木槿

郑风·有女同车

有女同车，颜如舜华①。将翱将翔，佩玉琼琚②。彼美孟姜，洵美且都③。

有女同行，颜如舜英。将翱将翔，佩玉将将④。彼美孟姜，德音不忘。

● 词语注释

①同车：同乘一车。舜华：与下文"舜英"均指木槿花。②将翱（áo）将翔：（女子）行走轻盈像鸟儿飞。琼琚：美玉。③孟姜：姜姓长女，代指美人。孟：长子。洵（xún）：确实。都（dū）：美好。④将（qiāng）将：即"锵锵"，玉石碰撞声。

● 大家说诗

诗分两章，每章六句，两章的意思大致一样。第一句直陈其事——"有女同车"。接下来三句分别从容貌、身姿、佩饰三方面描绘了女子的美好：她的容貌像木槿花一样娇艳，她的身姿像小鸟一样轻盈曼妙，连她身上佩戴的玉饰都那么晶莹闪亮。第五六句进行总结：这位姓姜的女子，实在是美得不同寻常啊！

第二章的写法与第一章相似，只是末句进一步歌颂了这位姜姓女子不仅容貌美丽，品德也很高尚，实在是令人不能忘怀。诗人用饱含感情的笔触，颂扬了这位令自己爱慕不已的女子。

《郑风·有女同车》写女子之美，是"国风"的一种样式。并没说女子到底长什么样，只形容像木槿花，留出空白让人去用想象填补，这是一种常用的文学手法。而木槿花这个意象，有两个突出的特点：一个

舜

是美，另一个则是短暂。也正因如此，《毛诗序》认为这是刺郑国的太子忽（即后来的郑昭公）不婚于齐，说："太子忽尝有功于齐，齐侯请妻之；齐女贤而不娶，卒以无大国之助，至于见逐，故国人刺之。"毛诗认为太子忽的人生就如同这木槿花，朝开暮落。

这首诗确实很美，第一美在人物。顺着诗人的目光细看这位女子，容颜绝代，身姿曼妙，服饰华美，连品德都那么高尚，确实是古今美女的典范。诗中这位男子又何尝不美？他才华横溢，以艺术家的眼光来发现美、欣赏美。第二美在情感。子曰："温柔敦厚，《诗》教也。"这位男子，用热烈而充满爱慕的眼光追随着这位女子，欣赏她的美丽，感受她的美德，画面却仅止于此。古人所说的"发乎情，止乎礼"，大概指的就是这样的人吧！

● 个性解读

在木槿花盛放的夏秋之交，风是那么轻、那么柔。

一辆马车缓缓驶过，车上坐着一位贵族女子和一位男子，他们身上的环佩发出叮当的响声。两人坐在车上有说有笑，四匹马儿奔跑起来，凉爽的风儿吹起来，阳光下，她白里透红的脸上带着微笑，就像刚刚盛开的木槿花一样。风儿吹起了她的裙裾，她身上的玉佩发出叮当的响声，好似一串串银铃般的笑声。这两人面含微笑谈着天，轻松而愉悦。男子看着这位美丽的姜家大小姐，心想，她怎么这么完美呢？她不仅长得美，仪态美，连品德都那么美好！

人生若只如初见，彼此记忆的都会是最美好的样子。如同诗中的遇见，惊鸿一瞥，却定格在记忆中，惊艳了三千年的时光。

车轮滚滚，掀起的尘埃漫过三千年，两人的笑靥隐没在历史的画卷中。沧海桑田，大地变换了容颜。滚滚红尘中，这两位同车的人儿，是否让你想起了志摩与徽因？他们最美的画面定格在康桥的柔波里。又是否让你想起了陆游与唐婉、玄宗与玉环？他们若仅止于"同车"，或许就不会把悲伤蔓延成生命的主旋律。

今日的我们又何尝不是如此？那些最美好的画面，似乎都在记忆中留存。一旦重新去体会和感受，就免不了遭遇现实与记忆中的美好一并消失的悲哀。

我想起儿时的玩伴。我们视彼此为生命中最重要的人，成年之后每每回忆起来，唇边都会挂着悠长的微笑。然而几十年光阴逝去，当神奇

的朋友圈再次把大家聚在一起时，却只剩下推杯换盏、微妙的尴尬与轻浅的寒暄，那儿时的美好，也似乎褪色了许多。

我想起记忆中的美食。大学时每一个寒冷的冬天，熬过长长的排队时间，小心翼翼地端着一锅腊味煲仔饭坐下，慢慢享用人间美味，这曾是我对大学记忆最怀念的画面之一，以至于毕业十年，每每回想起来，依然会不自觉地吞咽馋涎。然而多年后，当我再次尝到这心心念念的美味，却顿觉油薄肉少、滋味寡淡，远不如想象中的美好。于是，记忆中那碗"人间美味"，也一并烟消云散了。

我想起许多陌生人，初见时的热切与投缘，到再见时的疏远与淡漠；我想起许多不幸的婚姻故事，初见时的巧笑倩兮，终敌不过时光的侵蚀，当华服遮盖不住日渐衰老的身躯，浓妆掩盖不住苍老的容颜，初见时的美好，已然随着日常的繁杂消磨殆尽。

于是我似乎明白，在我们有限的生命中，有无数次机会可以把瞬间过成永恒，而那些成为永恒的画面，都是我们记忆的画笔描摹上色之后的结果。至于是涂上鲜艳明快的颜色，还是埋在灰暗的光圈里，决定权在我们自己。如同《郑风·有女同车》中，他记忆中的她永远停在这美好的年华里，两个人的脸上，都写满了明媚与粲然。

人生中很多美好的相遇，都很短暂。

或许，正因短暂，才得以永恒。

● 写作点拨

向 《郑风·有女同车》学写作

——绘形绘声，让人物跃然纸上

写作小练笔：只是因为在人群中看了你一眼

在本诗中，以"将翱将翔"来描写女子像飞鸟一样轻盈曼妙的翩然身姿；以"佩玉将将"描写女子出场，她身上琳琅的美玉叮当作响，音韵悦耳；《周颂·振鹭》中"振鹭于飞，于彼西雍。我客戾止，亦有斯容"用通体洁白的白鹭飞翔时舒展优美，栖息时从容之姿，来形容尊贵的客人也是如此；《小雅·庭燎》中"鸾声将将""鸾声哕哕"，车铃声声，清脆悦耳，再现大臣纷纷上朝的热闹场景……

通过视觉、听觉等感官描写，运用比喻绘形、叠词绘声等手法，让人物形象跃然纸上，使人如见其人，如闻其声，写作中不妨借鉴。

●诗经现场

《诗经》的趣味用词

温小戒发现一个有趣的现象，《诗经》中的一些词语很有意思，他试着分了一下类：

A. 韵母或者声母相同：窈窕　辗转　掘阅　雎鸠　蒹葭

B. 偏旁相同：寤寐　辗转　荇菜　踊跃　鳣鲔　葭菼　翱翔

C. 叠音词：萋萋　敖敖　镳镳　发发　揭揭　采采

原来A组属于联绵词，是由两个音节联缀成义而不能分割的词。其中韵母相同的叫叠韵词，声母相同的叫双声词，还有些属于非双声叠韵词。B组词的偏旁常常代表类别或含义。C组是叠音词。这些词读起来朗朗上口，很有节奏，多么神奇啊！小戒又忽然明白，我们生活中叫其他人小名的时候，如华华、萍萍、青青、欣欣都用叠音词，原来是来自古老《诗经》的亲切可爱啊。你能从《诗经》里为每组分别再找一些这样的例子吗？

（文／谭妙蓉）

摇曳在山林中的生命风景

卫风·考槃

考槃在涧，硕人之宽①。独寐寤言，永矢弗谖②。
考槃在阿，硕人之薖③。独寐寤歌，永矢弗过④。
考槃在陆，硕人之轴⑤。独寐寤宿，永矢弗告⑥。

● 词语注释

①考槃（pán）：架木为屋，指隐居。涧：两山之间的流水。宽：心宽。还有一种说法是指貌美。②寐：睡。寤：醒。矢：同"誓"，发誓。谖（xuān）：忘却。③阿（ē）：山的转弯处。一说是山坡。薖（kē）：宽大，宽舒。④过：忘记。⑤陆：高平陆地。轴：盘桓不行貌。⑥告：告诉。此处意为不将独自隐居的乐趣告诉别人。

● 大家说诗

这是一首隐士的赞歌，描写其独善其身的生活场景。

诗共三章，分别写一位在山涧、山坳、山丘筑屋独自居住的贤士，脱离喧嚣的俗世俗物，在优美的山林之间，独睡独醒独话独歌独宿。诗中三"独"表恍然忘世的状态，明自得其乐的意趣。

诗以山涧小屋与独居的人心境对照，木屋虽小，却觉天地之宽。尤其是一"独寐寤言"的勾勒，"硕人"一语双关，既指身体健硕，又指品行高尚，"宽""薖""轴"则反复夸赞隐士心境，将隐者的美好形象凸显得栩栩如生，方玉润《诗经原始》说："美贤者隐居自乐之词"。

硕人这样的贤士，理应治国平天下，却以三"永"三"弗"示归隐决心之大，发誓对这山林隐居生活，永不忘记、永不失去、永不示人。究其原因，无非朝廷政治黑暗，不能选贤举能，贤人不得其位。因此，《毛诗序》说："《考槃》，刺庄公也。不能继先公之业，使贤者退而穷处。"

有人说这是隐逸诗之宗，后来出现的宁愿被烧死也不出山的介子推、耻食周粟的伯夷叔齐、啸聚山林的"竹林七贤"、不为五斗米折腰的陶渊明等均是隐士，写有不少隐逸诗，留下许多耐人寻味的故事。

● 个性解读

落日犹如一枚镶着绒绒金边的暖暖的扁黄大橘子，渐渐地，渐渐地，先是落在梧桐树的枝杈上，渐渐地，渐渐地，然后又像是梦醒了，摔了一跤，坠落到他的巢中——说是巢，其实是他搭在树上的木房子。落日如倦鸟，将行将集，倦行至此，也便收了剩余的光与热，直落下山的那边，水的那边，夜晚也如期而至。

春已深矣，耳边听得山涧碧水幽幽，泠泠穿山走岭；眼前见得木末花发红萼，纷纷自开自落。

山中的岁月不过是从这棵树跳到那棵树，从这丛水蓼花流到那丛水蓼花。抱住粗大笔直的树干，踩着树干上捆绑的绳索结，纵身一跃，双手攀住绵延伸展的茁壮南枝，双腿空中一荡，勾住那光滑笔直向上的东枝，他侧身坐在一个平坦的大枝杈里——木屋门口。

这是他最喜欢的一处居所。他在高大的山陵上和平缓的沙丘间，也都建造过自己的木屋，也在屋前开辟菜畦，搭棚搭架，点豆种瓜，植几棵桃树柳树，开着花，结着果，飞几只燕子；他在屋后窗边种几竿竹，两丛芭蕉，夏天看绿烟细细，分绿窗纱，不知岁月长短；他不怕秋天落叶满径，荒草侵道，他是此间唯一的行人，让露水打湿衣襟，顺便打湿

昨夜书案上的诗，诗里吟唱的歌，歌里的梦境；他也不怕冬日下雪，冷是冷点，但屋子里酿的有好酒啊，他正好就着往事下酒，和过去干杯，留一片大天地给来年的春天。

但他还是最喜欢这山涧边的居所，喜欢住在高高的树上。他看到一树在月光下发亮的花，树形高大，树枝疏朗清晰，没有叶，所有的花朵都竖立着，开在树枝的末端，像极了宫殿里的枝形灯。他愣住了，怎么会突然想到宫殿呢？怎么会想到那个灯影幢幢的世界？

这里，他可以是人，做人做的事，牵一头牛到南山放牧，饮牛泉溪岸，弄笛梅树边；可以是猿，做猿做的事，爬树、攀崖、摘野果，树林里晃来荡去，没一丝人样地野着、嬉玩，"荷——荷"地笑；可以是鸟，以柔枝为羽翅，抱着枝干，站在树梢，随风摇摆翱翔；有时也可以是花，芬芳从一朵缔结到另一朵；可以是星，向湖面闪耀璀璨的白；可以是风，携手裸着脚踝的林中仙子，吹起溪涧温柔的褶皱，在松林里搅起阵阵涛声。他以天地自然为形体，可以成为所有想成为的一切，只要闭上眼睛，周围没有人，没有人的声音，那声音嘈杂聒噪，没有人的气味，那气味腥臊难闻。

"山涧之水清兮，可以濯我发，可以靧（huì）我面，可以涤我心。"他笑一笑，在微风流水里渐渐睡着。

（文／刘慧勤）

● 写作点拨

向 《卫风·考槃》学写作

——重章叠唱思路清

写作小练笔：独处之妙／我的业余爱好／玩着玩着长大啦

《诗经》中许多诗在结构上都有一个特点，如考槃"在涧""在阿""在陆"，独寐"寤言""寤歌""寤宿"，永矢"弗谖""弗过""弗告"，都是采用重章叠唱的形式——即各章结构相同、内容相近，中间只换几个字，反复咏唱，给人以回肠荡气之感，可以深化文章情感表达。

但重章叠唱并非简单地为重复而重复，它是在一唱三叹中，使诗的内容逐层深入，情感达到螺旋式上升。将这种手法运用到我们的写作中，可以使文章思路清晰，情感逐渐升华。例如余光中的《乡愁》、徐志摩的《我不知道风是在哪一个方向吹》、柯岩的《周总理，你在哪里》等均采用了这种手法。延伸开来，我们称它为"板块式结构"，可以用于各种文体的写作中。

● 诗经现场

隐士故事和甲骨文《诗经》

1. 清明假期，温小戒和妈妈回老家祭扫。读到《卫风·考槃》，妈妈告诉他，清明节前一天还有个节日，叫"寒食节"，与"归隐"有关，是一个悲剧故事；还有一个隐士，朝廷多次委他以重任请他出山，使者甚至带着皇帝诏书前去向他讨教，人称"山中宰相"。

小戒听了很好奇，追问他们是谁，你能告诉他吗？你还可以告诉温小戒哪些关于隐士的故事？

2. 温小戒看到了两幅后人用甲骨文、篆书等古代文字刻的《诗经》名篇，你能猜出是哪两篇吗？

图／唐世标

泛读涉猎

周南·麟之趾

麟之趾，振振公子，于嗟麟兮^①！

麟之定，振振公姓，于嗟麟兮^②！

麟之角，振振公族，于嗟麟兮！

● 词语注释

①麟：据说它有蹄不踏，有额不抵，有角不触。是祖先想象出来兆示"天下太平"的仁兽。趾：足，指麒麟的蹄。振（zhēn）振：奋发有为的样子。于（xū）嗟：表示感叹语气。"于"通"吁"。公子：与下文"公姓""公族"皆指贵族子孙。②定：额头。

● 泛读赏析

麟，又叫麒麟，我国古代神话传说中的灵兽。

《广雅》记载它的样子：鹿身，牛尾，马脚，圆蹄，单角，角顶端有肉。声如洪钟，悠然行走于山川田野；方正守规矩；择善地而居，独处独行；性情温和、宽厚仁慈；它善良大度，头上有角，也是肉肉的，从不伤人；感应敏锐，不会受到任何伤害。它集美行、美德、灵智于一身，是含仁怀义、德才兼备的谦谦君子的化身。只要它出现，就会给人们带来吉祥和福瑞，预示圣人降临和太平盛世的到来。

《周南·麟之趾》篇幅虽短，却一唱三叹，以麟的脚、额、角为特写镜头，层层对王侯公子极尽嘉许，寄托民众对他们仁德安邦、厚慈殷民的期求和渴望吉祥平安生活的美好愿望。

《毛诗序》说："《麟之趾》，《关雎》之应也。《关雎》之化行，

则天下无犯非礼，虽衰世之公子，皆信厚如麟趾之时也。"意思是《周南·麟之趾》呼应开篇《周南·关雎》，文王后妃之德极具感化力，天下没有违法非礼之事，即使是衰世的公子，最终也像麟一样诚信仁厚。

郑风·叔于田

叔于田，巷无居人①。岂无居人？不如叔也。洵美且仁②。

叔于狩，巷无饮酒③。岂无饮酒？不如叔也。洵美且好。

叔适野，巷无服马④。岂无服马？不如叔也。洵美且武⑤。

● 词语注释

①叔：古代兄弟次序为伯、仲、叔、季，年岁较小者统称为叔，此处指年轻的猎人。田：打猎。巷：小路。②洵（xún）：的确。仁：仁慈，慈爱。③狩：打猎，多指冬猎。④适：往，去。野：郊外。服马：骑马人。⑤武：英武。

● 泛读赏析

这是一首赞美猎人的诗。

诗的第一节大意是"猎人出门去打猎，巷里空空没了人。难道真的没有人？没人能与猎人比，猎人英俊又慈仁"。后两节重章叠唱，换成"饮酒""服马"，大意基本相同。从叙述者的角度来看，可能是一位女子爱上了巷里一位年轻的猎人。爱上他，就是"曾经沧海难为水，除却巫山不是云"，就是"我的眼里只有你"，他一出去，仿佛带走了巷里的光彩和生气。

以打猎、喝酒、骑马这样的生活细节来表现人物美好形象，很有人情味。短短的一章，用了设问、对比、夸张等艺术手法，语言跌宕生姿，情节曲折有致，意境回味隽永。

《诗经》有许多关于打猎的诗，从不同角度再现当时场景，如《齐风·卢令》先声夺人，《郑风·大叔于田》以场面取胜，《齐风·猗嗟》直接赞叹射技精良，《召南·驺虞》情景交融，短小有趣；《周南·兔罝》虚实相生，联想丰富。

小雅·南山有臺

南山有臺，北山有莱①。乐只君子，邦家之基②。乐只君子，万寿无期！

南山有桑，北山有杨。乐只君子，邦家之光③。乐只君子，万寿无疆！

南山有杞，北山有李。乐只君子，民之父母④。乐只君子，德音不已⑤！

南山有栲，北山有杻。乐只君子，遐不眉寿⑥。乐只君子，德音是茂⑦！

南山有枸，北山有楰。乐只君子，遐不黄耇⑧。乐只君子，保艾尔后⑨！

● 词语注释

①臺：莎草。莱：草名。下文的杞（qǐ）、栲（kǎo）、杻（niǔ）、枸（jǔ）、楰（yú），均是树名。②只：语助词。邦家：国家。基：根本。③光：荣耀。④父母：君爱民，民视之如父母，故有"父母官"之说。⑤德音：好声誉。⑥遐：为什么。眉寿：指高寿。⑦茂：繁茂。⑧黄耇（gǒu）：高寿到一定程度白发转黄。⑨保艾：保佑，护养。

● 泛读赏析

本诗描述的是国君举行寿宴，各位大臣为之颂扬美德，唱出美好的祝福。

南山北山，长满青翠臺莱；南山北山，桑杞栲枸茂密成排；南山北山，杨李杻椅郁郁葱葱。各种花草，各种树木，仿佛具备各种美德的君子贤人、栋梁之材。

虽是朝廷乐歌，却似暖暖的民歌歌谣。唱起来，舞起来，祝福的话语也要说出来：国泰民安，是因为有贤明的国君，有"邦家之基""邦家之光"，有为民做主的"民之父母"，他是家庭的基石、国家的栋梁、民族的荣光。这样的君子怎能不被祝福万寿无疆？这样的国君，好福好运会连绵到子嗣后裔。

这首《小雅·南山有臺》让人自然联想到"福如东海长流水，寿比南山不老松""万寿无疆"。祝福，简单明快，意象丰富。全诗结构精巧，前后呼应，章节回环往复，情感螺旋上升，令人难以忘怀。

第三章

窈窕淑女，君子好逑

——在最美的春天里邂逅爱情

谭妙蓉

导 读

　　爱情，是人世间最美好的情感之一：一见钟情的怦然心动、求之不得的辗转难眠、等之无望的伤心无助、两情相悦的幸福美满……《诗经》里的爱情，写满了人类童年时代的纯美与真挚。那是一个上与天接的时代，那是一个性灵通透、活力四射、充满青春与力量的时代。相比宋明理学盛行时被扭曲的两性观，这些诗的青春气息扑面而来，先民们对个体价值的强烈追求、对两性关系的正确认知，尤其是女性角色中体现出的独立意识、平等观念，穿越千年岁月，依然熠熠生辉。

　　经典之所以感人，在于它触及所有人灵魂深处，今日读来，我们依然心潮澎湃。本章精选"国风"与"小雅"中八篇与爱情有关的诗歌，其中绝大部分都是家喻户晓的名篇，是许多传世金句的出处。你看，那位在城墙上翘首踟蹰的男子，正在盼望心上人的到来；那位对着月亮唱着歌的男子，正在思念自己的意中人；那对一见钟情的人儿，正许下"与子偕臧"的诺言……

　　"关关雎鸠，在河之洲。窈窕淑女，君子好逑。"让我们在最美的春天里，邂逅《诗经》中最美的爱情。

用虔敬的心守护爱情

周南·关雎

关关雎鸠，在河之洲①。窈窕淑女，君子好逑②。

参差荇菜，左右流之③。窈窕淑女，寤寐求之④。

求之不得，寤寐思服⑤。悠哉悠哉，辗转反侧。

参差荇菜，左右采之。窈窕淑女，琴瑟友之⑥。

参差荇菜，左右芼之。窈窕淑女，钟鼓乐之⑦。

● 词语注释

①关关：雌鸟和雄鸟相互应和的叫声。雎（jū）鸠（jiū）：一种水鸟。洲：水中的陆地。②窈（yǎo）窕（tiǎo）淑女：贤良、美好的女子。窈窕：体态美好。淑：好，善。好逑（qiú）：好的配偶。③参差：长长短短，不整齐。荇（xìng）菜：水草，可食用。左右流之：时左时右地采摘荇菜。流：顺着水流的方向采摘。下文的"采"与"芼（mào）"均是择取、挑选的意思。④寤（wù）寐（mèi）：醒着和睡着。⑤思服：思念。⑥琴瑟友之：弹琴鼓瑟去亲近她。友：亲近的意思。⑦钟鼓乐之：敲钟击鼓使她快乐。乐，动词，使……快乐。

● 大家说诗

　　作为我国第一部诗歌总集中的第一篇，《周南·关雎》在中国文学史上有特殊地位，"窈窕淑女，君子好逑"更是数千年来家喻户晓的名句。

　　与"国风"中许多"一唱三叹"式的篇章不同，《周南·关雎》似乎是一对青年男女从相识到相恋的完整的爱情故事。开篇以物起兴，以雎鸠鸟发出"关关"的叫声、互相和鸣写起，引出君子对淑女的追求。

雎鸠

接下来写女子采摘荇菜，一个"流"字描绘出女子娴熟的动作，似乎是因为目睹了女子的劳动行为，男子更加坚定了自己的爱慕之心。第三章写男子的心理活动，"寤寐思服""辗转反侧"，表现自己对所爱慕的女子日思夜想、难以入眠，贴切而传神。第四、五章与第二章类似，前两句均为女子采摘荇菜的动作，后两句则用了"琴瑟友之""钟鼓乐之"表示男子得偿所愿。

关于这首诗的含义，《毛诗序》说得非常明白："《关雎》，后妃之德也，《风》之始也，所以风天下而正夫妇也。"而这也是《诗经》之所以被编订成册的原因——"风以动之，教以化之"。在古人看来，夫妇为人伦之始，由此衍生出父子、兄弟、君臣、朋友这四种关系，天下一切道德的完善，都必须以夫妇之德为基础。因此，《周南·关雎》被放在第一篇用以"正夫妇"，就显现出编书人的用心良苦了。

单从文学角度来看，这首诗至少可以有三种解读。第一种是"求偶说"，如上文所述。第二种是"婚礼说"，认为这首诗是在婚礼上唱给新娘子的，因为诗中出现的"琴瑟钟鼓"都不是一般的乐器，而是礼乐。周朝礼制非常严格，什么时候使用什么样的乐器、什么人可以用什么样的乐器，都有非常严格的规定。第三种是"梦境说"。认为这首诗前三章是实写，写一位男子对女子的爱慕，后两章则描绘男子在梦境中迎娶到心爱的姑娘，似乎也说得通。

诗的魅力在于它的多义性，也正是由于"横看成岭侧成峰"的效果，才使得《周南·关雎》更加富有韵味。

● 个性解读

水草丰美的河洛地区，养育着代代华夏儿女，先民们日出而作、日落而息，他们以劳动为主旋律，体会着生活之种种。这样的生活，充实而况味十足；这样的爱情，坚定且天长地久。

荇菜把河岸铺成了翠绿的地毯，叶片肥厚，金黄的小花零星地冒出头来，煞是好看。现在正是采摘荇菜的好时节，若早一点，叶儿还没有如此丰厚美味；若晚一点，黄花开遍后荇菜就老了——人生也是如此吧，总要在恰当的时候做恰当的事情。此刻，一对雎鸠鸟栖息在河中央的小洲上，淙淙的水流声应和着它们欢快的叫声，加上远处采荇菜的姑娘们的笑声，组合成了一曲动人的旋律。

远远立在河边的男子，被这动人的旋律吸引，他抬起头看到眼前美

好的一切，内心也如这春天般明朗。此时，他的目光聚焦在不远处那位窈窕多姿的姑娘身上——没错，那正是他寻觅已久的心上人！

你看，嫩绿的荇菜密密匝匝地长在水里，这位姑娘灵巧的双手左一下、右一下地轻轻挑选着，翠绿的叶片映衬着她的柔荑般的手指，不一会儿，身边的小筐就装满了。她抬头擦了擦汗，莞尔一笑，姣好的面容沐浴在阳光下，惊艳了男子——有妻如此，夫复何求？于是，他鼓起勇气走了过去，郑重地表达了对姑娘的爱慕之情，希望她能与自己相守一生。可是，不知何故，"求之不得"——他未能如愿。明月入窗，男子微蹙的双眉清晰可见，肠百折、愁千缕，一腔相思无寄处，只化作声声叹息……

于是，在这样一个被恼人的爱情缠绕的夜晚，男子渐入梦境。梦中，还是那片水草丰美之地，但我们似乎看见了更加美好的画面：男子终于博得了姑娘的青睐，他为心爱的女子弹琴鼓瑟，继而敲钟击鼓，将她迎娶回家。

春秋战国时期，周室衰微，礼崩乐坏，孔子抱着复兴周礼的美好愿景，把这首诗放在了第一篇。在他的想象中，人们还像周朝那时"乐而不淫、哀而不伤"，克制情感、尊重爱情，如同这首诗里写的那样，用一种虔敬而节制的态度面对不期而遇的爱情。

或许，这才是今天的人们最需要学习的地方。

● 写作点拨

向 《周南·关雎》学写作

——虚实结合，丰满你的文章

写作小练笔：我心中的风景／送你一道彩虹

　　虚实结合，能让作品呈现出不同滋味。诗歌的第三章"求之不得，寤寐思服。悠哉悠哉，辗转反侧"即是如此。"求之不得"——"求"过，却"不得"，男子的爱情受到了挫折。这里虚笔隐去"怎么求的"——是当面被姑娘断然拒绝，还是媒人问名被对方父母拒绝？也隐去"为何不得"——是因为男子身份地位配不上，还是因为姑娘已有心上人？隐去的内容，为读者留下了大量的想象空间，也增加了诗歌的艺术魅力。接下来实笔直述男子的情态——"寤寐思服"。"寤"是醒着，"寐"是睡着，醒着和睡着都思念，意为"无时无刻不想念"。这样还不够，诗歌进一步用细节描写来刻画男子的苦恼——"悠哉悠哉，辗转反侧"——夜已深，银色的月光照进窗子里，床上的男子夜不成眠，他左翻翻、右翻翻，时而欣喜、时而苦恼，这恼人的爱情啊，让他废寝忘食！若结合"梦境说"来看，这首诗的层次就更丰富了：有眼前所见，有心中所念，还有梦中所见——就像为读者奉上了一道好茶，滋味丰厚。由此可见，在写作的时候，把眼前所见与心中所想结合起来，把现实与梦境结合起来，或者恰当地"留白"，都能使你的文章更加丰满。

● 诗经现场

杜丽娘的爱情，从这里开始

在中国戏曲史上，明代剧作家汤显祖的《牡丹亭》堪称巅峰之作，曹雪芹在《红楼梦》中借黛玉之口毫不吝啬地表达了自己对《牡丹亭》的欣赏。

《牡丹亭》中的女主人公杜丽娘本是一位"养在深闺人未识"的小姐，正是由于诵读了《周南·关雎》，她产生了对爱情的渴望，在梦中与自己的心上人相遇，演绎出一段浪漫唯美的爱情传奇。

可以说，《周南·关雎》像一阵春风，唤醒了杜丽娘被压抑的人性。《牡丹亭》原文如下："只因老爷延师教授，读到《毛诗》第一章：'窈窕淑女，君子好逑。'（杜丽娘）悄然废书而叹曰：'圣人之情，尽见于此矣。今古同怀，岂不然乎？'"一个"今古同怀"，流露出深闺女子的悠悠情思。

请你尝试创作一个片段，描绘杜丽娘读到《周南·关雎》时的心理活动，如能用上"虚实结合"的手法就更好了。

让邂逅成为传奇

郑风·野有蔓草

野有蔓草，零露漙兮①。有美一人，清扬婉兮②。邂逅相遇，适我愿兮③。

野有蔓草，零露瀼瀼④。有美一人，婉如清扬。邂逅相遇，与子偕臧⑤。

● 词语注释

①蔓（màn）草：绵延生长的草。蔓：蔓延。零：落下。漙（tuán）：露水很多的样子。

②清扬：形容眉目清秀。婉：美好。③邂（xiè）逅（hòu）：偶遇，不期而遇。适：恰巧符合。

④瀼（ráng）：露水很多的样子。⑤偕臧：一起躲起来。臧：同"藏"。

● 大家说诗

《郑风·野有蔓草》自诞生以来，就以其唯美的意境、浪漫的气息被传唱不衰。即使隔着几千年的时间河流，读起来也毫无距离感，古人在河流那头的一颦一笑，历历在目。

全诗两章，每章六句，采用重章叠句的写法，章节之间只替换个别词语。先写景，次写人，后抒情，层次分明、内容丰富、如歌如画。

"野有蔓草，零露漙兮"，开篇两句且赋且兴，晨雾、春草、露珠，这充满浪漫气息的环境，为人物的出场营造了恰当的氛围。三四句写人，"有美一人，清扬婉兮"，由远及近地刻画这位姑娘窈窕的身姿、清朗的眉目，堪称点睛之笔。"清扬"二字，也成为后世形容人眉目清秀的代名词；结尾两句抒情，"邂逅相遇，适我愿兮"，表达了作者对美人的爱慕和想与之白头偕老的愿望——有了前文的铺垫，情感自然流泻而

出，字字珠玑、浑然天成，实为先秦诗歌中不可多得之佳作。

所谓"诗无达诂"，关于这首诗的解读，众说纷纭。

《毛诗序》认为这首诗是"思不期而遇"，因为春秋时期人们颠沛流离、居无定所，只能把心中所想寄托于诗歌，抒发其对美好爱情的向往；而方玉润的《诗经原始》说是"朋友相期会也"。

当然，更多学者认为此诗是对先民自由婚恋的歌颂，是一曲浪漫的爱情颂歌。

● 个性解读

春夏之交，冰皮已解、春水上涨，天地间一派生机。郊野之外，蔓草葳蕤，那一片碧绿仿佛要延伸到每个人心里去。晨雾还未散，草尖上缀满颗颗露珠，在初阳的照耀下，明澈晶莹。这美好的春日，总会勾起人们的情思——想要遇见那么一个人儿，与他或她相守终生。

在这如梦境般美好的郊野中，一位姑娘款款走来。晨雾中，她的身影依稀可辨。虽然看不清她的脸庞，但那信步田野间的身影婀娜多姿，青白色的布裙在连天碧草的映衬下更显清雅。

或许她是来采荇菜，或许是来寻找什么东西。总之，她时走时停，脚边的露水濡湿了裙底，她的裙裾便如水墨画一般洇成了浅浅的灰色。近了、近了，她渐渐走近，面如秋月，银辉溢目；眼如秋水，清波流转。她看向男子伫立的方向，惊鸿一瞥，双目交会间，仿佛时间停止了。正所谓"情不知所起，一往而深"。良久，男子凝望着这位令自己一见钟情的女子，轻轻吐出一句："邂逅相遇，适我愿兮。"

在对的时间，遇上对的人，是人生最大的幸运。而这看似偶然的背后，或许就是必然。诗中男子与女子的遇见，以"一见钟情"开始，以"与子偕臧"结束，堪称圆满——哦不，这不是结束，而是开始。让自己尽善尽美，以最美好的自己，去求遇见一个人，然后与他或她用一生的时间去谱写美好，最终沉淀、升华成愉悦的永恒记忆。

爱情，是人世间最美好的情感，也是历代文人墨客笔下长盛不衰的主题。这首纯粹而热烈的小诗，似乎只是一个开头，它为我们打开了记忆的盒子，于是，古人笔下那些同样美好的爱情便从心底翩然飞出：

爱是无悔的坚定："愿得一人心，白首不分离。"

爱是恒久的忍耐："两情若是久长时，又岂在、朝朝暮暮！"

爱是绵长的惦念："曾经沧海难为水，除却巫山不是云。"

爱是坚定的誓言："山无陵，江水为竭，冬雷震震，夏雨雪，天地合，乃敢与君绝！"

爱是无悔的付出："衣带渐宽终不悔，为伊消得人憔悴。"

真正的爱情，是让日臻完美的自己，遇见完美的知己。它不仅是一瞬间电光石火般的秋波流转、眉目传情，更是不离不弃的承诺、毕生相守的责任、携手共进的坚持。于是，就有了"邂逅相遇，与子偕臧"——爱情，让你我变得完美；邂逅，让你我谱写出一段传奇。

● 写作点拨

向 《郑风·野有蔓草》学写作

——构建文章内容的框架

写作小练笔：属于夏天的回忆／下雨天的偶遇

《郑风·野有蔓草》"写景——写人——抒情"的结构给了我们许

多启示。下笔之初，我们可以先进行环境描写，为文章设置与内容相符合的氛围，为人物的出场作铺垫。开篇的"野有蔓草，零露漙兮"，朱熹说是"赋而兴"，即用所见之景兴起所咏之事，后世作品中也多有这样的写法。如鲁迅先生的《故乡》中："苍黄的天底下，远近横着几个萧索的荒村，没有一些活气。"此句中色调是"苍黄"而不是"碧蓝"，景象是"萧索"而不是"富饶"，环境是"荒村"而不是"村庄"……这样寥寥几笔，就把小说中灰暗、悲凉的氛围描摹得生动传神，马上把读者带入场景中。

其次，人物的刻画可以将整体与局部相结合，抓住一个点，写深、写透。诗中把女子的眼睛当作特写，"婉如清扬"生动地描绘了姑娘顾盼生辉、清波流转的双目，给读者留下了深刻的印象。有了此前"景"与"人"的铺垫，接下来情感的抒发就水到渠成了。

● 诗经现场

"蔓草"是什么草？

1. 《郑风·野有蔓草》刻画"一见钟情"可谓入木三分。文学作品中那些精彩的"邂逅"还有许多，比如《红楼梦》中的"宝黛初会"、辛弃疾的《青玉案·元夕》，请你读一读、想一想，体会它们与《郑风·野有蔓草》的异同。

（1）　　　　　　　《红楼梦》

（清　曹雪芹）

宝玉早已看见多了一个姊妹，便料定是林姑妈之女，忙来作揖。厮见毕归坐，细看形容，与众各别：两弯似蹙非蹙罥烟眉，一双似喜非喜含情目。态生两靥之愁，娇袭一身之病。泪光点点，娇喘微微。闲静时如姣花照水，行动处似弱柳扶风。心较比干多一窍，病如西子胜三分。

宝玉看罢，因笑道："这个妹妹我曾见过的。"

（2）
青玉案·元夕
（宋 辛弃疾）

东风夜放花千树。更吹落、星如雨。宝马雕车香满路。凤箫声动，玉壶光转，一夜鱼龙舞。

蛾儿雪柳黄金缕。笑语盈盈暗香去。众里寻他千百度。蓦然回首，那人却在，灯火阑珊处。

2. 温小戒同学读到"野有蔓草，零露溥兮"这句，觉得很浪漫，不禁想看看"蔓草"这种植物到底长什么样。然而，他查遍了所有的植物图鉴，都没有找到名字叫"蔓草"的植物。

老师告诉他，也许"蔓草"只是一个泛指，所有爬蔓的草都可以叫作"蔓草"。温小戒还为此专门请教了《诗经植物图鉴》的作者潘富俊教授，他的答复也是一样。

温小戒还了解到，人们喜欢蔓草，是因为它的茎绵延不断，象征着长长久久、连绵不绝。

在隋唐时期，它曾经被作为装饰纹样广泛应用于器物上、服饰中，后人又称蔓草为"唐草"。《诗经》中还有很多植物，它们看似陌生，其实不然。比如《桧风·隰有苌楚》中的"苌楚"，就是今天的猕猴桃；比如《小雅·苕之华》中的"苕"就是凌霄花。聪明的读者，你有兴趣再找几种吗？

我的等待，恰逢花开

郑风·子衿

青青子衿，悠悠我心①。纵我不往，子宁不嗣音②？

青青子佩，悠悠我思③。纵我不往，子宁不来？

挑兮达兮，在城阙兮④。一日不见，如三月兮。

● 词语注释

①衿：衣领。②嗣（yí）音：传递音讯。嗣：通"贻"，寄给的意思。③佩：佩玉的绶带。
④挑、达：来回走动之意。阙：城门两边的望楼。

● 大家说诗

　　这首诗写思念之情，含蓄而富有韵味。从内容来看，似乎只是女子
的内心独白，但却与一般写单相思的诗歌不同，诗中的相思没有悲痛欲
绝、涕泪俱下，只是透着一种如游丝般淡淡的忧伤。

　　这首诗，不仅情感动人，写法也极其精妙。女子思念意中人却不开
门见山地说，而是从他青色的衣领和佩玉写起，一唱三叹，情真意切。
短短一首小诗，读来跌宕有致、俯仰生姿，堪称中国文学史上描绘相思
之情的典范。

　　首章以"子衿"起笔，男子青色的衣领直接跃入读者眼中，女子绵
绵思念便开始随着这衣领汩汩流泻而下。随之而来的，还有那带着爱意
的埋怨——即便我不去找你，你怎么能连一点音讯也没有呢？即便我不
去找你，你怎么能不来看我呢？

这所有的埋怨，最终又以强烈的思念收束——"一日不见，如三月兮。"通览全诗，情感真挚、层次分明：思之不见，故薄责之；等之不见，故眺望之；望之不见，故咏叹之。

《毛诗序》云，此诗乃"刺学校废也。乱世则学校不修焉。"方玉润进一步解释："学校久废不修……其师伤之而作是诗。"把青色的衣领看成是学生的着装也未尝不可，但根据文中所表达的内涵，将其视为恋人之间的情感寄托或许更贴切。尤其是"一日不见，如三月兮"，更像是一种内心独白，用夸张的手法把热恋中的人的心理描绘得细致入微、淋漓尽致。钱钟书认为，这句话"已开后世小说言情心理描绘矣"。

● 个性解读

"等你／心如花／又乱如麻／纷乱的步伐／踩乱时光满枝丫……"

少年时曾读《郑风·子衿》，情窦初开的岁月，我写下了这样莫名的文字。然而岁月流淌十数年，翻开书卷再读此诗，没有了"少年不识愁滋味"的豪情满怀，却多了一份微微的心疼，心疼的不单单是少女的"挑兮达兮"，更多的是对逝去的青春悸动和"归来已不再少年"的惆怅！

这次约会，她期待已久。她一定是"当窗理云鬓，对镜帖花黄"地精心打扮，忐忑不安地奔向城楼的方向，她甚至已经想好了要说的话、要抒的情，想到了"月上柳梢头，人约黄昏后"的美好画面。她想着，那个少年此时此刻肯定在城阙上翘首盼望她的到来，他那青青的衣领、素雅的佩带一定在随风飘舞。然而，这次没有"君心似我心"，城楼上相约的地方，并没有那个穿着青衫的修长的身影，也没有她脑海里的明眸皓齿和俊朗的脸。她仔仔细细寻觅，认认真真呼唤，空旷的城楼上，却只有风寂寥地吹过。

　　女子唯一能做的，便是等待。等了多久，不知道，只知道她"挑兮达兮"。等待是痛苦的，是煎熬的，因为除了等，什么也做不了。然而等待又是最不可知的美好，付出煎熬的所得，让这美好弥足珍贵。世间最美的情话，不是"我爱你"，而是"我等你"！

　　蓦然回首自己的青葱岁月，也曾躲在一棵树下，看那红色的身影，从那条小路飘过。我就像一棵开花的树，长在她必经的路旁，阳光下慎重地开满花，颤抖的树叶则是等待的热情。然而终究是马蹄不停错过。少不更事，曾经以为那就是最伟大的爱情，而随着年龄的增长我才明白，那终究只是青春河流里的一小簇浪花、无论多美，都会湮没在浩渺的江水中。

　　年轻的爱情是炽热的、奔放的、急促的，当有一天你发现它变得温润了、内敛了、柔和了，那么你就成熟了。当你品得了独处的味道，自己的空间便变大了，时光也不再漫长和难熬了——因为值得我们等待的，除了那个牵动情思的人儿之外，还有世间的一切美好。

　　愿你每一次等待，都有花开；如果没有，请别着急，花蕾已经在孕育芬芳！

（文／宋信展）

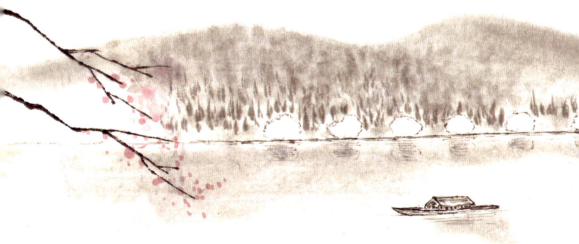

● 写作点拨

向 《郑风·子衿》学写作

——心理描写是刻画人物的小妙招

写作小练笔：写给未来的自己 / 冠军时刻

在人物描写中，有个非常重要的方法是"心理描写"。心理描写就是对人物内心思想活动进行刻画，它能直接反映人物的个性特征。

《郑风·子衿》中有将近一半的心理描写："纵我不往，子宁不嗣音？纵我不往，子宁不来？"直接写出了女子因为思念男子却不得见而产生的责备之情，真情流露，读之感同身受。结尾句"一日不见，如三月兮"更是巧妙地用了内心独白的方法，凝练地写出了因为思念而产生的强烈情感。可以说，《郑风·子衿》开了后世心理描写的先河。

在写作时，我们也可以尝试用内心独白的方式把情感不加掩饰地抒发出来，如果使用恰当，一定会产生强烈的艺术感染力。

● 诗经现场

曹操的"移花接木"

读完《郑风·子衿》，温小戒同学惊奇地发现这首诗里的"青青子衿，悠悠我心"在他背过的《短歌行》中也出现过。可以肯定是曹操借用了这两句放在自己的《短歌行》里。但令温小戒同学困惑的是，曹操为什么要用这两句？《郑风·子衿》明明是一首爱情诗，跟《短歌行》表达的情感完全不同呀。

老师告诉温小戒，虽然从字面上看《郑风·子衿》是一首爱情诗，但是在古代，它是被当成教材来给学生学习齐家治国的道理的。所以那时的学者认为，青色的衣领是学生的标准服饰，这首诗反映了作者对乱

世中人才流失现状的担忧。

听完了这段话，温小戒同学似乎有些懂了。以下是曹操的《短歌行》，亲爱的读者，你明白了吗？

短歌行
（东汉 曹操）

对酒当歌，人生几何！譬如朝露，去日苦多。

慨当以慷，忧思难忘。何以解忧？唯有杜康。

青青子衿，悠悠我心。但为君故，沉吟至今。

呦呦鹿鸣，食野之苹。我有嘉宾，鼓瑟吹笙。

明明如月，何时可掇？忧从中来，不可断绝。

越陌度阡，枉用相存。契阔谈讌，心念旧恩。

月明星稀，乌鹊南飞。绕树三匝，何枝可依？

山不厌高，海不厌深。周公吐哺，天下归心。

明月千里寄相思

陈风·月出

月出皎兮，佼人僚兮①。舒窈纠兮，劳心悄兮②。

月出皓兮，佼人懰兮③。舒懮受兮，劳心慅兮④。

月出照兮，佼人燎兮⑤。舒夭绍兮，劳心惨兮⑥。

● 词语注释

①皎：月光洁白明亮。佼（jiǎo）人：美人。僚：娇美的意思。②舒：舒缓，形容女子从容娴雅。窈纠（jiǎo）：形容女子体态优美。劳心：忧心。悄：忧愁的样子。③皓：明亮。懰（liú）：美，美好。④懮（yǒu）受：步伐轻盈，姿态优美的样子。慅（sāo）：心神不宁、忧虑不安的样子。⑤照：光明。燎：明也。一说姣美。⑥夭绍：形容女子婀娜多姿。惨（cǎo）：通"懆"，忧虑不安的样子。

● 大家说诗

　　如果为后世所有对月怀人的文学作品寻找一条根脉的话，那大概就是《陈风·月出》了。这首小诗第一次在清冷的月光和窈窕的美人之间建立起了联系，第一次把炽热的情感寄托在这似近似远的月儿身上。诗共三章，每章均循着"月——人——情"的顺序来写，只替换个别词语，反复咏叹、层层递进，既增强抒情效果，又使诗文显得委婉而意味深长。

　　开篇由月及人，"月出皎兮，佼人僚兮"，月光之皎洁与女子之娇美互相映衬；下两句由女子写到诗人自己"舒窈纠兮，劳心悄兮"，女子姿态之优美与诗人忧思之强烈形成了鲜明的对照。第二、三章也是以这种模式抒情，但逐层加深：月亮从"皎"到"皓"再到"照"，光愈

来愈强；佼人从"僚"到"忉"再到"燎"，从形体美到内在气质之美；诗人忧伤的程度也由"悄"到"慅"再到"惨"，逐层加深。从诗歌的措辞来看，虽然情感强烈，但因为作者每句都用了虚词"兮"来调和，故而整首诗如同浸泡在浓浓的月色中，清冷而又明澈，"哀而不伤"，读之况味无穷。

这首诗，《毛诗序》认为是："刺好色也。在位不好德，而说美色焉。"朱熹认为是"男女相悦而相念之辞"，朱熹的说法大体上与今人的解读一致。而作者为何如此忧伤，有学者推断，陈地巫风盛行，诗人爱上的女子是一位巫女，早期的巫女作为承担重大祭祀活动的角色，是不允许出嫁的，诗人虽然对她心生爱慕，却无法与她结为连理。

● 个性解读

一轮明月升起，天幕上闪烁的繁星顿时隐匿了行踪。高高的祭台上，那个姑娘正要起舞。她的剪影嵌在清冷的月光里，柔美如斯，窈窕如斯。这身影，让观舞的他倍感忧愁。

月儿渐渐升高，清辉四溢，姑娘的剪影投射到地上，被拉得很长很长。在月光的笼罩下，姑娘的一袭白裙似在发散银光。随着旋律的加快，她的舞姿越发曼妙，而他的愁思，也如那一江春水倾泻而下。

月上中天，清辉洒在她姣美的面庞上，身边的喧嚣渐渐散去，他依然伫立于此。那白裙黑发的窈窕身影，如同月儿一样，这么近，又那么远。少年的愁苦分明写在脸上："你是被神明选中的使者，月光下的你如此圣洁，而我只能远远地望着你，默默地把忧愁和悲苦放进心底。"

全诗沐浴在明月洒下的清辉中，月亮和佼人是不可分割的整体，读者沉浸在这迷离怅惘的氛围里，情思牵动、不能自已。

然而，《陈风·月出》最令人迷恋的，不是溶溶月色中姑娘的可望而不可即，也不是观舞青年的重重忧思，而是整首诗透出的清幽淡雅、迷离惆怅的意境。

"月出皎兮"四字，描绘出一幅意境深幽的画卷，于是，后世无数的咏月诗都只能在这幅画卷上添枝加叶，却无法改弦更张。"明月松间照，清泉石上流""深林人不知，明月来相照"四句，疏朗淡雅的意境与《陈风·月出》别无二致；"举杯邀明月，对影成三人""缺月挂疏桐，漏断人初静"四句，由于有了明月的点染，细微的情绪有了寄托，一种清冷、孤独的感觉便油然而生——《陈风·月出》，确实是我国月下怀人诗的滥觞。

无边"月色"萧萧下，不尽"愁思"滚滚来。原来，此刻拂着我窗棂的那轮圆月，早在《诗经》时代就曾牵动过无数人的情思——月亮，你从远古款款走来，走过秦时的长城，听过唐朝的鸡鸣，拂过宋时的杨柳，映过清时的梅影……你还将去向何处呢？"江畔何人初见月"，明月以它的永恒与博大凸显了人类生命的短暂与渺小，这"不变"与"变"便成为一个永恒的哲学之问。而这一切，都从这轮圆月开始。

此刻，明月又如何牵动了你的情思？

更好的
方法读 诗经

● 写作点拨

向 《陈风·月出》学写作

——寻找古典诗歌的密码

写作小练笔：百花之中独爱（　　　　）/ 夜空中最亮的星

朱熹在《诗集传》中评注《陈风·月出》每章首句都是"兴"。所谓"兴"，是"诗六义"之一，自古以来众说纷纭，只有朱熹的解读比较清晰："先言他物以引起所咏之词"，意即在诗歌开头，先说点别的来引出自己所要表达的意思。作者分别用"月出皎兮""月出皓兮""月出照兮"来引出自己要描绘的那位姑娘，加强了诗歌的生动性和鲜明性。又如《周南·关雎》："关关雎鸠，在河之洲，窈窕淑女，君子好逑。"作者看到一对雎鸠鸟在鸣叫，触发了他的联想，引出男子对年轻姑娘的爱慕。

我们认真品味《陈风·月出》会发现，"兴"与整首诗的气氛、情调、韵味、色泽相关联，不仅作为诗歌的开头引起诗歌，更为整首诗歌的意境营造、氛围渲染起到了不可或缺的作用。如果没有"月出皎兮"，我们就无法把这位月下起舞的姑娘设置在那样一个朦胧清幽的氛围中，而诗人那沉淀在心底的思念也无法自然地倾泻而出。所以，"兴"的运用，增加了诗歌的韵味和形象感染力，使诗歌散发出迷人的艺术魅力。

这种创作手法，深深地影响了后世诗歌的创作，直到现在，我们还在许多作品中见到"兴"的影子。如民歌《映山红》，"夜半三更盼天明，寒冬腊月盼春风，若要盼得红军来，岭上开遍映山红。"前两句起兴，后两句叙事兼抒情。还有一首改编自仓央嘉措的诗的民歌《在那东山顶上》："在那东山顶上，升起白白的月亮，年轻姑娘的面容，浮现在我的心上。"起兴的意境和内容与《陈风·月出》何其相似！

●诗经现场

一脉相承的"对月怀人"诗

1. 温小戒暑假怀揣《诗经》游天下，去了《陈风·月出》发生地，一路上了解到了许多陈国的历史。相传此地名宛丘，是陈国的都城，在今天的河南淮阳境内，是伏羲建立的第一座都城。据说，西周初年，周武王将自己的长女太姬嫁给了父亲的重臣妫满（妫满是舜的后人），并将陈地分封给了他，因此，妫满史称陈胡公。后来陈国灭亡，亡国的子民都以"陈"或"胡"为姓，所以，陈姓与胡姓的得姓始祖就是妫满。得知这一点，温小戒很兴奋，因为他有好几个同学姓陈，他准备开学之后把自己了解到的陈姓的由来分享给他们。

同学们，你知道自己的姓氏由来吗？不妨去查查历史资料了解一下。

2. 听老师讲完《陈风·月出》之后，温小戒同学恍然大悟：原来自己以前背过的许多与月亮有关的诗都跟《陈风·月出》有或多或少的联系！他想起了苏轼中秋夜的酒后高歌，想起了李白月下思乡的真情流露……让我们随着温小戒同学的背诵，一起来回顾一下吧：

◎ _____，随风直到夜郎西。（李白《闻王昌龄左迁龙标遥有此寄》）

◎ 但愿人长久，_____。（苏轼《水调歌头》）

◎ 此时相望不相闻，_____。（张若虚《春江花月夜》）

◎ 若到天涯思故人，_____。（李白《送祝八之江东赋得浣纱石》）

◎ _____，天涯共此时。（张九龄《望月怀远》）

探寻这羞答答的恋人之心

邶风·静女

静女其姝，俟我于城隅①。爱而不见，搔首踟蹰②。

静女其娈，贻我彤管③。彤管有炜，说怿女美④。

自牧归荑，洵美且异⑤。匪女之为美，美人之贻⑥。

● 词语注释

①静女：娴雅安详的女子。姝（shū）：美好的样子。俟（sì）：等待。城隅：城角的隐蔽处。②爱：通"薆（ài）"，躲藏。踟（chí）蹰（chú）：徘徊。③娈（luán）：容颜姣美。贻（yí）：赠。彤管：有人说是一种像笛子的乐器，有人说是红管草。如果是后者，就与下文的"荑"同类。④有炜（wěi）：即炜炜，红而有光的样子。说（yuè）怿（yì）：喜爱。女（rǔ）：通"汝"，指彤管。⑤牧：野外。归：通"馈"，赠送。荑（tí）：初生的柔嫩白茅。洵美且异：实在是美得特别。⑥匪：非。女（rǔ）：通"汝"，指荑。

● 大家说诗

　　这首诗生动地刻画了男女之间纯真的爱情，既有淘气的捉弄，又有温情的馈赠；既有焦急的等候，又有幸福的回味。

　　全诗以男子的角度陈述。他的心上人——那位娴雅美好的姑娘与他相约在城角的隐蔽处，然而当男子赶赴约会地点时，却寻不着姑娘的身影，原来调皮的她故意躲起来了。后两章循着男子的叙述，我们仿佛看到一个为爱痴狂的年轻人沉醉在回忆里的模样：美丽的姑娘时刻惦念着我，赠送我鲜红明亮的彤管，又赠我柔嫩洁白的荑草。虽然这两样东西都很美，然而我看重的并非这些，而是因为此物是她亲手赠予的。这种"爱屋及乌"的情感，让诗中小伙子痴情的形象更加生动立体。小伙子的深情款款、姑娘的俏皮可爱与彤管、荑草相互映衬，描绘出一幅充满青春气息的迷人画面。

关于文中的"爱而不见"是不是姑娘有意地捉弄，读者也有不同看法。有人认为，姑娘或许是因为害羞而躲起来，因为全诗是以男子口吻叙述，并未写到女主人公的情感，诗中"赠物"是她表达情感的唯一方式，可见这位姑娘是含蓄而内敛的。此外，本诗的主旨也众说纷纭。《毛诗序》认为"刺时也。卫君无道，夫人无德"。朱熹认为是"淫奔期会之诗"，在他看来凡未经父母之命、媒妁之言的爱情，都是"淫奔"，这当然有失偏颇。

抛开前人对此诗的争执不论，单从文学角度来看，这首诗为我们再现了先民们单纯自然、天真无邪的爱情，这种美好，值得珍藏。

● 个性解读

我一直认为，人类爱情中最唯美、最浪漫、最动人的部分，就在《邶风·静女》所描述的状态中。单相思难免有些苦涩难熬，婚嫁后大多现世安稳、平静无波，只有情初定、两相悦之时，情感体验最丰富，眼中的彼此都是最完美的模样。恋人们的脸上都沐着爱的光辉，绽放出前所未有的奇异之美，不信你看——

风穿过门楼，哗啦啦吹动树叶，青年乘风而来，踏着轻快的步子早早到达约会地点。杨树叶片上下翻飞，正面的嫩绿与背面的浅白交相闪烁，一如他起伏不定的心情——马上就要见到心爱的姑娘了，他不由得紧张起来，一直紧攥的双手也已微微濡湿。风吹啊吹，杨树摇啊摇，他

翘首盼望、徘徊不已，那个调皮的姑娘，你到底藏到哪里去啦？

等待的时光总是特别难熬，姑娘的一个小玩笑，让青年"搔首踟蹰"、备受折磨。

能够与等待相抗衡的，非回忆莫属。此刻，沉浸在回忆中的青年眼中突然流露出笑意，他想起了那支珍藏的彤管。那红得发亮的彤管，像极了姑娘那光洁明艳的样子。虽然不言不语，可她红着脸儿亲自将彤管递给他，这不正代表了她的心意吗？眼底的笑意漫延到嘴角，青年咧嘴笑出了声。

他又想起了他珍藏的那枝白茅。他永远不能忘记，那天，她从一片苍翠中款款走来，一手提着满满一筐鲜嫩的野菜，一手轻巧地执一枝柔嫩的白茅。风儿吹乱了她的长发，她顾不得整理，只是扬起头轻快地奔跑，如同在天地间自由往来的精灵。他看着她粲然的笑，时光仿佛停滞了……直到他触摸到她递来的那枝柔嫩的白茅，方才回过神来。这枝白茅固然美，然而我喜爱它，与它美丽与否无关——我如此珍惜它，不为别的，只为它是我心上人的赠物啊！

这正是《邶风·静女》最动人之处。真正的爱情是纯粹的，真正的爱情没有物质的附着，没有利益的权衡，只与爱情本身有关。此刻，无关财富多寡、价值几何，哪怕是一枝花、一棵草，只要是心爱的人赠送的，都是我的心头好——千年之后，在这个物质至上、灯红酒绿的时代，当你再次触摸到这份纯真，希望它能像拂动杨树叶片的那阵风一样，吹动你的心湖，即使只有短短一秒，亦足矣。

● 写作点拨

向 《邶风·静女》学写作

——于细微之处见真情

写作小练笔：爸爸的外套 / 晨曦中的风景线

细节描写，指抓住生活中的细微而又具体的典型情节，进行生动细致的描绘。它渗透在对人物、景物或场面的描写之中，是一种很重要的写作手法。人物的细节描写，有外貌描写、语言描写、动作描写、心理描写、神态描写。《邶风·静女》中的细节描写值得关注。"搔首踟蹰"是人物的动作描写和神态描写，传神地刻画出男子抓耳挠腮、徘徊不定、焦急等待的形象；"彤管有炜"则生动地刻画出"彤管"通红发亮的美好形貌，非常有画面感，值得我们借鉴。

● 诗经现场

盘点《诗经》中的"定情赠物"

刚刚读完《卫风·木瓜》的温小戒同学发现，在《诗经》的时代，男女定情常以植物作为赠物。比如《邶风·静女》中的彤管和荑；《卫

风·木瓜》中的木瓜、木桃、木李。"投我以木瓜，报之以琼琚。匪报也，永以为好也。"诗中女子用木瓜、木桃、木李相赠，而男子解下随身佩戴的玉石作为回礼，表达了自己永远与之相好的决心。再比如《郑风·溱洧》中的芍药："维士与女，伊其相谑，赠之以勺药。"男子送女子芍药以表示爱慕。《陈风·东门之枌》中的蕟和椒："视尔如蕟，贻我握椒。"男子赠送女子锦葵，女子则送了一把花椒给男子。

上述几种植物，有的寄寓了人们对婚姻和爱情的美好祝愿，如木瓜、木桃、木李、花椒，有的则表示了人们对彼此爱情的坚定，如芍药、蕟（锦葵）、荑、彤管等。

温小戒同学有点困惑：古人送花、送果实他都可以理解，可为什么要送花椒呢？难道这一味微不足道的调料有什么特殊的寓意吗？

聪明的读者，你能帮他解惑吗？

泛读涉猎

王风·采葛

彼采葛兮，一日不见，如三月兮[1]！
彼采萧兮，一日不见，如三秋兮[2]！
彼采艾兮，一日不见，如三岁兮[3]！

● 词语注释

[1]彼：那个，那位。葛：植物名，葛藤，其皮可做成纤维来织布。[2]萧：植物名，蒿类，有香气。三秋：义同三季，九个月。[3]艾：植物名，叶子晒干后可供药用。岁：年。

● 泛读赏析

　　这首《王风·采葛》，写的是男子对一位辛勤劳动的女子的爱慕和思念。在封建社会秩序还未完全确立的春秋时期，先民们的日常生活很大程度上都依赖天然物产。

　　有学者将其概括为"男猎女采"——男子外出打猎，女子负责采摘野菜作为食材、祭品、染料、药品等。

　　先民们的生活以劳动为基础，他们的爱情也显得质朴而真切。《王风·采葛》并未对女子的外貌进行任何形式的描摹，唯一写到的就是她的劳动行为：采葛、采萧、采艾。

　　葛藤可以用于纺织，故而采葛用来制衣；萧与艾相似但有区别，采萧用来祭祀、照明，而艾是一种药材，故而采艾用于治病。简单的三个词语刻画出女子工作之繁忙琐碎。

　　这辛勤劳作的忙碌身影，不仅让男子魂牵梦萦，也给读者留下了深

葛

刻印象。

全诗均是男子的内心独白，没有托物起兴、委婉含蓄，一开头就火辣辣地直抒胸臆，活脱脱地写出热恋中人儿的心理状态——爱情是如此甜蜜，而思念是如此难熬。

"月（一月）、秋（一季）、岁（一年）"的三个层次递进，思念之情也逐层加深，用夸张的手法抒发其不见女子、度日如年的情感，唤起了不同时代读者普遍的情感共鸣，成语"一日不见，如隔三秋"即由此而来。敢问正在热恋，或是曾经热恋过的人们，谁没有"一日不见，如隔三秋"的体验呢？

周南·汉广

南有乔木，不可休思①。汉有游女，不可求思②。汉之广矣，不可泳思。江之永矣，不可方思③。

翘翘错薪，言刈其楚④。之子于归，言秣其马⑤。汉之广矣，不可泳思。江之永矣，不可方思。

翘翘错薪，言刈其蒌⑥。之子于归。言秣其驹⑦。汉之广矣，不可泳思。江之永矣，不可方思。

● 词语注释

①乔木：指高大却少阴凉的树木。休思：休息。思：语气助词，下文的"思"均作此解。前两句意为高木无荫，不能休息。②汉：汉水，长江的支流。游女：汉水之神，或指外出游玩的女子。③江：长江。永：长。方：筏子。此处用作动词，意思是乘坐木筏渡江。④翘（qiáo）翘：高高的样子。错薪：丛杂的柴草。古人认为"薪、楚"是嫁娶必备之物。言刈（yì）其楚：割下荆条。言，语气助词。刈：割。楚：灌木名，又名荆。⑤之子于归：那个女子要出嫁。归：女子出嫁。秣（mò）：喂牲畜。⑥蒌（lóu）：蒌蒿。⑦驹（jū）：小马。

● 泛读赏析

　　第一次读到《周南·汉广》，我的脑海中立刻浮现出与《秦风·蒹葭》相似的意境。江水浩渺，广阔无边，极目望去，那隐隐的波涛间，似乎笼着一层神秘的轻雾。男子每日伫立岸边，有时候，他会捕捉到那隐在雾中的倩影，而大多数时间他只能看到洁白的水鸟掠过波涛。他也会有

美好的憧憬，期待着喂马劈柴，迎娶心中的女神，最终，却又理智地否定了自己——"汉之广矣，不可泳思。江之永矣，不可方思。"他似乎早已知道，他们的距离，遥远得如同这浩渺的江水，永远无法越过。

《周南·汉广》可看作是《秦风·蒹葭》的姊妹篇。与《秦风·蒹葭》中那位在水一方的伊人、苍苍茫茫的蒹葭、意境凄清的白露相似，《周南·汉广》中的游女不可求、汉水不可泳、长江不可方，这些意象均充满了缥缈、不可捉摸之感。然而相比《秦风·蒹葭》的缥缈，《周南·汉广》的实处更实、虚处更虚，场面更宏阔。咏之，眼前仿佛出现了一片浩渺的江水，一位男子伫立江干，发出一声声悠长的叹息，那么美好，又那么绝望。

诗中充满了复杂的情绪，无望的忧伤、遥远的距离感、美好的憧憬……或许正是这种可望而不可即，才成就了诗歌的悲剧美；而悲剧美，恰恰是永恒之美。

小雅·隰桑

隰桑有阿，其叶有难①。既见君子，其乐如何②！

隰桑有阿，其叶有沃③。既见君子，云何不乐④！

隰桑有阿，其叶有幽⑤。既见君子，德音孔胶⑥。

心乎爱矣，遐不谓矣⑦？中心藏之，何日忘之⑧！

●词语注释

①隰桑：长在低湿地里的桑树。阿（ē）：通"婀"，姿态优美。难（nuó）：通"娜"，茂盛。②君子：指意中人。③沃：肥厚柔润。④云：发语词，无意义。⑤幽：青黑色。⑥德音孔胶：互诉衷情，情感牢固。德音：动听的声音，美好的话语。孔胶：很牢固。⑦遐不：胡不，为什么不。谓：说，告诉。⑧中心：心中。

●泛读赏析

这首诗选自《诗经》中的"小雅"，是"二雅"中比较少见的爱情诗。全诗以女子内心独白的方式来完成，深情款款，真实可感。

诗分四章，前三章均以桑树起兴，由桑树叶的茂盛繁密到肥厚柔润再到颜色青黑，暗示了人物情感的逐渐加深。这是《诗经》中常用的手法——以物象的变化表达事情的发展，如《卫风·氓》中的"桑之未落，

其叶沃若""桑之落矣，其黄而陨"，如《周南·桃夭》中的"桃之夭夭，灼灼其华""桃之夭夭，有蕡其实""桃之夭夭，其叶蓁蓁"。

前三章后两句则是女子美好的想象——想象自己与意中人情投意合的快乐场景，这也有一个逐层递进的关系。第一层"其乐如何"表示心情喜悦，第二层"云何不乐"用了反问的方式增加语气，第三层"德音孔胶"再进一步，由只写自己的快乐到写二人互诉衷情，情感上升到了"两情相悦"的程度。

如果说前三章描绘的都是女子想象中的幸福场景，那么第四章则回到了现实，叙述了这位女子复杂的心理活动：那么爱他，却不敢告诉他；虽然不敢告诉他，可是我心中却没有一天不想他啊！

这种一波三折、跌宕起伏的表达起到了极好的艺术效果，尾句"中心藏之，何日忘之"尤其精彩，成为千古传颂的名句。

第四章

琴瑟在御，莫不静好

——牵你的手到地老天荒

彭珊

导 读

　　暮春三月，杂花生树，燕儿筑巢，鸳鸯双栖，大自然到处孕育着新的生命，一派勃勃生机。这样的季节，自然也撩动无数适婚男女的情怀。"同声若鼓瑟，合韵似鸣琴""琴瑟在御，莫不静好"，祖先用质朴的语言表达着对新人最美好的祝福。《诗经》中有大量描写嫁娶礼俗的篇章，从繁多的仪式，到迎娶的盛大场面，从新人欣喜羞涩的心情，到对伴侣的缱绻深情，既有爱的云霞流光溢彩，也有思念的阴云挂满天空，更有离散和伤逝的泪水浸透夜的黑……我们可以透过这些温暖的文字，了解三千年前祖先的婚姻生活，感受他们在婚姻中的喜乐哀愁，触摸中华大地丰富多彩的民俗风情。

桃李春风与君同

周南·桃夭

桃之夭夭，灼灼其华①。之子于归，宜其室家②。

桃之夭夭，有蕡其实③。之子于归，宜其家室。

桃之夭夭，其叶蓁蓁④。之子于归，宜其家人。

● 词语注释

①夭夭：茂盛而充满生机的样子。灼灼：鲜艳光亮的样子。华：同"花"。②子：这位姑娘。于归：女子出嫁。宜：和顺、亲善。③蕡（fén）：草木果实繁盛硕大的样子。④蓁（zhēn）：树叶茂盛的样子。

● 大家说诗

《周南·桃夭》是千古名篇，它描写了姑娘出嫁的热闹场景。全诗三章，各章前两句，分别以桃树的花、叶、果实起兴，喻指男女盛年、及时嫁娶。"桃之夭夭，灼灼其华"是千古名句，以鲜艳的桃花比喻年轻美丽的新娘。清代姚际恒《诗经通论》曰："桃花色最艳，故以取喻女子，开千古词赋咏美人之祖。"后世将桃花、美人的意象彼此重合，意蕴丰富。诗歌中有桃花——"去年今日此门中，人面桃花相映红"；故事中有桃花——据说唐明皇和杨贵妃在禁苑中游玩时，总会摘朵桃花簪在贵妃鬓边，道是"此花最能助娇态"；歌曲中有桃花："我在这儿等着你回来，等着你回来看那桃花开"……《诗经》中走出的桃花，总能给生活增添一抹明媚的颜色。在写作手法上，《周南·桃夭》既写景

桃

又写人，情景交融。用桃花之盛烘托出欢乐热烈的气氛。我们仿若看见
在亲人们的簇拥下，新娘红通通的双颊，与艳丽的桃花相映，她波光潋
滟的黑眸，诉说着对美好生活的憧憬。人们唱着、舞着、祝福着。看呀，
美丽的姑娘她今天就出嫁了，带着亲人们美好的祝福，带着对生活美好
的向往，她就要翻开新生活的篇章了！从此以后，她将成为贤妻，与丈
夫举案齐眉，"勤心养公姥"，给夫家带去幸福；她将成为慈母，像枝
叶蓁蓁的桃树，"绿叶成荫子满枝"，挂满生命饱满的果实！

　　婚姻，绝不仅仅是两个人之间的事情。古时女子出嫁后，在夫家不光要相夫教子，还要侍奉公婆，料理家务，处理好妯娌亲戚之间的关系。"桃之夭夭，灼灼其华"，不仅要如桃花般美丽，"之子于归，宜其室家"，更要有使家庭和睦的品德，这才圆满。《周南·桃夭》中真诚地祝福新娘，反复强调她"宜其室家"，赞美新娘性格和顺，定能使夫妻和谐、家庭和美、家族兴盛。现代社会，家庭规模越来越小，似乎不再需要处理纷繁的家庭关系，但所谓"妻贤夫祸少"，女子是否通情达理，仍然是影响家庭和睦的重要因素。其实，无论妻子还是丈夫，修养品德，陶冶性情，不仅能让自己的人生富有光彩，也能福荫后代。

● 个性解读

还是那一片桃花林，花朵挨挨挤挤，红得耀眼，娇艳得仿佛随时会燃烧起来，招引得那一众蜂儿、蝶儿闹闹嚷嚷，争着一近芳泽。新娘的红盖头，如流光的霞，被春风轻轻掀起，瞥一眼那被鼓乐吹打声熏红了的颊。"今天我要嫁给你了，今天就要嫁给你了！"她的心儿像一头小鹿在撞、在跳，多少次梦中的等待，多少寂寞的期盼，终于在这一天成真！

记得那年的桃花林吗？她也是送亲队伍中的一员，看见曾经一起采桑的小姐妹穿上红得耀眼的嫁衣，幸福的光晕笼着新娘子的眼角眉梢，映得她的容颜格外娇美。她一面和人们一起送上衷心的祝福，一面暗生艳羡——我的婚姻也会如这新娘一般幸福吗？也许是她清脆如黄莺儿的歌声，也许是她的巧笑嫣然，吸引了他的目光。她流波微转，循着目光看去，只一眼，便是万年。

从那天起，她便将十八岁的心事藏在了那片桃林里。晨光熹微，是他笑语温存；月上柳梢，是他凝视的双眸。夏蝉唱去了夏季，鸿雁带走了秋风，终于在一个细雪飘洒的冬夜，媒人上门了，为一对有情人缔结

下生命的契约。

又是这一片桃花林！它谛听了他和她的山盟海誓，它见证了两颗心的相遇相知，它用芬芳的馨香和密密匝匝的果实送给幸福的人儿最美好的祝福，演绎着生命最华美的篇章！

而现在的都市生活里，婚礼越来越商业化，如同流水线上的产品，千篇一律。一样的白色婚纱裹着不一样的新娘，一样的祝词出自不一样的麦克风。再见不到娇女出嫁、十里红妆的盛况，再听不到喇叭唢呐热闹的喧腾……这时，思绪总会飘向《周南·桃夭》里的那场婚礼。恍惚间，春风里摇曳的花枝袅娜生姿，桃花馥郁的馨香萦绕鼻端，不由得对三千年前的那个春天生出由衷的向往。

● 写作点拨

向 《周南·桃夭》学写作

——以花喻人，人美花娇

写作小练笔：我眼中的（　　　）

《周南·桃夭》以娇艳的桃花比喻明艳的少女，是一种极高明的写法。桃花色红味香，在春天绽放，恰似青春美丽的少女，意蕴丰富。自《周南·桃夭》后，以花喻人成为文学作品中常用手法，美人与花朵交相辉映，使读者产生美的想象。李白的"一枝红艳露凝香"，以牡丹的国色天香比喻杨贵妃的倾国之色；杜牧的"娉娉袅袅十三余，豆蔻梢头二月初"以豆蔻赞美青春年少、亭亭玉立的娇美少女。你需要细心观察，抓住事物特点，调动身体感官，进行联想和想象，细致描写，这样你笔下的人物也会灵动活泼、光彩照人！

读者们可以写一个女子——"我眼中的（　　　）"，她可以是自己

熟悉的人，也可以是历史人物，也可以是文学作品中的形象，使用比喻的方法，将她与一种花融合在一起，丰满人物形象。

●诗经现场

《诗经》中走出来的桃花与鸳鸯之誓

1. 今年春天来得格外早，听说莲花山的桃花盛放，温小戒和爸爸妈

妈一起去赏花。那桃花果然开得热闹，远望，恰似一片红霞落在枝头；近观，朵朵桃花如同张张笑脸，层层花瓣仿若红唇微启，在等待春风的吻触。蜂围蝶绕，冶艳娇美。温小戒脱口而出："桃之夭夭，灼灼其华！"真的呢，除却桃花，谁能做春天的代名词？

一路上，围绕桃花，一家人展开热烈的讨论。爸爸背诵了关于桃花的诗歌"人间四月芳菲尽，山寺桃花始盛开""桃花春色暖先开，明媚谁人不看来""桃花一簇开无主，可爱深红爱浅红"……

妈妈讲了崔护写桃花诗的故事。崔护是唐朝书生，去郊外踏青，偶遇一美貌少女，少女的容颜在桃花映衬下，显得娇美不可方物。崔护离去后，久久不能忘却少女的美丽容颜。第二年，崔护再次来到少女所住农舍，却只见桃花不见美人，原来少女竟因思念他而香消玉殒，崔护怅惘不已，写下千古名句："去年今日此门中，人面桃花相映红。人面不知何处去，桃花依旧笑春风。"桃花无言，又使这爱情绝唱分外凄婉。

温小戒则背诵了陶渊明的《桃花源记》："……桃花林，夹岸数百步，中无杂树，芳草鲜美，落英缤纷。渔人甚异之，复前行，欲穷其林。林尽水源，便得一山……有良田美池桑竹之属，阡陌交通，鸡犬相闻……"这神秘的桃花源又引得多少人魂牵梦萦。

回家后，温小戒还了解到很多有关"桃"的知识：我国最早的春联都是用桃木板做的，又称桃符，至今民间还认为桃木制品可驱除鬼怪、辟邪。而桃也寓意长寿，给老年人祝寿，送上一盘寿桃，以祝老年人健康长寿。桃花甚至走出国门，出现在迪士尼出品的动画片《花木兰》中……这一趟赏花，温小戒收获真不少！

诗歌中的桃花还有很多，有的喻指美人，有的则使用本意，你能区分它们吗？

◎一夜清风动扇愁，背时容色入新秋。桃花眼里汪汪泪，忍到更深

枕上流。（韩偓《新秋》）

　　◎犬吠水声中，桃花带雨浓。树深时见鹿，溪午不闻钟。（李白《访戴天山道士不遇》）

　　◎西塞山前白鹭飞，桃花流水鳜鱼肥。（张志和《渔歌子》）

　　◎朱唇一点桃花殷，宿妆娇羞偏髻鬟。（岑参《醉戏窦子美人》）

　　◎桃花潭水深千尺，不及汪伦送我情。（李白《赠汪伦》）

　　2. 民国时期结婚证书上有一段美好的话："喜今日嘉礼初成，良缘遂缔。诗咏关雎，雅歌麟趾。瑞叶五世其昌，祥开二南之化。同心同德，宜室宜家。相敬如宾，永谐鱼水之欢；互助精诚，共盟鸳鸯之誓。"

　　你能读懂这段话吗？找一找这里面有多少语句出自《诗经》吧。

一世一生一双人

唐风·绸缪

绸缪束薪，三星在天①。今夕何夕，见此良人②？子兮子兮，如此良人何③？

绸缪束刍，三星在隅④。今夕何夕，见此邂逅？子兮子兮，如此邂逅何？

绸缪束楚，三星在户⑤。今夕何夕，见此粲者⑥？子兮子兮，如此粲者何？

●词语注释

①绸缪：紧紧缠住的样子。三星：参星。②良人：古时女子对丈夫的称呼，这里指新郎。③子兮（xī）：你呀。④刍（chú）：喂牲口的草。隅（yú）：天的东南角，指此时已是深夜。⑤楚：一种丛生落叶灌木，又名荆。户：门，指此时是半夜。⑥粲（càn）者：漂亮的人，这里指新娘。

●大家说诗

  苏轼有句"缺月向人舒窈窕，三星当户照绸缪"，是化用《唐风·绸缪》的诗句而来。这是一首描写新婚夫妻洞房花烛夜缠绵缱绻，温馨甜蜜情形的诗歌。全诗三章都以比兴开头，"绸缪束薪，三星在天"点明婚礼的时间。婚姻，古时又称"昏姻"或"昏因"。在我国古代的婚礼中，男方通常在黄昏时到女家迎亲。"在天""在隅""在户"是以三星位置表示时间的推移，"在隅"表示"夜深"，"在户"指"夜半"。热闹的婚礼结束了，闹洞房的人渐渐散去，一对新人终于可以独处一室，说说悄悄话了。跳动的烛光下，新娘清秀，新郎英俊，他们手拉手，相视而笑，依偎在一起。如同沈从文说过的："我行过许多地方的桥，看过许多次数的云，喝过许多种类的酒，却只爱过一个正当最好年龄的人。"是呀，在最美好的年华遇见最合适的你，这是多么的幸福啊！"今夕何夕，见此良人？子兮子兮，如此良人何？"巨大的幸福将他们的身心都淹没了，新郎竟然连今天是哪一天都忘记了！诗歌语言活泼风趣，俏皮含蓄，表现出极惊喜、极满足、极得意的心理状态，喜洋洋的气息扑面而来。梁实秋在《槐园梦忆》一文中回忆与妻子结婚时，曾有这样一段文字："我立在阶上看见季淑从二门口由两人扶着缓缓的沿着旁边的游廊走进礼堂，后面两个小女孩牵纱。张禹九用胳膊肘轻轻触我说：'实秋，嘿嘿，娇小玲珑。'我觉得好像有人在我耳边吟唱着彭士（Robert Burns）的几行诗：

> "She is a winsome wee thing,
> She is a handsome wee thing,
> She is a loésome wee thing,
> This sweet wee wife o'mine.

> 她是一个媚人的小东西，
> 她是一个漂亮的小东西，
> 她是一个可爱的小东西，
> 我这亲爱的小娇妻。"

无论是梁实秋的回忆还是彭士（今译为彭斯）的诗句，新婚佳期、心愿得偿的窃喜，不足为外人道的隐秘的虚荣心的满足，飘飘然如痴如醉的情状，都与《唐风·绸缪》不谋而合。《唐风·绸缪》中还有"今夕何夕"一句，对后世诗文也影响颇大，大都用于感叹，如杜甫《赠卫八处士》中："人生不相见，动如参与商。今夕复何夕，共此灯烛光。"苏轼的《念奴娇·中秋》："起舞徘徊风露下，今夕不知何夕。"张孝祥的《念奴娇·过洞庭》："扣舷独啸，不知今夕何夕。"在这些名家佳作中，《诗经》的影子处处可见，确是后世诗文之祖。

更好的
方法读 **诗经**

● 个性解读

我最亲爱的夫君:

　　我起身写这封信的时候,你睡得正酣。

　　天上的参星闪闪烁烁,那么明亮,又那么温柔。它的光芒洒在地上,凝成了一片白霜,它将光芒投在你宽阔的额上,细细勾勒出你的轮廓。我用目光一寸一寸抚摸你的每一丝皱纹,每一根白发。多少年了,我不曾这样静静看你。你奔波劳碌,我操持家务,日子在孩子的哭声、笑声、在耕田、纺布的琐事中逝去,有时我们似乎都忘了还在爱着彼此。可是,今天,那高高地闪耀着钻石一样璀璨光芒的参星,忽然让我记起多年前的那个夜晚,同样的清风拂过面颊,同样的明星闪烁微光,同样的我和你,依偎在一起……

　　是灿烂的花火?是艳红的枫叶?那样耀眼,酽酽地绽放。是隆隆的雷?是噼啪的爆竹?那样响亮,轰轰地作响。未曾饮酒,为什么我的心儿晃动得像风吹过的海面?没有夕阳,为什么我的脸颊晕染着红霞?亲朋好友祝颂的欢笑、觥筹交错的喧嚣,在我的耳中那样遥远,我的脑海中翻滚着浪潮。哦,我多么慌乱,多么紧张,未曾谋面的那个人,将与我终生相伴。他高吗?他壮吗?他是否有着山一样结实的胸膛?他能否温存地将我的柔情珍藏?

　　喧闹声渐渐退潮,只有你我在一起。掀开盖头的一刹那,你闪着星光的黑眸映入我的眼帘,我看见你脸上的惊喜,唇边的微笑,像早春初醒的花,粲然绽放。那一刻,我的心,忽然变得平静,我知道——你,我的夫君,从现在起,就是我一生的伴侣,将与我相濡以沫,唇齿相依,共度此生!就是这样的一个夜晚啊,参星是多么明亮,它静静地注视着两个依偎的身影,倾听着我们细诉衷肠……

　　多少年过去了,岁月悄悄把它的印记刻在我们的眼角眉梢。我们走过了风华正茂的青年，迎来生命中最厚重踏实的中年。你不会再像初婚的那夜，痴情地说："子兮子兮，如此良人何？"我也再不会把羞红的脸颊藏进你的胸膛。我们彼此拥有，早已血脉相通、心有灵犀。你用宽阔的双肩，为我遮挡生活的严寒冰霜；我用深情一片，为你连缀起生命的每一个清晨黄昏。这样的一个夜晚，当参星的光芒轻纱般覆在我们的身上，我细数着似水流年中的点点滴滴，每一个微笑，每一滴泪珠，都封存着时光的幽香，沉淀着细腻柔润的爱与情！

我最亲爱的夫君，就让我再次在你耳边轻诉我们曾经的时光，让我握着你的手，轻轻告诉你："今夕何夕，见此良人。如月之恒，如日之升。"

妻　亲笔

孟秋夜

● 写作点拨

向 《唐风·绸缪》学写作

——见字如面，用个性化的语言表现人物

写作小练笔：西游师徒遇绿荫（话说唐僧师徒继续西行，某日来到一片荒郊，时值盛夏，烈日当空，烤得师徒四人口干舌燥，饥渴难耐。这时忽然发现前方不远处出现一片绿荫，果实累累，挂满枝头，还隐隐传来女子笑语。他们是去还是不去呢？请你根据唐僧师徒的性格，任选其中一位，进行一段语言描写。）

语言描写是塑造人物形象的重要手段。成功的语言描写可以生动立体地展现人物性格，鲜明地表现人物的情感，深刻地反映人物的内心，使读者"如闻其声，如见其人"，获得深刻的印象。语言描写要符合人物身份、性格，要体现当时、当地人物的内心感受。林黛玉不会吟出"好

风凭借力，送我上青云"，薛宝钗也作不出《葬花词》。《唐风·绸缪》中"今夕何夕，见此良人（粲者）。子兮子兮，如此良人（粲者）何"，写出新郎见到美丽的新娘无比满意，再说不出一句话，幸福得只会颠来倒去、重复宾客逗趣的言语的样子，读来让人莞尔。《史记·陈涉世家》中陈涉旧日的穷朋友看见陈涉为王后的气派，说"伙颐，涉之为王沉沉者"，一句话就将粗憨的佣耕者又震惊又艳羡的形象，形象地展现在了读者面前。

● 诗经现场

寻寻觅觅，歌词中的《诗经》

温小戒喜欢上了中央电视台热播的《经典咏流传》节目。《苔》的纯净真挚让温小戒落泪，《木兰诗》的大气磅礴让温小戒震撼，《将进酒》的豪迈洒脱让温小戒血脉贲张。听到出自于《诗经》的歌曲，温小戒更是手舞足蹈。

下面的古风歌词跟《诗经》有关，你能说出改编自哪首诗吗？

◎绿草苍苍／白雾茫茫／有位佳人／在水一方……（出自《在水一方》）

◎北风乱／夜未央／你的影子剪不断……（出自《菊花台》）

乐莫乐兮盼归时

周南·葛覃

葛之覃兮，施于中谷，维叶萋萋①。黄鸟于飞，集于灌木，其鸣喈喈②。

葛之覃兮，施于中谷，维叶莫莫③。是刈是濩，为𫄨为绤，服之无斁④。

言告师氏，言告言归⑤。薄污我私，薄浣我衣⑥。害浣害否？归宁父母⑦。

● 词语注释

①覃（tán）：延，长。施（yì）：蔓延，延续。中谷：山谷中。维：句首语气词，无义。萋萋：形容草木长得茂盛。②黄鸟：黄鹂，又说是黄雀。于飞：飞。于：语助词。集：群鸟停在树上。喈喈（jiē）：指鸟叫的声音。③莫莫：茂盛的样子。④刈（yì）：割。濩（huò）：煮。𫄨（chī）：细葛布。绤（xì）：粗葛布。斁（yì）：厌。⑤言：于是。师氏：女老师或保姆。归：指回娘家。⑥薄：句首词。污：洗去污垢。私：内衣。浣：洗。衣：古代衣裳分开，上曰衣，下曰裳，此处指外衣。⑦害（hé）：通"曷"，何，疑问代词，什么。归宁：回家探望父母。

● 大家说诗

　　《周南·葛覃》是一首描写出嫁女子准备回娘家探望爹娘的诗。第一章写风景秀美。夏日的原野，绿意无边，幽静的山谷中无数藤蔓悄悄地蔓延。阳光细碎，透过枝叶洒落一地，微风捎来黄鸟活泼悦耳的啾鸣。诗歌景物描写富有画面感，清新明丽，色彩鲜亮，一派安宁。第二章，画面动感跳跃。"是刈是濩，为𫄨为绤"，我们仿佛见到女主人公在山谷中收集葛蔓和枝叶，采回家，先煮后泡，织布制衣。每一寸丝，每一缕线，都是她用辛勤的汗水换来的。细细裁剪，用心织就，多舒服柔软

黄鸟

的衣裙啊，滑过肌肤，无处不熨帖。她喜滋滋地试穿，"照花前后镜，花面交相映""着我绣夹裙，事事四五通"，菱花镜里，映出一位多么美丽的俏娇娘！第三章行文节奏明显加快："薄污我私，薄浣我衣。害浣害否？归宁父母。"女主人公又忙着浣洗衣裳，该洗的、不洗的，理得清清楚楚。这勤劳的姑娘，忙碌不休，却那么愉快，唇角含着笑，边哼歌，边整理行装，兴奋雀跃的心情溢于言表。《周南·葛覃》是一首轻松明快的小曲儿，吟唱着恬静的生活、忙碌的劳作、归宁的期盼、明朗的喜悦，在阳光清浅的日子里，荡开心湖的涟漪。

● 个性解读

　　正是仲夏时节，山谷满怀了一抱绿，被缭绕在山间的白云轻轻一触碰，一个没搂住，苍翠浓郁的绿就淌遍了整座山谷。牛乳一样浓稠的雾气尚未散尽，阳光已经迫不及待地穿透枝叶，洒下一地碎金。野花的幽香、青草的清香，泥土的气息，经过清冽泉水的酝酿，清凌凌，甜丝丝，像天庭打翻的玉液琼浆。娇俏的黄鸟，一会儿用细嫩的小红嘴调皮地啄着叶子上跳跃的阳光，发出笛儿般清脆的鸣叫；一会儿，又忽地展翅飞上灌木枝上，卖弄翩翩舞姿。小溪里，映出一个忙碌的身影。你看她，脚步细碎，裙裾飞扬；素手翻飞，若蝴蝶穿花。她将葛叶摘下，放入筐里；把柴刀扬起，将藤蔓砍下。她俏脸绯红，娇喘微微，细细的汗水顺着脸庞滑下。她直起身子，用衣袖拭去额上汗水，看着堆得高高的葛叶藤条，将藤叶浸泡清洗，再将它们理顺分清。在清风里高高飘扬的她亲手纺出的葛布，在阳光下透着淡淡芽色，散发着原野清新的气息。她还要向二月春风借来一分巧，将细软的葛布用心裁剪，织就最舒爽的衣裳。想到这里，她不禁梨涡隐现。她来到小溪边，把疲倦的双脚放进清凉的溪水中，掠掠松散的鬓发，溪水里的人儿也向她嫣然而笑。

　　啊，那是穿上织好的衣裳的她吗？

　　斜阳浅浅的余晖为她染上胭脂色的光晕，腰若流纨素，单衫杏子红，她目如秋水，唇似含丹，回眸间，黯淡了无边春色。她沉浸在美好的想象中，欢喜得一颗心在胸膛里不安分地跳动。

　　"快呀！"有个声音在催促她，"回家赶紧浣洗衣裳；快呀，赶紧收拾行装；快呀，归宁探望我的爹和娘！"她忍不住大声告诉群山，告诉溪流，告诉树上歪头看她的小黄鸟："我要回娘家啦！我要回家看我的爹娘啦！"小溪哗哗，微风轻轻，她清脆的笑声、旋转的裙摆，荡起阵阵花香……

● 写作点拨

向《周南·葛覃》学写作

——小小语助词，也能意蕴深

写作小练笔：我为祖国唱赞歌／登山记

语气助词一般在句中表示停顿，在句末表示强调语气，没有实际意义，但是用得好一样可以传情达意。

《周南·葛覃》"言告师氏，言告言归。薄污我私，薄浣我衣"一句中的"言""薄"就是语气助词，和后面的动词并用，使第三章的节奏骤然加快，既写出女主人公辛勤劳作、忙碌不休的情状，更烘托出她归心似箭的欢欣之情。

李白的《蜀道难》开篇便是"噫吁嚱，危乎高哉"，强烈的语气为下文蓄势，充分突出山高路远行艰难。善用语气助词是抒情表意非常有效的辅助方法，当有些情感只能意会不可言传时，我们在写作的过程中可以试一试使用语气助词，也许会收到意想不到的效果。

● 诗经现场

试看虚词虚不虚

下面这段文字是欧阳修《醉翁亭记》的原文：

若夫日出而林霏开，云归而岩穴暝，晦明变化者，山间之朝暮也。野芳发而幽香，佳木秀而繁阴，风霜高洁，水落而石出者，山间之四时也。朝而往，暮而归，四时之景不同，而乐亦无穷也。

温小戒发现文中颇多助词，于是他将这些助词删去，改为：

日出，林霏开；云归，岩穴暝；晦明变化，山间朝暮。野芳发，幽香；佳木秀，繁阴；风霜高洁，水落石出，山间四时。朝往，暮归，四时之景不同，乐亦无穷。

你觉得温小戒改得好吗？为什么？

行行重行行

邶风·燕燕

燕燕于飞，差池其羽①。之子于归，远送于野。瞻望弗及，泣涕如雨。

燕燕于飞，颉之颃之②。之子于归，远于将之③。瞻望弗及，伫立以泣④。

燕燕于飞，下上其音。之子于归，远送于南⑤。瞻望弗及，实劳我心。

仲氏任只，其心塞渊⑥。终温且惠，淑慎其身⑦。先君之思，以勖寡人⑧。

● 词语注释

①燕燕：即燕子。差（cī）池（chí）其羽：形容燕子张舒其羽翼。差池：长短不一，不整齐的样子。②颉（xié）：上飞。颃（háng）：下飞。③将（jiāng）：送。④伫立：久立等待。⑤南：指卫国的南边，一说野外。⑥仲氏：兄弟或姐妹中排行第二者。指二妹。任：诚实，可信任。只：语助词。塞渊：充满内心深处，形容心胸开阔。⑦终：既。惠：和顺。淑：善良。慎：谨慎。⑧先君：已故的国君。勖（xù）：勉励。寡人：寡德之人，国君或诸侯夫人对自己的谦称。

● 大家说诗

　　这首诗是中国诗史上最早的送别之作，清初王士禛推之为"万古送别之祖"。

　　全诗分为四章。前三章写送别，后一章说明依依不舍的原因。

　　前三章都以燕子在空中高飞起兴，第一二句"燕燕于飞，差池其羽（颉之颃之、下上其音）"，比喻相聚时的欢乐；第三四句点明送别时的情景；末两句"瞻望弗及，泣涕如雨（伫立以泣、实劳我心）"抒发不舍之情。送别的人早已看不见了，诗人泪眼汪汪久久伫立，其情之真，其意之切，催人泪下。

　　最后一节，诗人并不仅仅停留在场面描写来表达内心感情，更感念离别之人的优秀品德、温和善良、周到体贴以及对自己真诚的劝勉与鼓励。这一节交代了情感的基础，充实而深长。

　　关于本诗主旨，送人者和被送者究竟属何人，众说纷纭。《毛诗序》曰"庄姜送归妾"，郑玄的《毛诗传笺》解释说：庄姜无子，将陈女戴妫的孩子完当作自己的孩子抚养。庄公死后，完成为国君，却被州吁所杀。戴妫于是回娘家。庄姜在原野送别戴妫，作诗来表达自己的情意。郑玄认为被送者就是卫庄公另娶的陈女戴妫。也有人认为这是卫庄姜于卫桓公死后送桓公之妇大归于薛地的诗。司马迁《史记·卫康叔世家》记载了这样一件事：庄公五年，娶齐女为夫人，齐女没有孩子。又娶了陈女为夫人，生子，却早死。陈女的妹妹也嫁给庄公，生子叫完。完的母亲去世后，齐女抚养他，后来被立为太子。

　　"燕子来时人送客，不堪离别泪湿衣"，这是谢翱《秋社寄山中故人》中的诗句，可以看作对《邶风·燕燕》最简单的概括。

　　无论谁送谁，"伫立以泣""瞻望弗及"的惜别情境，被历代诗人化用于不同的送别诗中。如李白的"孤帆远影碧空尽，唯见长江天际流"，岑参的"山回路转不见君，雪上空留马行处"，何景明的"君随河水去，我独立江干"等。可见此诗穿越数千年，依然牵动人心。

　　● 个性解读

　　《邶风·燕燕》是我很喜欢的一首离别诗，"燕燕"读来亲切，"颉之颃之"洋溢着温馨欢喜，"瞻望弗及，伫立以泣"描述的离别的深情催人泪下，"终温且惠，淑慎其身"的美德善言感天动地。

燕

虽然诗人和被送者的身份历史上众说纷纭，但我内心总是愿意遵从这样的说法——此诗是庄姜送戴妫时所作。

我仿佛看见烛下的庄姜在执笔书写："燕燕于飞，差池其羽……"仿佛听到了她的心声——

我送二妹在檐前。燕群儿归，燕群儿飞。忽高忽低，忽下忽上，修长的翅膀、分叉的尾翼，在春风中剪出轻盈舒展的图样。母燕教乳燕试飞，或嗔怪，或撒娇；燕儿姊妹嬉戏，欢叫声惊出草中鸣虫；双飞燕儿呢喃，仿佛交颈的鸳鸯；叽叽喳喳，奏响燕之声圆舞曲。

这样一幅"春燕群飞图"，不正是二妹往昔生活的写照？这里曾有过你的夫君、爱子、美好的青春年华。然而这一切都一去不复返了。夫君人已殁，爱子被惨杀，你不得不回娘家，人生无常，送你归去，执手相看泪眼，竟无语凝噎！

我送二妹到郊野。零露瀼瀼，蔓草绵延天边。灼灼夭夭的桃花燃烧人眼，带着花草泥土气息的春风浩浩荡荡，一如既往。春来了，光阴由静谧变得生动。天空清亮，河水泱泱，山峦染绿，原野吐芳。是谁唤醒了光阴？枝上的黄鹂？花间的蜂蝶？

虽然从宫廷出来的日子太少，但我们曾在这溪水边照影，山花香在鬓间，欢笑声惊得树上黄鸟乱飞。想到昔日亲如姐妹般的情谊，想到一同度过的荣辱忧患，甜酸苦辣一齐涌上心头，这生离死别怎不令我泣涕如雨！

挥手长劳劳，两情同依依，你的背影越走越远。久久伫立的我，心如张满了帆的小舟，满载你种种的好。这一别，山长水阔，不知何时才能相见，只能写下这首诗，寄托无尽的思念……

千百年来，故国乡土之思、骨肉亲人之念、挚友离别之感总是牵动我们的心弦。"黯然销魂者，惟别而已矣。"江淹的《别赋》令人唏嘘；摩诘的送别诗惹人断肠；有折柳灞陵、孤帆远影，还有高适"莫愁前路无知己，天下谁人不识君"的豪迈，王勃"海内存知己，天涯若比邻"的通达……

人生就是一场告别，或许就是"今生今世不断地在目送他的背影渐行渐远"；又或许是"悄悄的我走了，正如我悄悄的来；我挥一挥衣袖，不带走一片云彩"。

我最难忘的送别，是老屋门前年近九旬的外婆拄杖相送，风中凌乱的白发、婆娑的泪眼。每当这时，"小燕子，穿花衣，年年春天来这里……"童年外婆教过的儿歌总会在耳边响起。

燕燕于飞，与君送别。

● 写作点拨

向 《邶风·燕燕》学写作

——以乐景写哀情，倍增其哀

写作小练笔：机场送别/（　　　），再见

以景抒情是一种常见的写作手法。本诗以乐景写哀情，让诗中蕴藏的依依离别之情更加动人。"春燕嬉戏呢喃欢快的情形，衬离别之伤，使人情不能自己"是《燕燕》最大的写作特色。《诗经》中还有其他篇章也运用同样的写作手法。如《小雅·采薇》："昔我往矣，杨柳依依。今我来思，雨雪霏霏。"描述烂漫春天里，杨柳依依送别情，将出征的主人公对故乡和亲人恋恋不舍、黯然离别之情描述得淋漓尽致。杜甫的《绝句二首》也采用了同样的手法："江碧鸟逾白，山青花欲燃。今春看又过，何日是归年。"春日阳光，碧波浩荡，鸟儿飞翔；山峦郁郁苍苍，红花仿佛要燃烧。面对如此美景，却归期遥遥，更勾起漂泊之感，对照出诗人归心殷切。以景抒情，观察景物就要精细，抓住景物特征，还要和人物心情结合，将感情渗透进去，不能仅仅是对自然环境的描摹。

● 诗经现场

一样的离情，不一样的风景

送别诗在文学园地素来独绽芬芳，文人墨客曾留下无数脍炙人口的名篇佳句。

下面三首诗，第一首以乐景抒伤情，第二首用黯淡景象烘托离愁别绪。请用心体会、揣摩借景抒情的妙处，再尝试为第三首岑参的《逢入京使》补充一段景物描写。

金陵酒肆留别
（唐 李白）

风吹柳花满店香，吴姬压酒劝客尝。

金陵子弟来相送，欲行不行各尽觞。

请君试问东流水，别意与之谁短长？

南浦别
（唐 白居易）

南浦凄凄别，西风袅袅秋。

一看肠一断，好去莫回头。

逢入京使
（唐 岑参）

故园东望路漫漫，双袖龙钟泪不干。

马上相逢无纸笔，凭君传语报平安。

（文／柏华）

无处不伤心

邶风·绿衣

绿兮衣兮，绿衣黄里①。心之忧矣，曷维其已②！
绿兮衣兮，绿衣黄裳③。心之忧矣，曷维其亡④！
绿兮丝兮，女所治兮⑤。我思古人，俾无訧兮⑥！
绤兮绤兮，凄其以风⑦。我思古人，实获我心⑧！

● 词语注释

①里：此指衣服的衬里。②曷（hé）：何，怎么，为什么。维：语气助词，用于句首或句中。已：停止。③裳（cháng）：指下衣，如现在的裙子。④亡：通"忘"，忘记。⑤女（rǔ）：同"汝"，你。治：纺织。⑥古人：指亡故的妻子。俾（bǐ）：使。訧（yóu）：错误，罪过。⑦绤（chī）：细葛布。绤（xì）：粗葛布。凄其：同"凄凄"，清凉。⑧获：得到。

● 大家说诗

  这是一首悼亡诗。"绿兮衣兮，绿衣黄里""绿兮衣兮，绿衣黄裳"，读这两句，仿佛看见男主人公，一边反反复复地摩挲衣物，一边反反复复地念叨。诗人对亡妻的绵绵思念，就寄托在这细细端详抚摸中，让人感伤。衣服上的一针一线，细细密密的针脚都凝聚着妻子对他深切的关爱。妻子在世时的情景犹历历在目，现在却只剩得孤灯冷榻、无人言说。"我思古人，俾无訧兮"直抒胸臆，思念是那样强烈，痛楚是那样深重，它再也无法压抑，化成无尽的呼喊和叹息，情感表达真挚而热烈。

  诗人想到妻子平时对他的规劝，使他避免不少过失，这样贤惠通达的妻子是他精神的支柱，更是心灵的依托！

他看见妻子为自己准备好的衣衫，想到已是"物是人非事事休"，"绿衣黄里"勾起他失去贤妻的无限悲恸。

西晋潘岳的悼亡诗——"凛凛凉风升，始觉夏衾单。岂曰无重纩，谁与同岁寒"可以明显看出《邶风·绿衣》的痕迹。

这首诗借物传情，小小一件衣服，承载了那样深厚的忧伤和哀愁，含蓄委婉，回味悠长。

●个性解读

夜夜，呼酒买醉。

不记得是多少杯了，他倒伏在桌上，跳动的烛光，映出他眼角若隐若现的皱纹，鬓边已有了"白雪的痕迹"。握杯的手，依旧修长，潜伏在皮肤下蚯蚓般蜿蜒的青筋，却暴露了他的失意和落魄。店主正当花季的女儿，轻轻推他，语气中不无怜惜："时辰不早了，大哥，你该回家了。"他微微抬头，朦胧中杏眼桃腮映入眼帘，他一阵狂喜："你在！你没有死！我知道你不舍得把我孤零零抛在这世上！我的妻！"女孩羞得红了脸，忙忙甩手跑掉。

酒残梦醒，原来是他糊涂！

萧瑟的秋风吹起，呼啦啦翻起他的衣角，带来渗透骨髓的寒。已是深秋时节，他却还穿着夏天的葛衣。"衣裳已施行看尽，针线犹存未忍开。"该拿出秋天的衣服了，可他不愿，他不敢，这家中的一桌一椅，都留有她的温度，那园中一花一草，都恍若她的笑容。"芙蓉如面柳如眉，对此如何不泪垂。"他怕触目伤怀，怕自己的思念在每一个夜晚决堤……

一豆青灯，枕席依旧，却再也没有枕边人笑语呢喃。他挑亮灯光，

打开衣箱，绿衣黄裳，一件件，一条条，折叠得整整齐齐。他打开衣服，触手生温，针脚细细密密，如她的软语轻言。他贤淑的妻，与他患难与共，将家中事务打理得井井有条。多少个夜晚，她静静坐在孤灯前，一针一线，为他准备四季衣裳。月华如霜，染在她的纤纤细指上，映入她的眸中，荡漾着温柔的涟漪。"赌书消得泼茶香，当时只道是寻常。"他以为这样静美如画的日子会细水长流，以为可以就这样地久天长，谁曾料，有一天天人永隔？当疾病将她折磨得骨瘦如柴，他只能徒劳地握住她的手。那双曾经光滑细腻的手掌，早因操劳家务变得粗糙，云鬓朱颜也早已被岁月的风霜侵染……那一刻，他终于明白，鲜衣怒马，烈焰繁花的生活，都是她——他的妻，用温柔宽容、款款深情为他筑造！今生今世，她的恩情，他何以为报！谁说"唯将终夜长开眼，报得平生未展眉"？谁说"嗟余只影系人间，如何同生不同死"？字字血泪斑驳，句句痛彻心扉。注视着那黄里绿衣，抚摸着那绿衣黄裳，他的泪又一次漫过了思念的地平线……

明朝，酒醒何处？

生命中充满变数和不测。也许那一刻还是笑语晏晏，这一刻却阴阳两隔，人间最苦莫过于生离死别。这种痛苦那样深刻，这种情感那样强烈，因此那些逝者留下来的遗物，就成为感情的载体，睹物思人，总能那么深地打动人们的心。苏轼在梦中见到妻子"小轩窗，正梳妆"，对亡妻的思念缠绵绵长，泪湿衾枕。归有光见到庭院中的枇杷树，想到"吾妻死之年所手植也，今已亭亭如盖矣"，心中凄惨。树犹如此，人何以堪？大恸！徐志摩死后，林徽因见到"一样是月明，一样是隔山灯火，满天的星，只使人不见，梦似的挂起"。此情此景，怎不让人黯然神伤！

时空可以改变，人类共同的感情却是不变的。那些浸透深情的诗句，沉淀在岁月的风尘里，诉说着生者永远的怀念！

●写作点拨

向《邶风·绿衣》学写作

——伤情一缕寄于斯

写作小练笔：梳子

借物传情，是一种极为精妙的写作方式。它通过对生活中微不足道的小物的精心描写，有力地表达心中蓄积的情感。

《邶风·绿衣》以妻子为丈夫缝制的衣服作为情感的突破口，将丈夫对妻子的深切思念、无法言说的痛苦都寄托其上，读来分外打动人心。从古至今，像这样将一缕情思托于物品的名篇佳作数不胜数：

"我寄愁心与明月，随风直到夜郎西。"

"斑竹枝，斑竹枝，泪痕点点寄相思。"

"长大后，乡愁是一张窄窄的船票，我在这头，新娘在那头。"

"大堰河，今天我看到雪使我想起了你：你的被雪压着的草盖的坟墓，你的关闭了的故居檐头的枯死的瓦菲，你的被典押了的一丈平方的园地，你的门前的长了青苔的石椅。"

注意物品特征，联想与它相关的人和事，找准"物"与"情"的最佳结合点，将物品人性化、丰富化，就会写出佳作来。

你可以围绕"梳子"这一生活中必不可少的物品，记下一些事，传达一份情。

● 诗经现场

任是无言也动人

红豆、腊梅、晓风、残月、流水、清风……万物皆可传情。

王维的《相思》中"红豆生南国，春来发几枝"，以红豆寓相思；毛泽东的《卜算子·咏梅》种"俏也不争春，只把春来报，待到山花烂漫时，她在丛中笑"，把梅花当成奉献者的化身。请揣摩下面两首诗歌，说说分别以什么事物寄托什么情感。

蝉
（唐 虞世南）

垂緌饮清露，流响出疏桐。

居高声自远，非是藉秋风。

杨柳枝
（唐 白居易）

一树春风千万枝，嫩如金色软于丝。

永丰南角荒园里，尽日无人属阿谁？

泛读涉猎

豳风·伐柯

伐柯如何？匪斧不克①。取妻如何？匪媒不得②。

伐柯伐柯，其则不远③。我觏之子，笾豆有践④。

● **词语注释**

①伐：砍。柯：斧头的柄。匪：非，不。克：能够。②取：即"娶"。③则：准则、法则。
④觏（gòu）：遇见，遇到。笾（biān）豆：古代装食物的器皿。有践：即"践践"，排
列整齐的样子。

● **泛读赏析**

　　这是一篇关于婚姻礼俗的歌谣。古代的婚姻，一般要经过"六礼"。
第一礼为"纳采"，男方家向女方家送一点小礼物，表示求亲；第二礼
是"问名"，男家会问清楚女子的姓氏和生辰八字，回家占卜吉凶；第
三礼是"纳吉"，在祖庙占卜得吉兆后，到女家报喜；第四礼是"纳征"，
就是宣告订婚；第五礼"请期"，即选定完婚的吉日，征求女家同意；
最后一礼"亲迎"，也就是迎娶女子到夫家。《诗经》中《豳风·伐柯》
和《齐风·南山》两首诗歌都有"取妻如何？匪媒不得"的句子，可见
媒人在古代婚姻中的作用之大，可以说媒人的手中掌握着许许多多青年
男女的命运。诗歌用一个极其形象的比喻——"伐柯如何？匪斧不克"
来说明媒人的重要性。意思是说，男子需要找到合适的伴侣，就像斧子
需要找到一个合适的斧柄一样，那么能够给斧头配上斧柄的人，就是媒

人了，因此媒人也被称为"伐柯人"。经过媒人的说合，《豳风·伐柯》中的主人公对未来的妻子非常满意，这家上上下下欢天喜地，忙着准备结婚物品，安排结婚仪式，等着迎娶新娘，一派欢欣喜庆的景象。

周南·螽斯

螽斯羽，诜诜兮①。宜尔子孙，振振兮②。

螽斯羽，薨薨兮③。宜尔子孙。绳绳兮④。

螽斯羽，揖揖兮⑤。宜尔子孙，蛰蛰兮⑥。

● 词语注释

①螽（zhōng）斯：蝗虫，繁殖能力很强。羽：鸟、虫的翅膀。诜（shēn）诜：众多的样子。②振振：繁多的样子。③薨（hōng）薨：象声词，虫群飞声。④绳（mǐn）绳：连绵不断的样子。⑤揖（jí）揖：会聚在一起的样子。⑥蛰（zhé）蛰：群居在一起而和乐的样子。

● 泛读赏析

螽斯是蝗虫一类的昆虫，外观翠绿，鸣叫声高亢清脆，虽是害虫，却深得中国人的喜爱。

螽斯有旺盛的生殖力，汪曾祺在《人间草木》中说，三尾的螽斯，腹大多子，烤了吃，味道像虾。《周南·螽斯》取其多子之意，即物起兴，寄情于物，反复吟咏。"诜诜""薨薨""揖揖"，以螽斯振羽的情态，祝颂人多子多孙、人丁兴旺，展现出一幅欢乐的场景。子孙是血缘的融合，是生命的延续，是一个民族生生不息的来源。"人多力量大""人心齐

螽斯

泰山移""众人拾柴火焰高"，人多家族才兴旺昌盛。

　　中国台北故宫有翡翠玉白菜的摆件，是镇殿之宝。有一只螽斯、一只蝗虫伏在白菜上，活灵活现，每根触须似乎都在颤动，令人叹为观止。此件翠玉白菜原是永和宫的摆件，据说为清末瑾妃的嫁妆。白菜寓意清白，象征新嫁娘的纯洁；螽斯和蝗虫则象征多产，祈愿新娘子孙众多。这闻名世界的翠玉白菜打动人心之处，不仅仅是名贵的材料、巧夺天工的设计和雕刻技巧，更是它寄托着的为人父母者对女儿朴实而又深沉的祝福。

郑风·女曰鸡鸣

女曰："鸡鸣。"士曰："昧旦①。""子兴视夜，明星有烂②。""将翱将翔，弋凫与雁③。"

"弋言加之，与子宜之④。宜言饮酒，与子偕老。琴瑟在御，莫不静好⑤。"

"知子之来之，杂佩以赠之⑥。知子之顺之，杂佩以问之⑦。知子之好之，杂佩以报之⑧。"

● 词语注释

①昧旦：又叫昧爽，天将亮的时候。②兴：起。视夜：察看夜色。明星：金星古曰明星，又名太白。③将翱将翔：指已到了破晓时分，宿鸟将出巢飞翔。④弋（yì）：带有丝绳的箭。凫：野鸭。言：助词，无实义。加：射中。与：为。宜：用适当地方法烹饪。⑤御：用，弹奏。静好：和睦安好。⑥来：关爱。杂佩：总称连缀在一起的各种佩玉。⑦顺：和顺柔爱。问：赠送。⑧好（hào）：喜爱。

● 泛读赏析

　　这是一首表现夫妻间琴瑟和谐，相亲相爱的诗歌，通过饶有情趣的对话形式表现。

　　妻子早早起床，整理房间，准备早饭，听见鸡鸣，看看东方已经发白，她就去叫醒还在酣睡的丈夫，"将翱将翔，弋凫与雁"，正是打猎的好时间。

　　丈夫是个猎人，白天忙于捕猎，甚是辛苦，这暖和的床铺，散发着家的温馨，他真不愿意起床呀。于是他推说"子兴视夜，明星有烂"——"你去看一看，启明星还在天上挂着呢。太早了！"

　　丈夫赖床，想要偷懒，狡黠中又带了几分撒娇之意，这场景如在眼前，让人忍俊不禁。

　　"齐风"中也有一篇《鸡鸣》，也是描写妻子催促丈夫起床的场景。丈夫故意将鸡鸣声说是苍蝇蚊子闹哄哄，无视东方渐亮，非说是星光灿

鸡

烂的夜晚，还想缠绵枕席。文中的妻子则是不断催促，最后一句"无庶予子憎"，甚至生起气来。隔着纸张，似乎都能看见妻子柳眉微蹙，粉面微嗔的神态。

《毛诗序》说《齐风·鸡鸣》是"思贤妃"。因为齐哀公荒淫怠慢朝政，所以他的妃子劝谏他。朱熹《诗集传》认为是直接赞美贤妃。宋严粲《诗缉》认为是"刺荒淫"，清崔述《读风偶识》认为是"美勤政"，清方玉润《诗经原始》认为是"贤妇警夫早朝"。

我们姑且将它当成描写一对夫妻的生活场景的诗来看，不由让人联想到《红楼梦》中湘云劝宝玉读书的情节："还是这个情性不改。如今

大了，你就不愿读书去考举人进士的，也该常常的会会这些为官做宰的人们，谈谈讲讲些仕途经济的学问，也好将来应酬世务，日后也有个朋友。没见你成年家只在我们队里搅些什么！"宝玉听了极其不高兴说道："姑娘请别的姊妹屋里坐坐，我这里仔细污了你知经济学问的。"

湘云是一颗心为着宝玉，劝告也不是没有道理，只是太一本正经，看着一副道学家的面孔，贤则贤矣，却失了意趣。可见，说话真是一种艺术。

而这首诗中，猎人的妻子就是个有办法的人，她的一番话不光劝服了丈夫，更收获了丈夫的浓情蜜意。

你看，她一边轻轻抚摸丈夫的脸颊，一边絮絮述说："你去打猎，射中野鸭大雁，我准备好美酒好菜等你回来。我主内来你主外，夫妻恩爱苦也甜！"甜蜜的语言描绘出一幅和美的画面。

丈夫被妻子的一番话打动了，美好的愿景荡涤着心怀，于是他动情地回答妻子："你的勤劳辛苦我知道，你的贤惠温柔我记在心里。"他感激妻子温柔的爱，不知如何表达才好，就把贴身佩玉送给妻子。

"赠之""问之"与"报之"，一唱三叹，急管繁弦之中洋溢浓烈的爱意，将这憨厚的打猎汉子对妻子淳朴而热烈的爱表现得淋漓尽致。

第五章

式微，式微，胡不归

——岁月的流转是故园的歌吹

梁锡尧

导 读

　　故乡的一缕浮云被清风吹散，荡漾出一首悠扬动听的歌，永远回响在游子的内心深处。朗月的清辉洗过大地，故乡的山水就像一幅水墨画，一直浮现在游子的眼前。

　　故乡的月，在松间照，在柳梢挂，在竹林里摇了一地碎银，故乡的月色山水就这样一直萦绕在游子的心间。故乡的人，在家中盼，在村口等，在心里念，在一年又一年的期盼和等待中长出白发。无论是游子在外还是亲人在家，这份思念穿越万水千山，深深地镌刻在他们的心里。千百年来，游子思家之情，亲人盼归之心，在阴晴圆缺的轮回里千年不朽，在岁月的流转中慢慢化作心中永恒的歌唱。

　　雁阵声声惊寒游子心扉，月色淡淡吟唱诗词歌赋。这一章，我们走进《诗经》对故乡的思念里，看看游子、征夫、戍卒、嫁妇是如何思念故乡的，也学学先人在表达思乡情时所采用的夸张、铺陈、对比、直抒胸臆等写作手法，去了解和品读这份对故乡的思念，看它是如何从《诗经》时代一直传承到今天的。

此心安处是吾乡

邶风·式微

式微，式微①！胡不归②？微君之故，胡为乎中露③！

式微，式微！胡不归？微君之躬，胡为乎泥中④！

●词语注释

①式：起语词。微：昏暗，天快黑。②胡：为什么。③微君之故：要不是国君的缘故。微：非。中露：露中。④躬：身体。

●大家说诗

　　这是"邶风"中的一首，方玉润说此诗"未许粗心人卤莽读过"，此言非虚，细细读来，确实颇有意趣。

　　诗共两章，开篇即反复咏叹"式微，式微"，情感不可谓不充沛，继而立刻发问："胡不归？"——天将昧，天将昧！为什么还不归？语气强烈，一气呵成，没有给读者留下缓冲的余地。但是，谁"归"，是"归去"还是"归来"，作者没有言明。

　　《邶风·式微》是典型的重章叠句的写法。每章的后半部分只置换两个字，依然用问句来加强表达效果。"微君之故"——若不是为"君"，何苦还在露中？（为了押韵，"露中"改成"中露"。）若不是为"君"，何苦还在泥中？同样的，"君"是谁，作者也没有明说。

　　人物指向的模糊，给了读者多重解读角度。"君"的涵义非常广，任何读到这首诗的人，都可以把诗中的境况与自己关联——一国之主谓

"君"，一家之主谓"君"，几乎任何第二人称都可谓"君"。因此，关于这首诗的主旨，从"劝君归国"，到"坚守妇道"再到"役者怨怒"，众说纷纭。

《毛诗序》认为，这首诗是黎国大夫劝流亡在卫国的君主归国的诗。另一种观点来自《列女传》，作者认为卫国国君之女嫁给了黎庄公，却没有被丈夫接纳。她身边的仆人都劝她回国，但她坚守妇道，从一而终，坚决不回国。余冠英则认为"这是劳役的人们发出的怨声"。更有趣的是，在"劝归"主题的影响下，"式微"逐渐成为数千年来中国文人墨客辞官归隐、向往田园的代名词，对后世的诗歌创作产生了深远的影响。

● 个性解读

在诸多《诗经》篇目中，《式微》是容易让人产生亲切感的。数千年来，它已经成为一个文化符号，跃动在每个华夏儿女的基因里，流淌在每个炎黄子孙的血液里。

"式微，式微，胡不归？"

此刻手抚书页的你，会想起谁呢？或许你不会想起那个流离在外、命运多舛的黎国国君，不会想那位坚守妇道、拒不回国的卫国公主，不会想到那些在外辛苦劳碌的役者，但你一定会想起陶渊明——在昏黄暗昧的乡间小路上，他扛着锄头，一身短衣，轻吟着"守拙归园田"；你一定会想起王维，他闲游野外，在斜阳中看着牛羊缓缓归来，落寞地吟着"怅然吟式微"；你会想起官至翰林却难施抱负，豪气地喊出"且放白鹿青崖间"的李白；你会想起在斜阳中驱车古原，满载一车惆怅而归的李义山……

"式微，式微，胡不归？"

　　奔波在外的游子要回归故乡；鸢飞戾天的仕人要辞官归隐；连旧时女子出嫁也称作"归"——说到底，心灵的安顿，才是"归"的终极意义。苏轼早就说过，此心安处是吾乡。读到这一层，我们就会明白为什么首阳山上的伯夷和叔齐每日采薇作食、饿得精疲力尽直至饥饿而亡——因为身体上的忙碌和痛苦是其次，最大的痛苦来源于心灵，只要心灵得以安置，什么痛苦都可以忽略不计。我们就会明白，为什么隐居西湖的"痴人"张岱要在大雪三日后的夜里独自乘船，去看"雾凇沆砀""上下一

白"——广漠天地，竟不能许他一方容身之处，这份孤独，又有谁能懂？或许只有目睹着这混沌天地间空无一物的白、呼吸着这寒到彻骨的空气时，潜藏在内心的亡国之痛才能有些许缓解吧。

"式微，式微，胡不归？"

短短七个字，似乎有一种魔力——从家到国、从个人到集体，当心灵无所寄托时，这七个字就成了最好的抒情方式。轻轻吟诵，眼前的一切仿佛镀上了夕阳的颜色，金黄、橙黄、暗黄、暗紫……暮色渐浓，最后一缕霞光即将被黑暗吞没，青灰色的树影在山坳中轻轻摇曳，空旷的山谷里只有山风的呼啸和归鸟的叫声相互应和——白天的忙碌和奔波已经化为一身的疲惫和汗水，在这个临近夜晚的昏暗的时分，谁都希望重新获得力量。于是，我们需要不时地反躬自问：我从何处来？归去何处？我待谁归？谁在途中？

弄明白了这些，我们就不会在忙碌的尘世中迷失了回家的路，我们就会在天将昧的时刻坚定地朝着夕阳的方向迈开步子……

"初心"是什么？是永远不忘记自己的来处和去处。

● 写作点拨
向 《邶风·式微》学写作
——新诗创作的小策略

写作小练笔：假如我是（　　　）/致我最敬爱的人

虽然人们总说："诗歌是文学王冠上的明珠。"但关于新诗的创作，教科书上鲜少提及。许多人认为写诗靠天赋，实际上还是有一定章法可循的，《邶风·式微》就给了我们许多启发。

首先，在诗歌创作中，适当的反复是必要的。连续的反复，能够起到加强语气、强调的作用，如"式微，式微"。而不连续的反复，有助于读者更好地把握作者的情感主线，如《致橡树》中不连续但反复出现的"我如果爱你"。

其次，初学写诗的人，可以在诗中适当地使用押韵，让诗歌更朗朗上口。《邶风·式微》中，每章的前半句押"ui"韵，后半句分别押"u""ong"韵，朗读起来音韵和谐，朗朗上口。

另外，在创作中，我们还可以借鉴诗中的"设问"手法，如"胡不归？微君之故，胡为乎中露"；又如艾青的《我爱这土地》结尾"为什么我的眼里常含泪水？因为我对这土地爱得深沉"。一问一答，震撼人心，堪称经典。适当地把陈述、抒情改成疑问、设问，更能促进读者思考，取得言有尽而意无穷的艺术效果。

● 诗经现场

孔子的偶像

温小戒怀揣《诗经》游天下，到了"邶风"中诗篇的发生地。相传，《诗经》里的"邶风"十九首，是孔子周游列国后来到邶国，听到了当地人传唱的动听民歌后，特意收集并整理而成的。

导游叔叔给温小戒出了一个难题，要他找出孔子的偶像是谁，并说说这个偶像的事迹。这下可难倒了温小戒——他知道人们尊称孔子为"圣人"，但他从来不知道"圣人"也有自己的偶像。

回家后，温小戒同学认真查找资料，向老师请教，逐渐梳理出了答案。大家听听温小戒同学的知识汇报吧——

孔子的偶像名叫周公旦，是周文王的第四个儿子，也是周武王的弟弟，他为周朝的建立以及政权的巩固立下了汗马功劳。

武王伐纣之后，依然保留了殷人的祭祀传统，因此，周武王把纣之子武庚封在殷商故地，又派了自己的三个弟弟去附近邶、鄘、卫地监督商朝遗民，史称"三监"。

武王逝世，其子成王继位，周公旦摄政，一饭三吐哺，一沐三握发，尽心竭力辅佐年幼的成王，然而这还是引起了他弟弟们的猜忌，武庚趁机与他们勾结发动叛乱。

周公旦亲自东征，平定了三监之乱。平乱后，周公旦把邶、鄘、卫三地合并，把弟弟康叔封到此地，建立了一个新的卫国，康叔是第一代卫国国君。

周公旦还为康叔写下闻名遐迩的《康诰》，帮助康叔治理卫国，可以说，周公旦在卫国的建立上，起到了决定性的作用。

周公旦是卓越的政治家、军事家、思想家，他确立周礼、平定叛乱、辅佐幼主、及时让贤，德才兼备，堪称伟大。

孔子把周公旦作为儒家的最高典范。在他晚年，经常叹息道："甚矣吾衰也！久矣吾不复梦见周公！"

（文／谭妙蓉）

世界上最遥远的距离

卫风·河广

谁谓河广①？一苇杭之②。谁谓宋远？跂予望之③。

谁谓河广？曾不容刀④。谁谓宋远？曾不崇朝⑤。

● **词语注释**

①河：此处指黄河。②苇：指用芦苇编的筏子。杭：渡过。一苇杭之：用一片芦苇就可渡过黄河。③跂（qǐ）予望之：踮起脚跟就能望到了，意思是宋国并不远。跂：踮起脚跟。④曾不容刀：竟然容不下一只小船，形容黄河的狭窄。刀：通"舠"，指小船。⑤崇（zhōng）朝（zhāo）：钟朝，指从天亮到吃早饭的这段时间。此处形容时间很短。

● **大家说诗**

这是一首动人的思乡之歌。

《毛诗序》说："《河广》，宋襄公母归于卫，思而不止，故作是诗也。"认为《卫风·河广》是宋桓公夫人被宋桓公遗弃，回到娘家卫国，因思念孩子而写的。陈奂在《诗毛氏传疏》则认为《卫风·河广》是宋桓夫人希望宋桓公渡河救卫的诗。

我们可以理解为，作者是一位居住在卫国的宋人。他离开家乡，寄身于异国他乡，日夜思念家乡，却由于种种原因终未能如愿。诗人站在分隔两国的黄河边上，久久眺望对岸的家乡，无奈地唱出了这首诗歌，抒发着心中的悲苦和哀怨。

黄河波涛汹涌，非常宽广，卫国和宋国也相隔遥远。作者在诗中却

用极其夸张的手法，把黄河的宽度和卫宋两国之间的距离说得微不足道，甚至用一片苇叶就能渡到黄河对岸，甚至站在河边踮起后脚跟就能看到宋国。在诗人眼里，黄河窄得连一只小船都容不下，两国路程更是近得连一个早晨都不用就可以到达。

作者用质疑的口吻，企图推翻人人都认同的客观事实。他这样说，不仅是表达黄河不宽、卫宋两国不远的观点，更想说明，一个人要想真正去到一个地方，任何空间的距离都不在话下，即使身体到不了，想象着也能去到。出门在外的游子，经常会产生这种时空错乱的感觉。农耕社会里，"穷家难舍，热土难离"，离家的游子们普遍有着浓郁的乡愁。无论做官、经商还是征战，人们因为种种原因离开家乡后，对家乡的思念之情就会油然而生，日渐强烈。随着岁月流逝，对家人、对故乡的牵挂之情，就镌刻在他们的脑海里，就寄托在他们的歌声和叹息声中。

《卫风·河广》的动人之处在于仅用短短八句，就高度概括了一位思乡情重的游子形象，把他希望回到家乡却又没办法回家的迫切心情，表现得淋漓尽致。

● 个性解读

这是怎样的一条大河啊！当它从天泻落，如雷奔行，直闯中原大地，便有"览百川之弘壮""纷鸿踊而腾鹜"之势，就是看着它，都让人觉得惊心动魄。

那是一条怎样的归乡路啊！路程遥远，路途难行，光是从这里望去，就延绵不断、没有尽头，更不敢想，从这里出发，路上会有多少意想不到的困难和阻碍。

滔滔的黄河边上，站着一群人，大家看着这波涛汹涌的黄河，议论

纷纷，不禁发出了"黄河真宽广啊""这样汹涌的河水，谁能过得去？怎么能过得去啊"的感叹！

一位住在卫国的宋人来了。他站在河边，对着宽阔的大河，大声地问道："谁谓河广？"旁边的人听到他对着黄河说出这样的话，觉得他简直无知得可笑！刚想取笑他，却看见这位宋人，傲然伫立，神色俨然。他不但不理会别人的眼光，还断然说出了傲视旷古的回答："一苇杭之！"

什么？这个疯子，竟想着驾着一支苇筏就飞越这波涛汹涌的黄河？这是个什么人啊，胆子也太大了吧？这个疯子还没完呢，他又问了，他这回问的是："谁谓宋远？"从卫国到宋国，这么远的距离，这么难走的路，还说可以"跂予望之"，实在是匪夷所思，这个人怎么会有这样的想法啊？

宋人看了旁人一眼，他们疑惑的眼神和鄙夷的脸色，让他更加明白——正是因为自己内心升腾着的不可抑制的归国念头，才让自己有这

种石破天惊的想法。正是因为自己有这急不可待的思乡之情，才让自己有这样超乎寻常的想象。有了这样的想象，卫和宋之间的距离才大大缩小了；有了这样的想象，眼前的黄河才变得窄小了，完全可以靠一苇之筏渡过去！

● 写作点拨

向 《卫风·河广》学写作

——极度的夸张，强烈的感情

写作小练笔：家乡的母亲河 / 生活中的浪花

《卫风·河广》短小精悍。短短八句，就能生动形象、细腻传神地刻画出那位宋人思乡的疯狂形象。能达到这种艺术效果，最大的原因是诗歌使用的夸张手法。

黄河有多宽广？宋国离我这里又有多远？作者给我们答案了。滔滔雄壮的黄河，在作者眼里，可以"一苇杭之"，甚至还"曾不容刀"；一直回不去的家乡，其实很近，跷起脚就看到了，甚至还可以起床后回家吃个早饭。通过上面的分析，可以看到，诗里无论是说黄河狭窄容易渡过，还是形容从卫国到宋国的归家路途近，都出色地运用了夸张的写法。

诗人通过夸张的手法，痛快淋漓地抒写了对故乡的思念之情。八句诗里，用了夸张手法的就有四句。首章，诗人用夸张的手法写出了心中的愁思，让读者体会到作者干云豪气的同时，也看到了他隐忍在心中的无奈，形象而鲜明。第二章还是运用了夸张手法，让感情更强烈了，读者这时已经能够能从这种夸张里感受到作者心底里的愤懑和极度的怨恨了。这种出人意料的手法，发挥着令人拍案叫绝的感染效果。读到这里，读者不禁会想，既然渡河没有那么难，宋国又没有那么远，那为什么作者不能如愿地回到家乡去呢？诗里虽然没有说，读者却能读出了诗人的无奈，从而对他的遭遇深表同情。

这首诗的修辞手法除了夸张，还有设问和排比。这两章的夸张句是两个整齐的排比句，读来节奏朗朗上口，具有音韵美。这首诗还运用了设问的修辞手法，通过一问一答，细腻传神地倾诉了诗人内心的苦闷。这些修辞方法，使这首诗达到了极高的艺术境界。这样的诗，优美清新，让人一咏三叹。

● 诗经现场

壶口瀑布感怀

温小戒和妈妈怀揣《诗经》游山西，来到了黄河壶口瀑布，他被眼前的景观震撼了。

只见滔滔黄河奔泻而下，一个水团挤着一个水团，一个冲浪接着一个冲浪，在水流向下倾泻的一瞬间，爆发出的水汽如原子弹爆炸腾空而起的蘑菇云状，又似万马奔腾状，有气吞山河的气势。

广播里循环播放着"……黄河之水天上来，奔流到海不复还""站在高山之巅，望黄河滚滚，奔向东南。惊涛澎湃，掀起万丈狂澜"……

面对此情此景，温小戒先前对"谁谓河广"这句诗的困惑豁然开朗了。

在这样汹涌澎湃的黄河面前，那位宋人还敢说"一苇杭之"，心中若没有对故乡的炽热的爱，是不可能产生如此奇特的想象的。

温小戒浮想联翩，他想到了先民们曾经在黄河岸边"坎坎伐檀兮，河水清且涟猗"，森林是那样茂密，河水是那样清澈；他想到了"黄河远上白云间，一片孤城万仞山"；想到了"不到黄河心不死"的俗语……

更好的
方法读 诗经

关于中华儿女的母亲河——黄河，有太多太多的话要说，你可以和温小戒一同做一次关于黄河的研究性的学习吗？

牵着你的手到白头

邶风·击鼓

击鼓其镗，踊跃用兵①。土国城漕，我独南行②。

从孙子仲，平陈与宋。不我以归，忧心有忡。

爰居爰处，爰丧其马③。于以求之，于林之下。

死生契阔，与子成说④。执子之手，与子偕老。

于嗟阔兮，不我活兮⑤。于嗟洵兮，不我信兮⑥。

● 词语注释

①镗（tāng）：击鼓之声。②土国：在国中服挑填混土的劳役。漕：地名。③爰：在何处 ④契阔：指聚散。契：合。阔：离。成说：约定起誓。⑤于嗟：感叹词，相当于今言"哎哟"。阔：远离。活：相聚。⑥洵：时间久。

● 大家说诗

　　本诗是一首思乡之歌，描写戍卒远征异国、长久戍边而无法回家的苦闷心情。

　　《毛诗序》说："《击鼓》，怨州吁也。卫州吁用兵暴乱，使公孙文仲将而平陈与宋，国人怨其勇而无礼也。"姚际恒《诗经通论》认为是《春秋·宣公十二年》记载的"宋师伐陈，卫人救陈"之事，发生在卫穆公时。这两个观点比较可信。

　　首章四句写出征之前，交代出征的原因和背景。"击鼓其镗"这句用一阵阵镗镗的击鼓声营造出紧张、急迫的氛围，原来"击鼓"的原因

是国家将有战事。接着诗人把自己的遭遇和其他人作了对比，他觉得参加"土国城漕"的人要比自己幸福多了，虽然他们也是服劳役，但他们是在国内，起码可以回家，能回到自己亲人身边。而"我"远远比不上他们，只能"我独南行"，去到远离故乡的地方，与家人骨肉分离。这个"独"字深刻地表达了诗人的怨恨，也更加突出他的不幸。

第二章开始写出征，交代了这次南征的卫国将领叫孙子仲，"平陈与宋"，是说我们此次出征是为了讨伐、平定南方的陈国与宋国。这时，交代了主人公心里更郁闷的地方，相对独下南征，"不我以归"——长期不许"我"回家，就让人更忧心忡忡和无可奈何了。

第三章写了出征路上的一个小插曲——战马居然丢掉了。诗歌通过设问写出作者心中一片茫然，不知身处何方，该何去何从。在作者思念家乡和牵挂亲人、神思恍惚之时，居然弄丢了战马。战马是战士最得力的助手和最亲密的伙伴，战马走丢后，诗人无奈地悲叹：唉！是不是连我的战马都不喜欢这场战争？它去哪里了？莫不是跑到旁边的树林里去了吧？

最后两章写诗人思绪的转变，由眼前的严酷现实转入对美好往事的回忆。最美好的回忆，莫过于新婚。诗人回忆起新婚时和妻子说过的话："死生契阔""与子偕老"牵着你的手，和你一起白头到老，这是多么美好的愿望啊！南征出发时与妻子执手泣别的情形又浮现在诗人的眼前。突然间，诗人强烈地感觉到，也许再也无法回家与亲人团聚了，不由得悲从中来。而且他越来越强烈地感觉到，这种担心正在变成冷峻的事实，两人相隔太远，无法相见。值得一提的是，这首诗中的诗句"执子之手，与子偕老"，成了最美丽的爱情誓言之一。平平凡凡的相许中，包含着一辈子相守的刻骨铭心。

● 个性解读

　　放我的手在你脸上。唉，你的两鬓已经苍苍，你昔日明澈的双眼也已浑浊，你曾经饱满的面颊布满沧桑。我曾经熟悉的人啊，如今全然改变了模样。我枯瘦的手，在你脸上来回移动，如同走一段崎岖的山冈。

　　放我的手在你的胸膛，咚咚如击鼓的声响，震颤着我的心房。我仿佛看见跳动的火苗照亮我们共有的时光，那时我们的欢笑洒满田间溪畔，夕阳将我们的影子拉得长长。我的绿衣如芳草，你的气息似太阳，你在我耳旁说的话滚烫滚烫："死生契阔，与子成说。执子之手，与子偕老。"约定誓言之后，你随孙子仲去打仗，说好平定了陈、宋就回乡。自你离开，我是心随雁飞远，眼在岁月中望穿，牵衣涉水不见伊人面，形容憔悴满心是彷徨。我怕见春花枝头笑，怕听春鸟窗前鸣，怕见燕子双双飞，因为我残灯明灭枕头欹，落落寡欢孤单影。

　　如今的我只感谢上苍，走过漫漫的旅途，让你回到我的身旁。你说战事使人忧伤，鼓声铿锵不容你儿女情长。有一天随身的坐骑竟不知逃往何处，你归家的路更一天天无望。

　　放我的手在你心上，抚平岁月的忧伤，往事像河水流淌，那哗哗的响声会把我们的故事不竭地传唱："死生契阔，与子成说。执子之手，与子偕老。"这岁月的歌谣会伴着所有相爱的人们走过风雨，迎来希望。

（文／周燕）

● 写作点拨

向《邶风·击鼓》学写作

——情到深处文自成

写作小练笔：昭君的思念（从出塞和亲的王昭君角度，抒发她思念

故土之情）

诗人用赋，铺陈直叙，将士卒长期征战之悲、夫妻不能团聚之苦表现得淋漓尽致，真切感人。这首诗写得非常自然，先从出征开始写起，然后写到经历战争不能回来的痛苦，又回忆起亲人送别时互相约定的情景，最后再发出言辞强烈的控诉。就这样一步一步地娓娓道来，好像与你缓缓交谈一般。诗歌脉络分明，表达的情感也一步一步地递进。在叙事中穿插抒情，在叙事中推进情感的表达，在抒情中又推动情节向前发展，两者相得益彰，浑然天成。这样的安排，有助于读者理解作者的心路历程，字里行间渗透着强烈而真切的感情，增强了文章的感染力，深深地打动着读者。

这首诗辞藻不华丽，修辞也不铺张，情感却起着层层波澜。尤其是最后一层，完全是直抒胸臆，给我们描绘了这样一幅画面：一个神情疲倦的征夫，站在他乡，想着家里的亲人，悲从中来，面对苍天大声呼唤，阵阵的回声让这个征夫不禁潸然泪下，心中悲楚。这首诗结构简单，按照时间顺序书写，反映征夫的复杂心理和具体行动，中间插入回忆，造成了眼前情景和美好往事形成强烈对比的效果。表现手法虽然简单，却因为情真，而起到了强烈的艺术效果。尤其是最后缓缓道来的爱情誓言，成为了最美好的情诗。情到深处文自成，不妨模仿这首诗歌的写法写一篇小练笔，抒发你最真的情怀。

● 诗经现场

爱情的承诺最打动人心

"执子之手，与子偕老"，三千年前的承诺一直流传到今天，在我们的耳畔久久回荡，让人唏嘘，让人温暖。

　　中国历代诗文中还有许多这样动人的誓言和绵绵情话，如：

　　◎上邪！我欲与君相知，长命无绝衰。_____，_____，

_____，天地合，乃敢与君绝！（《上邪》）

　　◎_____，_____。水面上秤砣浮，

直待黄河彻底枯。白日参辰现，北斗回南面，休即未能休，且待三更见

日头。（无名氏《菩萨蛮》）

　　◎_____，夜夜流光相皎洁。（范成大《车遥遥篇》）

　　◎_____，_____。取次花丛懒回顾，

半缘修道半缘君。（元稹《离思》其四）

　　◎换我心，为你心，_____。（顾敻《诉衷情》其二）

　　你可以试着把上述填空完成，再找几句类似的"情话"和誓言吗？

古来征战几人回

小雅·采薇

采薇采薇，薇亦作止①。曰归曰归，岁亦莫止②。靡室靡家，猃狁之故③。不遑启居，猃狁之故④。

采薇采薇，薇亦柔止⑤。曰归曰归，心亦忧止。忧心烈烈，载饥载渴⑥。我戍未定，靡使归聘⑦。

采薇采薇，薇亦刚止⑧。曰归曰归，岁亦阳止⑨。王事靡盬，不遑启处⑩。忧心孔疚，我行不来⑪！

彼尔维何？维常之华⑫。彼路斯何？君子之车⑬。戎车既驾，四牡业业⑭。岂敢定居？一月三捷⑮。

驾彼四牡，四牡骙骙⑯。君子所依，小人所腓⑰。四牡翼翼，象弭鱼服⑱。岂不日戒？猃狁孔棘⑲！

昔我往矣，杨柳依依⑳。今我来思，雨雪霏霏㉑。行道迟迟，载渴载饥㉒。我心伤悲，莫知我哀！

● 词语注释

①薇：一种野豌豆，种子、茎、叶均可食用。作：指薇菜刚长出地面。②莫（mù）：同"暮"，这里指年末。③靡（mǐ）室靡家：指没有正常的家庭生活。靡，无。猃（xiǎn）狁（yǔn）：中国古代少数民族名。④不遑（huáng）：没时间。遑，闲暇。启居：跪或坐下来休息，或指部队休整。⑤柔：柔嫩。指薇菜进一步生长。⑥烈烈：炽烈，忧心如焚的样子。载（zài）饥载渴：又饥饿又口渴。⑦戍（shù）：指驻防的营垒。聘（pìn）：报平安的音信。⑧刚：枝条坚硬的样子。⑨阳：夏历四月。⑩盬（gǔ）：停止。启处：休整，起居。⑪孔：很，非常。疚（jiù）：痛苦的样子。我行不来：我不能回家。来，回家。⑫尔：繁花盛放的样子。常：指常棣，植物名。⑬路：高大的战车。君子：指将帅。

薇

⑭戎（róng）车：指兵车。牡（mǔ）：雄马。业业：形容马高大的样子。⑮定居：指安居。三捷：多次胜武。⑯骙（kuí）骙：形容马强壮威武的样子。⑰小人：这里指战士。腓（féi）：掩护。⑱翼翼：形容队列整齐的样子。象弭（mǐ）：一种两端用象骨角装饰的弓。鱼服：用鱼皮做的装箭的袋子。⑲日戒：每天都提高警惕加强戒备。孔棘（jí）：很紧急的样子。棘：通"急"。⑳昔：以前，诗中指刚出征时的时候。往：当初离家从军。依依：形容柳丝轻柔、随风摇曳的样子。㉑雨（yù）雪：下雪。雨，这里用作动词。霏（fēi）霏：雪花纷纷飞舞的样子。㉒迟迟：迟缓的样子。

更好的方法读诗经

● 大家说诗

这首诗写从军战士历经艰辛后回乡途中的所忆和所见。对这首诗创作年代的分析，有多种说法。《毛诗序》认为这是"以天子之命，命将率遣戍役，以守卫中国。故歌《采薇》以遣之……"汉代时《诗》认为《小雅·采薇》是写周懿王时的事；王国维的《鬼方昆夷猃狁考》认为《小雅·采薇》《小雅·出车》说的是同一事。

上述说法，无论哪种，都认同这是戍边将士在归来途中所创作的一首诗，诗中唱出了从军将士在军营中的艰辛生活，表达了将士们渴望回归故乡的强烈情感。诗里除了表现出强烈的思乡之情外，还写出了将士们誓死保家卫国的豪情壮志，个人情怀和家国大义这两种感情交织在一起，使得这首诗意境高远。

从内容上看，诗的前三章为一层。这一层采用倒叙的方法，写诗人走在回家的路上，不由得想起了自己服役时，是多么地渴望回家，也解释了自己迟迟不能回家的原因。这个部分占了全诗一半的篇幅，三章都在陈述着诗人对故乡的思念，从这个安排上，我们可以看到诗人热爱故乡，思念亲人，这种感情已经强烈到深入骨髓了。

诗的四、五章为第二层，追述行军作战的紧张生活。从情感看，第四章和第五章曲调为之一振。诗人在漫长的归途上，很自然地追忆了昨天的战斗生活。通过回忆，给我们展示了一幅让人激动的画画：你看，我们的队伍多么雄壮啊！一排排战车整齐列队，一匹匹军马高大雄骏，一张张弓弩做工精良，将士们三军列阵，雄赳赳气昂昂，多么高昂的战斗激情！通过诗人的回忆，我们看到了一支军容雄壮、战斗力强的威武雄师。这些内容把全篇的气势都调动起来了，写得慷慨激昂。高昂的士气，警惕的战斗精神，激昂的战斗激情，一改之前的哀怨，表现出的是豪迈，是胜利之师的自豪，充分体现了诗人的爱国思想，诗人更为自己是这支

马

军队的一员而自豪而骄傲！从全诗表现的情感看，这位戍卒内心是十分矛盾的，既怀恋家乡、渴望回家，也识大体有大局观，有国家兴亡匹夫有责的责任感。

　　诗歌的最后一章，点明抚今追昔的场景与心情。归途中看见的"雨雪霏霏"和出征时的"杨柳依依"形成强烈的对比，"依依杨柳"写出征时希望早日平安归来的良好愿望，"霏霏雨雪"则表露出对久戍的厌恶和忧伤，产生了强烈的艺术感染力。"昔我往矣，杨柳依依。今我来思，雨雪霏霏"这句诗，千百年来获得极高的赞誉，东晋名将谢玄甚至把这

四句评价为《诗经》三百篇中最好的诗句。这两句诗以乐景写哀，以哀景写乐，这样的写法，使得所要表达的哀乐效果成几何倍数的增强。

这首诗还体现了诗人对生命的思考，他从"薇"的荣枯中感受到了季节的变化，从战场的血与火感受着生命的脆弱与坚强。归途路上的所见所思，让诗人与其说感受到肉体"载饥载渴"的苦痛，倒不如说他忍受着"莫知我哀"的精神创伤。只是，诗人也没有表现出过多的哀怨和痛苦，或者说，他能认识到这些苦痛是必须的，因为他知道，造成他痛苦的原因是因为猃狁侵犯自己所热爱的家园。因为热爱家园，所以面对入侵的时候，要挺身为它而战。这是豪情，更是柔情。就这样，这首诗为我们完美展现了恋家思亲的个人情和为国赴难的责任感，这两种互相矛盾又同样真实的感情的完美结合。

● 个性解读

我停下脚步，缓缓抬起头，前面的道路还是看不清楚，其实我也不用看清楚，我知道，这路还是和先前走过的路一样，崎岖泥泞很难走。

天越来越暗了，阴雨霏霏，雪花纷纷，雨夹雪的天气持续好几天了。雨点夹着雪花打在身上，透骨地寒冷。我又饥又渴，心里却很高兴，因为离边关越来越远，离我的家乡越来越近了。多少次梦萦魂牵的画面，马上就要出现在我的面前。我不禁抬头遥望，家乡虽远，但我感觉我看到了，看到了那熟悉的地方。

走在回家的路上，这一路真是让我思绪纷繁、百感交集啊！那艰难困苦的军旅生活，那激烈凄惨的战斗场面，那无数次登高望归的情景，一幕幕又在我眼前重现。

服役在外的这些年，我日思夜想啊，就是能像今天这样，走在回家的路上。那些年里，陪伴我的，只有那山里的薇菜。

薇菜啊，我看着你发芽了，想着我们可以回家了吧；薇菜啊，我又看着你长枝丫了，想着我们总可以回家了吧！没想到转眼又过了一年，我们还是不能回家。我们都顾不上家室，奔波在这里，这是为何啊？就是因为狁狁的入侵。为了打败他们，我们连好好坐上一会儿也没有时间。狁狁入侵，我们要拿起武器保家卫国，我们要打败他们！我是一名军人，战斗在国家的前线上。你看，我们军容是多么雄壮，戒备是多么森严，势不可挡的气魄表现出我们将士高昂的战斗激情。我们虽然怀恋家乡，但我们也识大局，明白国家兴亡匹夫有责。一往无前的气势，锐不可当的气魄，出生入死就是我们对保卫家园的理解。

薇菜啊，我看着你又长出了叶子，枝叶也变得柔嫩了，到可以采摘的时候了，想着这时可以回家了吧。我盼望回家的愿望如此强烈如此炽热，有谁能知道呢？为了战事东奔西走，我们连营房都安定不下来，又有谁可以替我们往家里带去报平安的家信啊！薇菜啊，我看着你又长得更粗更壮健了，想着这下总可以回家了吧！可是王事还远远没有完成呢，我们连一点儿空闲的时间都没有，每天都这样忧伤，每天都这么痛苦，这样的心情有谁能理解，有谁能表示慰劳？

当初，家乡的景色多美啊！我却在春风杨柳之时奉召出征，眼前景物美好、春光灿烂，我的内心却是悲哀痛苦的，故乡啊，亲人啊，我舍不得离开你们啊！现在，历经九死一生的我终于回来了，"雨雪霏霏"的路上风雪交加，严酷寒冬就像征程中我经受过的那些磨难。虽然大雪纷飞，天气恶劣，我的心情却是很愉快的，能够保全性命与家人团聚，这兴奋之情实在是无法形容啊！

人生，就是这样无常，离家出征的景象还历历在目，转眼我已经垂垂老矣。

我要回去的"家"，现在是什么样了呢？家里还有谁呢？我的家会不会也像我路上所见的那些"家"一样，只剩下断壁残垣、一地荒草了呢？

出征青壮，归来垂暮；离家杨柳，归途雨雪。这来去间，我为的是什么？失去了什么？又得到了什么？唉！不想了，继续往前走吧！

天色，更昏暗了；雨雪，更大了！

● 写作点拨

向 《小雅·采薇》学写作
——巧对比，悲喜对照动人心

写作小练笔：我与同桌／夏天与秋天

《小雅·采薇》是《诗经》中的名篇，诗中"昔我往矣，杨柳依依。今我来思，雨雪霏霏"的句子，被后来很多人认为是《诗经》中写得最好的诗句。能有如此美誉，得益于它出色的对比手法。我们先来看看，这四句诗给我们描绘的场景：一位步履维艰的戍卒，踽踽独行在雨雪纷纷的路上，路途的艰难和内心的悲苦反映在这位戍卒的脸上，让人看不到久戍得归的欢欣喜悦，反而却是满脸悲戚。这位戍卒看着眼前的路、眼前的雪，不禁悲叹：淫雨霏霏，前路艰难。他想起了当初离家出征时的场面，那时正是春天，风和日丽，杨柳依依飘扬，这样的明媚春光多么让人陶醉啊，可他内心悲伤，正要离家去征战。这四句诗达到了这样高超的艺术效果，就是因为对比的手法用得巧妙而自然，看似信手拈来，实则匠心独运。四句诗，对比的内容包括"今"与"昔"的时间对比（也暗含了"春"与"冬"的时间对比），"往"与"来"的趋向对比，"杨柳"与"雨雪"的物候对比。在这些明确的对比外，更重要的对比是隐藏在这些对比之中，诗人"离家出征时景美心悲"与"久戍得归时的心宽景

柳

悲"的情感对比。这些对比，让这四句诗产生了强烈的感染力，让人物的感情自然而然地流露出来，含蓄深永。如果把这位戍卒想象的"杨柳依依"看成是他久戍在外的希望，是他出征在外的精神寄托和动力所在，那么，"雨雪霏霏"就不仅仅是他回来路上所见，更是他在征战生涯里所经受的艰难困顿和辗转求生。"雨雪霏霏"与"杨柳依依"的情境对比，让这位戍卒产生一种不胜今昔之感，也让我们体会到诗深层里所体现的生命流逝感。这种对比手法，使得这四句诗达到了浑然一体的艺术境界，让后人读来黯然神伤，感叹为绝世文情。

●诗经现场

诗词里的"杨柳"

周末到了，温小戒和爸爸妈妈到公园里游玩，走着走着就走到了湖边。湖水清澈见底，湖边种满了柳树。这时候正是春天，柳树都垂下了细细的枝条，柔嫩如丝，狭狭长长的柳叶就像是柳树的秀发一样，柔柔地披下来，有些长的还轻轻地拂着水面。清风一吹，柳条轻轻飘动着，像在翩翩起舞，展现着万千柔美的姿态，让人看得真是心旷神怡。

温小戒很开心地跳着跑着，看着这些随风摆动的柳条，他真是有一种难以形容的感觉，说不出的舒畅，这种情景怎么好像时时地浮现在我眼前一样。

突然，温小戒脑子里跳出了一个词——"杨柳依依"。这时，温小戒一下子记起来了，对，就是《小雅·采薇》里有这样的诗句。温小戒高兴地跑回来跟爸爸妈妈说道："爸爸妈妈，眼前的情景让我想起了一句诗，就是《小雅·采薇》里的'昔我往矣，杨柳依依。今我来思，雨雪霏霏'。"妈妈很开心，连忙说："对，对，对！眼前的景象用'杨柳依依'来形容是最恰当合适的了。小戒真棒！"妈妈接着给小戒解释了这句诗的含义和意境。妈妈还说："其实，古诗词里用到杨柳作为描写意象的还有很多。"

温小戒灵机一动，说："爸爸妈妈，我们来玩飞花令吧，就用杨柳为令。"爸爸妈妈高兴地说："好啊！你先说。"温小戒想了想，说："我想到了。贺知章的《咏柳》，'碧玉妆成一树高，万条垂下绿丝绦。不知细叶谁裁出，二月春风似剪刀。'借杨柳来歌咏美好春光。"

爸爸说："说得好，我接着来。韩愈的《早春呈水部张十八员外》'天街小雨润如酥，草色遥看近却无。最是一年春好处，绝胜烟柳满皇都'，也是借杨柳赞美春光。"

　　妈妈听完，开心地说："说得好，为你们两个点赞，那就该我了。你俩听好了。我说的是王之涣的《凉州词》。'黄河远上白云间，孤城一片万仞山。羌笛何须怨杨柳，春风不度玉门关。'这里的'杨柳'是《折杨柳》曲，用来送别的，表达折柳深情。"妈妈说完，温小戒和爸爸齐声说好，一起给妈妈鼓掌。

　　温小戒和爸爸妈妈继续往前走，飞花令也继续进行着。

　　这样的飞花令多么有诗意有韵味啊！相信看到温小戒他们玩飞花令这样有意义有诗意的游戏，你也心驰神往了吧？请你也搜集一些与杨柳有关的诗句和词句，和朋友、家人一起玩飞花令吧！

从来远嫁归梦遥

卫风·竹竿

籊籊竹竿，以钓于淇①。岂不尔思？远莫致之②。

泉源在左，淇水在右③。女子有行，远兄弟父母④。

淇水在右，泉源在左。巧笑之瑳，佩玉之傩⑤。

淇水浟浟，桧楫松舟⑥。驾言出游，以写我忧⑦。

● 词语注释

①籊（tì）籊：竹子修长的样了。②尔思：指想念淇水。尔：指淇水。致：同"至"，到达。③泉源：水名，淇水的支流，在卫的西北，由东南流入淇水。④有行：指远嫁。⑤瑳（cuō）：玉色洁白，这里是形容露出牙齿巧笑的样子。傩（nuó）：同"娜"，指婀娜多姿的样子。⑥浟浟（yōu）：河水潺潺流动的样子。桧（guì）、松：树木名。⑦驾言：原指驾车，这里是驾驶小舟的意思。写（xiè）：同"泻"，有排解、宣泄的意思。

● 大家说诗

这首诗的主人公是一位卫国的女儿，她远嫁异国，长时间不能回娘家省亲，思念日深感情日炽，于是作此诗以思乡怀亲。《毛诗序》说这首诗是"卫女思归也。适异国而不见答，思而能以礼者也"，朱熹的《诗集传》中说："卫女嫁于诸侯，思归宁而不可得，故作此诗。"这些说法都认同这首诗是思乡之作。

全诗四章，内容上都是主人公在脑海中的想象和回忆，重点回忆了当初在淇水边上垂钓和游玩的情景。第一章写主人公当初还未出嫁时，

竹

在淇水边上和小伙伴们钓鱼、做游戏等快乐的事情。这样的日子是多么快乐啊，一直难以忘怀，可惜现在已经离家很远了，旧地难游，想要再回家，想要再去淇水钓鱼，都是很难很难的事情了。第二章回忆起自己出嫁时候的情形，这是最让人难忘的，我出嫁了，离开了家，离开了父母兄弟，也离开了一起长大的小伙伴，离开了伴我长大的泉源水和淇水，再也不能和小伙伴一起在这里钓鱼和开心玩耍了。

接下来的第三四章，完全就是主人公在痴痴地想象着回到故乡时的情景：我回来了，我旧地重游，我再到淇水来了。这时的主人公，不再是一副少女的天真模样，而是一位打扮美貌、"身佩美玉赛天仙"的成

熟贵妇。回到淇水也不再钓鱼，而是驾着船游赏故乡，四处看看，以慰多年来的思乡之苦。三四章的想象，非常真切具体。只是，这样的想象越真切具体，现实中那种远离故乡、久久不得归的思念之情就越强烈。

●个性解读

突然，想去淇水钓鱼的愿望是如此的强烈，以至让我夜不能寐。一大早，我就来到了淇水边上。

晨曦中的淇水，岸边有碧草绿树。它是一条美丽的河流，上游是田园村庄，岸上遍布桑麻。透过早上的薄雾远望，那一片黛绿色在晨雾中层层叠叠，渐行渐远。这样美丽的景色，真是让人心旷神怡！

在如此美景下垂钓，真是一件赏心乐事。我拿出鱼竿，将鱼钩轻轻地抛到河里。流水牵动着鱼线，令竹竿不断地摇摆着。看到这个情景，我突然感觉这根竹竿好像正在水面上写字，正在向我故乡的父母兄弟报着平安。

想当年，我还是一个少女，岁月青葱，整天就和伙伴们在淇水边玩。我们三五成群来到河边，用这种又细又长的竹竿钓鱼。河水轻轻流淌着，那时的生活多惬意啊。竹竿长长，河水悠悠，言笑晏晏，日子就这样无忧无虑地过去。垂钓在故乡的淇水之上，左边，泉源汩汩地流，流走了我的童年；右边，淇水汤汤地淌，淌去了我的年少。

一晃眼的工夫我就长大了，姑娘长大就要出嫁。出嫁，让我告别了父母，让我远离了兄弟。我还记得出嫁那天的情景，美丽的容貌，洁白的牙齿，进退符合礼仪，行动举止得当，这些情景都已经远去了。我远离了父母兄弟，远离了朋友家乡，来到了这千里之外，我得到了什么又失去了什么，只有我的心，最清楚明了。远离爹娘兄弟、思念故乡的悲伤好像涓涓流水，流淌在心间，我永远不能忘记。

如果有一天，我终于得偿所愿回到家乡，驾着小船在水中游玩，那是多美的事情啊！淇水依旧在右方滚滚奔腾着，泉水还是那样清澈地流淌在左边，只是，我已不再是那个懵懂天真的姑娘，而是一个佩玉巧笑的妇人了。我也再不能和伙伴们一起钓鱼玩乐，只能借助这一叶小舟来稍微宽解我心中的情愫。

故乡的淇水呀，让我如何不想你。故乡的淇水呀，你照样悠悠的流，桧木做的桨呀松木做的船，我想今天也如以前一样，让我驾着这刚用松木做的船，到那曾流过故乡的淇水，宣泄我的忧愁。

● 写作点拨

向 《卫风·竹竿》学写作

——以有形之物写无形之思

写作小练笔：记忆里永不凋零的花／夕阳

诗歌突出的特点是抓住具体的意象，用有形的东西来表达无形的情感。这首诗的具体意象有两个，一是鱼竿，一是淇水。主人公年轻时是一位活泼好玩的姑娘，最喜欢的游戏是和小伙伴到河边钓鱼。这样的情景已经深深地植根于她的记忆中，所有对故乡、对亲人的思念，都可以回到这样的情景里。在她的思乡梦里，熟悉的淇水、宝贝般的鱼竿，一定是占了很大的部分。全诗也就围绕这两个意象展开，真切地表达了主人公的思乡之情。

我们甚至可以想象，主人公出嫁时，说不定当初钓鱼的鱼竿也是嫁妆之一。这样，在远嫁他乡的日子里，每当乡愁涌上心头，她就可以拿

出来细细把玩，怔怔出神，从而唱出这首思乡诗。从这个角度看，鱼竿作为具体意象，承载了主人公对故乡，对亲人玩伴的深厚感情。同样的道理，写淇水也是这样。思乡的感情不是轰轰烈烈、大悲大痛，而是日复一日，缠绵往复，深深地潜藏在诗人的心间。这种缓缓而来的情感，就像悠悠淇水，不断地流过主人公的心头。全诗不断描写淇水，用"淇水"的缓缓流淌，构成一个富有情感的意境，也用"淇水"将主人公过去的生活和现在的想念，甚至将来真有一天回故乡后去乘船游玩的情景联系起来，使全诗成为互相照应的整体。

● 诗经现场

淇水文化调查

温小戒和妈妈怀揣《诗经》来到了河南淇水诗苑。他又一次震撼了。

诗苑在千古淇河岸边，刻了《诗经》"邶风""卫风""鄘风"中的三十九首诗歌。其中出现"淇水"的有许多篇，如《卫风·竹竿》中的"淇水滺滺，桧楫松舟。驾言出游，以写我忧"，《卫风·淇奥》中的"瞻彼淇奥，绿竹猗猗"，《卫风·氓》中的"送子涉淇，至于顿丘""淇水汤汤，渐车帷裳""淇则有岸，隰则有泮"等。他还发现了有两首《柏舟》。翻了翻305首诗经，同名的还有《无衣》《羔裘》等，太有意思了。

淇水是一条诗词河、文化河。小戒跟妈妈说："妈妈，我们在这里多住几天，做一个'淇水文化'专题研究吧！"

请你一起参与小戒的淇水文化调查，搜集围绕淇水展开的乡愁之歌，写一个方案，好吗？

泛读涉猎

豳风·东山

我徂东山，慆慆不归①。我来自东，零雨其濛。我东曰归，我心西悲。制彼裳衣，勿士行枚②。蜎蜎者蠋，烝在桑野③。敦彼独宿，亦在车下④。

我徂东山，慆慆不归。我来自东，零雨其濛。果蠃之实，亦施于宇⑤。伊威在室，蟏蛸在户⑥。町畽鹿场，熠耀宵行⑦。不可畏也，伊可怀也。

我徂东山，慆慆不归。我来自东，零雨其濛。鹳鸣于垤，妇叹于室⑧。洒扫穹窒，我征聿至⑨。有敦瓜苦，烝在栗薪⑩。自我不见，于今三年。

我徂东山，慆慆不归。我来自东，零雨其濛。仓庚于飞，熠耀其羽。之子于归，皇驳其马⑪。亲结其缡，九十其仪⑫。其新孔嘉，其旧如之何⑬。

● 词语注释

①徂（cú）：往，到。慆（tāo）慆：指时间长。②行枚：即"衔枚"，古时行军时，军人将一根竹棍衔在口中，以保证不发出声音。士：通"事"，从事。③蜎（yuān）蜎：虫蠕动的样子。蠋（zhú）：桑树上野生的蚕。④敦：紧紧缩着身体，作团状。⑤果蠃（luǒ）：植物名，即"瓜蒌"。施（yì）：蔓延。⑥伊威：昆虫名，即"鼠妇"，也叫地鳖虫。生活在潮湿的地方。蟏（xiāo）蛸（shāo）：昆虫名，一种蜘蛛。⑦町（tǐng）畽（tuǎn）：房子旁边有野兽行迹的空地。熠（yì）耀：闪闪发光的样子。宵行：昆虫名，即萤火虫。⑧鹳：水鸟，与鹤类似。垤（dié）：小土堆。⑨聿（yù）：语气助词。⑩瓜苦：植物名，即苦瓜。栗薪：栗树打成的柴。⑪皇：黄白色的马。驳：红白色的马。⑫亲：母亲，这里指女方的母亲。结缡（lí）：把佩巾结在带子上。古代婚仪上，母亲要为女儿结缡。九十：指很多。⑬新：指新婚。孔嘉：很美好的样子。旧：形容离别多年后。

●泛读赏析

诗人作为战士出征三年，大难不死安然回乡，归途中，一定百感交集。这首诗的主旋律就是写一位普通战士，在他回乡的途中，触景生情，抒发了他对故乡的思念之情。

全诗共四章，每章的前四句完全相同，用重叠咏叹，通过景物描写，营造一种悲凉的气氛，烘托主人公的心情。

久经沙场九死一生的战士，历尽艰险终于能回到家乡了，可是在回来的途中，遇到的却是淫雨霏霏的天气，这样的天气，触发了战士心中的悲凉凄苦。出门在外的人，每当在路途上遇到恶劣天气的时候，总感到特别凄凉无助。这位战士也一样，终于能回家了，可是近乡情怯，又遇到这样的鬼天气，真是让人欲哭无泪。诗里每章的开头都运用这样的写法，为后面讲述的具体内容渲染了一个富有感染力的背景。

全诗每章后面的诗句讲述的都是各种具体的事情。

第一章写诗人即将踏上归途，最开心的事情是脱掉了战袍，换回了平常的衣服，着装的变化让诗人感受到解甲归田的喜悦和轻松。这时，诗人想起当初行军的艰难，现在他们再也不用像野蚕一样露宿在外，命如螬蚁了，也不用团团睡在战车底下避寒了。

第二章写诗人走在了回家的归途上，这个时候自然想知道家现在是什么样子了，"我"离家三年，家里的情形有没有变化？三年中"我"见了这么多的荒凉，"我"的家现在变成什么样了？可是不管它变成什么样，"我"一定要回去！想到这，诗人就更加怀念家了。很自然地，想到家就想到了家中的那个人——诗人的妻子。

第三章诗人巧妙地通过想象妻子怀念自己的方式，来抒发自己对妻子的怀念。第四章诗人回忆了当初与妻子结婚时的情景，结婚仪式隆重而让人难忘，那时的妻子多么美丽啊。可是刚结婚"我"就出征了，现在三年过去了，新婚妻子已经成为了"旧"妻，她这三年过得怎么样？诗人想到这里，那份隐隐的担心跃然纸上，这路途就更漫长更难走了。

这首诗的重章叠韵有两个好处：一是使诗歌富有节奏感，二是一步一步地推进了情节的发展，增强了诗人的情感。这首诗还有一个很关键的艺术特色，那就是丰富的想象。全诗的内容都是想象，无论是对新婚的回忆式想象，还是对家园破败的推理式想象，全诗都巧妙地融合在一起，产生了极大的艺术感染力。

小雅·四牡

四牡騑騑，周道倭迟①。岂不怀归？王事靡盬，我心伤悲②。

四牡騑騑，啴啴骆马③。岂不怀归？王事靡盬，不遑启处④。

翩翩者雏，载飞载下，集于苞栩⑤。王事靡盬，不遑将父⑥。

翩翩者雏，载飞载止，集于苞杞⑦。王事靡盬，不遑将母。

驾彼四骆，载骤骎骎⑧。岂不怀归？是用作歌，将母来谂⑨。

●词语注释

①四牡：指四匹公马。騑（fēi）騑：形容马奔波劳累的样子。周道：指大路。倭（wēi）迟（yí）：同"逶迤"，形容道路弯曲，让人感觉遥远的样子。②靡：没有。盬（gǔ）：停止。③啴（tān）啴：指马疲劳喘息的样子。骆马：黑鬣的白马。④不遑（huáng）：没有空闲。启处：指安居休息。⑤翩翩：形容鸟飞行的样子。雏（zhuī）：一种鸟，也有说法是鹁鸪。古人认为这种鸟是孝鸟。集：鸟栖息在树上。苞栩（xǔ）：指茂密的柞树林。⑥将：指奉养。⑦杞：即枸杞树。⑧骤：形容走得飞快。骎（qīn）骎：形容马跑得很快。⑨是用：所以。谂（shěn）：想念。

更好的
方法读 诗经

●泛读赏析

　　当官不容易啊！这样的感叹，原来《诗经》里早就有了！

　　这首诗的作者是一名朝廷官员，他公务繁忙，还要经常出差，一年到头没几天能待在家里的。这天，他又驾着四匹好马拉的豪车奔驰在漫漫的路途上，可是，他一点也不高兴，旅途的困顿和渐离故乡的境况，使得他无比思念父母，无比思念故乡。无奈，他只好唱这样的歌来抒发自己对父母和故乡的思念。

　　全诗就表达了这样的一对矛盾，诗人在"岂不怀归"和"王事靡盬"中挣扎，但是这样的挣扎完全没有作用，诗人"岂不怀归"的愿望再强烈，也被"王事靡盬"无情地鞭笞着，只能违心地、无可奈何地往前走，挣扎只是徒增诗人的伤感罢了。后面三章的"不遑启处""不遑将父""不遑将母"从三个不同角度具体地表现诗人的无奈和伤感。

　　光是远离故乡，无法陪伴父母，就让诗人"我心伤悲"了，这首诗还通过写路上的所见来衬托这种伤悲。首先是写马，这四匹精心挑选的马都是骏马，毛色整齐，是非常华贵的骆马，马车也装饰得很漂亮。可是这四匹马，即使这么高贵，也不得不终日赶路，累得气喘吁吁、大汗淋漓。诗人看到马，顿生同病相怜之感。这里写马的艰辛和劳累，也衬托出诗人的疲倦。

　　看到马这样疲惫，诗人无奈抬头一看，这下可是气不打一处来了：我这么辛苦，它却这么悠闲。谁这么悠闲呢？原来是路边的雏鸟。你看它可以自由自在地飞，可以随意地停歇，想停柞树上就停柞树上，想停枸杞树上就停枸杞树上。诗人通过写马和雏鸟来形成鲜明的对照，进一步表现自己的辛劳。雏是诗歌中的孝鸟，诗人在路上所见那么多的景物中，重点写它，也是含有深意的。路上见到孝鸟，想到自己不能在父母跟前尽孝，自然让诗人更加难受，所以"将母来谂"（思念母亲）的感情也自然而然地流露出来。

桧风·匪风

匪风发兮，匪车偈兮①。顾瞻周道，中心怛兮②。

匪风飘兮，匪车嘌兮③。顾瞻周道，中心吊兮④。

谁能亨鱼？溉之釜鬵⑤。谁将西归？怀之好音。

●词语注释

①匪：通"彼"，那。发：拟声词，"发发"，指风吹的声音。偈（jié）：急驰的样子。
②周道：宽敞的大道。怛（dá）：痛苦、悲伤。③嘌（piào）：飞快。④吊：悲伤。⑤亨：
烹煮。溉：洗涤。釜：锅子。鬵（xín）：大锅，类似于现代的蒸锅。

●泛读赏析

对于这首诗，历来有很多的说法，有《毛诗序》认为的桧邦因为政治混乱而怀念周朝的治理方式的，有朱熹《诗集传》认为的周朝王室衰微所以有识之士作这首诗表示忧叹的，但现在大多数学者把它当成一首游子思乡诗。

这首诗描写的是一位游子走在旅途上的所见所闻所想。诗里第一句"匪风发兮，匪车偈兮"，一下子就把我们带到了路上。

诗人正在路上走，耳旁传来了呼呼的风声，路上来来往往的马车一辆辆疾驰而去。诗人看着这样的景象，看着西去的马车，突然就想起了家乡和家乡的亲人，不禁悲从中来，对亲人和故乡的思念自然地涌上心头。他想起了在家里生活的温馨场景以及和邻居的对话。这样强烈的思

乡之情，使得诗人甚至想到要委托西去的人们，请他们给自己带个口信回去报个平安。

古时交通不便，无论去哪里都耗时甚多。古人在旅途上的心情，和我们今天去旅游的兴高采烈不一样。那时出门，离家的时间长，人们思归的情绪特别强烈，正像这首诗所写的情景一样。人走在路上，清冷的环境让他特别无助，心情出奇的低落，正所谓人在旅途洒泪时。

后世也有几首流传很广的诗，意境与此同。

如《天净沙·秋思》，即使是"小桥流水人家"的美景，在诗人眼里也并不美好，因为诗人是"断肠人"，正流落天涯。

如《逢入京使》"马上相逢无纸笔，凭君传语报平安"。在望不到故园的漫漫征途上，好不容易碰到相熟的人，在无纸笔的情况下，也赶紧请他传个话，告诉家里人"我"很好，让他们勿念。

在写作手法方面，《桧风·匪风》这首诗最值得借鉴的地方在于借景抒情，感情真挚而强烈。诗的前两章字数一样，意思也是重复的。换的几个词，写的也是相同的意思和相似的感情。这样的写法，目的是凸显诗人内心强烈的思乡之情。

第六章

鼓瑟鼓琴，和乐且湛

——幸福了我的家，厉害了我的国

陈月娥

导 读

  中华文明博大精深，源远流长，有一点毋庸置疑，那就是自古以来，民族精神里家与国密不可分、一体融合。

  家庭是国家的基础。一个家庭中如果老人慈爱、父亲刚毅、母亲贤淑，孩子懂事孝顺，家庭就会健康和谐、温暖有爱。"父兮生我，母兮鞠我。拊我畜我，长我育我"，这是家中父母辛苦养育之恩；"棘心夭夭，母氏劬劳""有子七人，莫慰母心"，这是母慈子孝的颂歌；"兄弟既具，和乐且孺"，这是情同手足、兄弟和睦的和乐。

  《诗经》里有一种爱家爱国的情怀。齐家治国平天下，家和方能万事兴。管好自己小家庭，心里装着大国小家，两者相辅相成，小家大国，和谐共进。家兴国更昌，国强家才旺。"夜未央"时，在"庭燎之光"中勤于朝政，商议国家大计；当有外侮入侵时，"修我戈矛""修我矛戟"，同仇敌忾共进退；为保家卫国，"不遑启居""赫赫南仲，薄伐西戎"，一世功名为国疆；当国破而兴黍离之悲时，会仰天呼号"悠悠苍天！此何人哉"，忧思满怀只为国！

当古老的战鼓敲起

秦风·无衣

岂曰无衣？与子同袍[①]。王于兴师，修我戈矛，与子同仇[②]！

岂曰无衣？与子同泽[③]。王于兴师，修我矛戟，与子偕作[④]！

岂曰无衣？与子同裳。王于兴师，修我甲兵，与子偕行！

● **词语注释**

①袍：日可当衣、夜可作被的长袍。②兴师：起兵。戈：兵器名。下文中的"矛""戟"均为兵器名。同仇：共同对付敌人。③泽：同"襗"，汗衫，即内衣。④偕（xié）：一同，一起，一并。作：起。

● **大家说诗**

《秦风·无衣》是一首战地军歌，为秦地人抵抗犬戎入侵而作。现已成为中国文学史上经典的爱国主义诗篇。诗歌充满反侵略的爱国主义激情和英勇无畏的尚武精神。

秦地民风淳朴、厚重。朱熹在《诗集传》中这样评价：秦国人的风俗，大都崇尚英勇气概，以勇猛刚强为重，在战场上能置生死于度外。

犬戎入侵，大敌当前，战线告急，物资、战衣、武器一时难以齐备。但是，在英勇善战的秦人眼里，这些物质上的欠缺根本不是什么问题。"同袍""同泽""同裳"，战友们什么都不计较，心往一处想、力往一处使，义无反顾排除物质上的困难，共抗外敌。

虽然他们没有血缘关系，不同名也不同姓，但没关系，他们有结义

兄弟、异姓兄弟"袍泽之谊"。在战场上，他们同穿一件战衣，一件汗衫，一件战袍。

马上就要上战场了，将士们急忙磨刀霍霍，砥砺兵器，整理军装。"修我戈矛""同仇""偕作"，摩拳擦掌、积极奋战，与你同心同德同目标，与你共患难，共进退。

这篇令人热血沸腾、能量满满的爱国主义诗章，士气高昂，激情澎湃，气势磅礴，它是一首在前线战斗的进行曲，像熊熊烈焰一样点燃战士们高昂的战斗热情。所以，吴闿生在《诗义会通》评价《秦风·无衣》那纯粹奔放的英勇、雄壮、豪迈，断不是后来唐朝众多边塞诗能企及的。

《秦风·无衣》写的是国难当头时的正义战争。《秦风·无衣》字里行间燃烧着老百姓炽热的爱国抗敌热情，将领们的爱国主义精神力透纸背，士兵们冲杀疆场的号角声穿越时空而来。

陈继揆在《读诗臆补》中这样赏析："诗歌一开头就有气吞六国之气势，磅礴凌厉。"诗歌的笔锋犀利强健，也正好像岳家精兵直捣黄龙府一样长驱直入，气场强大。诗歌展现的团结协作、英勇无畏、激昂慷慨的气势，后人读来无不受到强烈的震撼。

● 个性解读

从陕西归来，我久久沉浸在兵马俑的雄壮军容、一往无前的英雄气概所带来的震撼中。今天反复研读《秦风·无衣》，我豁然开朗：原来，兵马俑们呈现出的战斗精神，根源在这首先秦的秦人战斗之歌中。

秦国是一个由周天子的养马人建立的国家，地处偏僻的西方，还时不时被戎族蛮人侵扰。秦人也没法安生，只能在这种险恶的环境中不断增强实力，不断强悍壮大，只有变得出类拔萃，才能赢得继续生存的机会。

可喜的是，外敌入侵，秦人选择的不是龟缩，不是逃避，而是"修我戈矛""修我矛戟""修我甲兵"。一有战事，军士们马上投入战斗状态，磨刀霍霍，整装待发，冲向敌阵。他国老百姓一听战争就躲，而秦人听到有战争立马就亢奋，踊跃参军抗敌。战场的进军号角一响起，将士们呐喊厮杀，冲锋掠阵，英勇和敌人搏斗，完全置生死于度外。

秦人最敢拼，敢斗，敢杀，敢死！秦人的字典里没有怯懦，有的是秦地豪迈、勇毅的壮美！秦人追求的是建功立业，追求的是战斗生命的不朽！

这就是秦人的精神——英勇奋战。

他们崇尚武力，能骑善战，一有军令，人与人，人与戈，生死相依，相靠如铁，急难相周。一卒无衣，众必济之；众皆无衣，则同舟共济，有难同当。即便敌强我弱，以一挡千，又有何惧！

《秦风·无衣》奔涌着炽烈的爱国激情、爱军热情，虽然只有几十字，但"与""同""偕"这些表团结协作、并肩作战的词语，就出现了十多次，这就是能打胜仗的决定性因素：同心同德、同仇敌忾，同在一个战壕，同一个声音，同一个步调，同一个目标，竭尽所能，杀敌！取胜！凯旋！

这便是秦人的精神——团结协作。

一方水土一方人，秦人在长期艰苦卓绝的战斗中，逐渐培养出粗犷豁达、开拓进取和坚忍不拔、团结协作的民族精神。这种朴实、豁达、剽悍、勇猛、义无反顾、团结一致、并肩作战的战斗精神，在嬴政统一全国后，受到秦王朝政府的特别重视和保护，逐渐发展成为整个中华儿女血液里流淌的一种民族精神。

这就是秦人的精神！

"修我矛戟，与子偕作！修我甲兵，与子偕行"，穿越几千年时空，字如兵戈句如阵。苍茫历史时空中，有秦人，有项羽，有岳飞，有戚继

光，有林则徐……有这与世为善、坚毅诚朴的从远古一路走来的中国人。跨越千年，这种保家卫国的、顽强无畏的秦人精神，仍然振聋发聩。

这就是秦人精神。我们在《诗经》里唱过，在《满江红》里啸过，在《凉州词》《从军行》里吟过，在《松花江上》咏过。诗里诗外，华夏儿女誓死保家卫国，捍卫祖国的尊严和领土的完整！

人是要有点精神的，尤其是如英勇团结的秦人精神一般的民族精神。

● 写作点拨

向 《秦风·无衣》学写作

——巧用反问句式，加强语气

写作小练笔：我的中国心 / 军歌嘹亮

《秦风·无衣》里的反问句式非常典型。连续三个"岂曰无衣"反问句开头，加强语气，先声夺人。一起笔就把人带入紧张的战争环境，引出下文的"同袍""同泽""同裳"，表现秦人面对外侮团结协作的抗战精神；也为后面的"与子同仇""与子偕作""与子偕行"的挥戈舞刀、慷慨赴战蓄势。

反问句是不用回答的。"岂曰无衣？"大战在即，连战士起码的衣服等物资装备都不足，这条件的艰苦在反问句中更加凸显，但也因此更突出了比物质更重要的秦人精神：没有衣，我们却可以同袍，同泽，同裳。同心同德、并肩作战、共抗外侮的集体主义精神在此处表达得更为强烈。

在《诗经》中，为了表达强烈感情、引起强烈共鸣，经常使用反问句式。如《小雅·出车》中的"岂不怀归？畏此简书"，《魏风·伐檀》中"不稼不穑，胡取禾三百廛兮"，《豳风·东山》中"其新孔嘉，其旧如之何"

都鲜明而强烈地表达诗人情感，引人深思。

● 诗经现场

诗文与生活中的反问句

今天老师领着大家学《秦风·无衣》，温小戒懂得了中华民族精神里的"秦人精神"。回家后，他拿出《诗经》，摇头晃脑地背书："岂曰无衣？与子同袍……"

温小戒背得正在兴头上，妈妈的声音传来："小戒，我都叫你三遍了，你听不见吗？你就不能快点来吃饭，非要全端上桌再请你呀？你不知道天气冷，等会儿饭会凉了吗？"

温小戒愣了一下，有点疑惑地问："妈妈，同样是反问句，怎么《秦风·无衣》里读起来有气势，有力量，而你的听着那么不舒服呢？"

妈妈想了想："是啊，古文里很多反问句都能加强语气和语势，引人思考。像'莲之爱，同予者何人'，感慨爱莲之人太少；'孔子云，何陋之有'，刘禹锡那满满的自豪之气溢于言表；'除了你，谁是我在无遮拦天空下的荫蔽'，冰心对母亲的感激让人回味无穷。尤其是《白杨礼赞》里的反问句非常有力量——'难道你竟一点也不联想到，在敌后的广大土地上，到处有坚强不屈，就像这白杨树一样傲然挺立的守卫他们家乡的哨兵'，对哨兵们的赞美之情力透纸背。"

"怎么生活中的反问句又是另一个味儿呢？"

"嗯，诗文中和口头上的反问句确实有不同效果。诗文中的反问句能很好地增强表现力，而口语里的反问句往往包含强烈的指责的味道，会把攻击直接发向对方，使人听着很不舒服。我刚才说'你听不见吗'，改为陈述句就会柔和很多：'小戒啊，等会儿再背《诗经》吧，该吃饭了。'

我以后得多注意点，在日常生活中尽量少用反问句。"

　　"好嘞，我也会注意，写文章时，可用反问句。平时和别人说话，多用陈述句。吃饭咯——"

世上最不能等待的事

小雅·蓼莪

蓼蓼者莪，匪莪伊蒿①。哀哀父母，生我劬劳②。

蓼蓼者莪，匪莪伊蔚。哀哀父母，生我劳瘁。

瓶之罄矣，维罍之耻。鲜民之生，不如死之久矣。无父何怙③？无母何恃？出则衔恤，入则靡至④。

父兮生我，母兮鞠我⑤。拊我畜我，长我育我，顾我复我，出入腹我⑥。欲报之德，昊天罔极！

南山烈烈，飘风发发⑦。民莫不穀，我独何害！

南山律律，飘风弗弗。民莫不穀，我独不卒⑧！

● 词语注释

①蓼（lù）蓼：植物又高又大的样子。莪（é）：植物名，即"抱娘蒿"。匪：通"非"，不是。伊：是。②劬（qú）劳：辛苦，劳累。③怙（hù）：靠，依靠。④衔恤：带着忧虑。⑤鞠：生养、教育。⑥拊：照顾，爱护。畜：喜爱。腹：抱。⑦烈烈：形容山高而险峻。⑧卒：终，养老送终。

● 大家说诗

这是一首悼念父母的祭歌。

天地光大，父母恩大。父母辛苦把我们养大，长大后，总想着报答他们，但时间却不留给我们机会。世上最不能等待的便是孝顺父母这件事。诗人不能让父母享受生活、安度晚年，在父母百年之后，他倍感自责、

痛苦，然而无力回天，深感遗憾，而作此诗。诗人痛定思痛，感念父母的大恩大德，躬身反省，字字肺腑，因而被方玉润评价为"千古孝思"绝作。

诗人见到蒿草与蔚草，却错当成莪。莪的特点是味美，抱根而生长，又叫"抱娘蒿"，象征着回报父母的养育恩情，后来也用来比喻长大成材且孝顺父母的子女。而蒿草与蔚草粗鄙无用，比喻长大不能成材且在父母有生之年没有好好尽孝的子女。

诗作者看到抱根而生的莪，想到父母生养他的费心费力，吃尽了苦头："母亲啊，您十月怀胎、含辛茹苦地生养了我；父亲啊，您早出晚归地养家糊口，早叮咛晚告诫地养育了我。父母双亲哪，儿女永远是你们的心头肉，时时刻刻被你们呵护着、疼爱着……"

羊跪乳，鸦反哺，动物尚且如此，可父母双亲给予我们生命、儿十年养育深恩，做子女的如何报答？

父母的恩德像苍茫大海，浩瀚无垠，我们如何才能回报点滴？更让人心痛的是：树欲静而风不止，子欲养而亲不待。诗人正是因为没有及时尽孝心、没有能力赡养父母而倍感羞耻。

《小雅·蓼莪》是一首千古孝思杰作，诗中体现的子女欲报答父母深恩的真情，对后世人们影响深远。如《晋书·孝友传》记载，西晋学者王裒因为父亲无罪而被处死，读到《诗经·蓼莪》的"哀哀父母，生我劬劳"时，总是触目伤怀，涕泪滂沱。

《小雅·蓼莪》不仅在诗文词赋中常常被引用，而且在朝廷下达的诏书中也经常被提及。

● 个性解读

没有想到，我会以那样的方式认识"蓼"，就好像我从来不知道孝道其实就是简单的善待与陪伴一样。

那天在水渠旁，我看到了多年未见的"辣椒草"，它正开着小小的白花。记得小时候，我经常小心翼翼地割下它，捣碎了泡在水里，然后把水倒在蚯蚓出没的地方，不久蚯蚓受不住辣，就一条一条爬出来，我等着拣回去喂鸭子。忽然心血来潮，想知道辣椒草的"学名"。网上一查，显示：蓼，又名水蓼……时间在一刹那间停止！我的世界一瞬间没有了声音。它就是《小雅·蓼莪》篇里的"蓼"？

《诗经》里那些"难懂"的字、"不认识"的植物，它们竟然就在我身边！然后，读《小雅·蓼莪》时的感触涌进我心里。但我并不完全认同诗里那种"孝"的方式。

如果"孝"是如此伤人，我宁愿不要！我想，正常的父母都不愿意看到自己的孩子自责到"不如死之久矣"，哀号到捶胸顿足，难过到责备自己如同无用的"蓼莪"而非美味的"伊蒿"，似乎非成材便不能报答父母的养育之恩。

曾经，我也希望自己能闯出一番事业，让父母脸上有光。然而当自己成为人母，才知道，孩子的平安、快乐、健康才是最重要的。后来经历生死，我更加明白了，相比脸面上的光彩，年迈的父母更需要陪伴。

直到今天，我仍然记得母亲在那个傍晚目送我离去的眼神。

那时候，母亲已经查出肺部出了问题。医生委婉地说："她想去哪里就带她去吧。"但我潜意识里拒绝明白这话背后的含义。

女儿正面临中考，还有三个月就要考试。我抽出一切可以利用的时间，为妈妈寻医问药。那个傍晚我送药回家，吃完晚饭，妈妈问："你今晚还走吗？"

"嗯，桐桐一个人在那边，我不放心。"

妈妈没再说什么。只是，我离去时回头看了一眼，分明看到妈妈留恋的眼神。后来我一直在想，那个晚上妈妈是不是想要我留下陪伴她？那时，她已经痛得整夜整夜睡不着……没想到，从此以后，我再也没有机会在家陪妈妈过夜了。那个"拊我畜我，长我育我。顾我复我，出入腹我"的人，一辈子温柔没说过一句重话、一辈子把所有的辛劳都自己扛、一辈子都是子女依靠的人，我再也没有机会陪伴她，哪怕只有一个夜晚……如果说今生有什么遗憾，就是这个没有留下来陪伴妈妈的夜晚了，我一直很后悔。但我知道，我没有沉溺在悲痛中的权利。我失去了妈妈，而爸爸失去的是日日与他相伴的妻子；更让我担心的是外婆，在她，是白发人送黑发人……我没有可以哀号的理由，更加没有"不如死之久矣"的恣意。

孝应该是什么？曾经有位朋友，他与父亲关系极好，得知父亲病重，他一直陪伴父亲身边。然而父亲终是留不住了，别人安慰他，却发现他很平静。他说："其实我知道这结果是必然的，我早就有心理准备。能够在父亲生前一直陪伴他，也就无憾了。"

我听了这话，内心虽有所触动，但也不十分明白。直到那个冬天的下午，我坐在操场边等女儿放学。操场上来了一对父子，中年的儿子推着轮椅上的老父亲。儿子很细心，他在操场的台阶上细致地铺好了一块座垫，然后慢慢地扶起父亲，小心翼翼地让父亲坐到座垫上，让阳光照在父亲脸上、身上。他一直温柔地跟父亲说着话。那个时候，我忽然感觉到那个冬天的下午是如此温暖，我们都沐浴在阳光中……

我终于完全明白了朋友的话。生老病死，没有人能够超越，我们能够做的，是温柔的善待，是长情的陪伴，让生命不再有遗憾。

如今，爸爸记忆力衰退，听力也不好，同一句话，我哪怕说许多遍也还像第一次说那样认真，并且把声音提到爸爸能听清楚的高度。外婆身体也不好，常会因身体不适而闹别扭，有时候会发脾气说："我不如死了算了！"

"好吧，好吧，你死了我到哪里再找一个外婆去？乖乖把饭吃了……"有父母在的地方就是家，当我们的父母不在了，我们就是子女的家。捶胸顿足的哀号不过是情绪的发泄，孝道正确的打开方式是善待，是陪伴。

伊蒿有伊蒿的美味，蓼莪自有蓼莪的作用。所谓的成功、面子不过是给别人看的，对于父母，没有什么比善待与陪伴更好的孝道了。

（文／黄琬雅）

● 写作点拨

向 《小雅·蓼莪》学写作
——气势磅礴、铺陈排比的"赋"

写作小练笔：悠悠寸草心

诗歌用了"赋"的表现手法。"赋"可以理解为"排比"的修辞方法，意思为"平铺直叙，铺陈、排比"。"父兮生我，母兮鞠我。拊我畜我，长我育我。顾我复我，出入腹我" 短短三句话，一连用了"生、鞠、拊、畜、长、育、顾、复、腹"九个动词和九个"我"字，把前两章说的"劬劳""劳瘁"具体化，一一叙述父母对"我"的养育抚爱。

本诗运用排比中表动作的九个字，把父母无时无刻不在操劳的身影，从小到大辛苦拉扯养育孩子的历程体现得淋漓尽致，像一声声重鼓，锤击在儿女心头。在写作中，运用排比修辞，可以使文章气势磅礴、感情充沛。

●诗经现场

就让"孝心"住我家

在"孝心"主题班会上,孩子们念到父母写给自己信的时候,很多人都感慨万千:原来,爸爸妈妈是这么爱我的啊!虽然不像小时候那样抱我、亲我、喂我饭,但他们用理解、尊重和默默地支持,来陪伴我们的青春成长。

下课回家后,温小戒迫不及待地跟妈妈分享:"我们今天的主题班会,老师给我们讲了《小雅·蓼莪》,父母对孩子有大恩大德,做子女的要懂孝、行孝。我还明白了孝是立德之本。"

妈妈说:"是啊,古人很重视孝道,还留下了许多讲儿女如何孝敬父母的经典故事。"

"对啊,今天同学们就讲了鹿乳奉亲、单衣顺母、亲尝汤药、拾椹养亲等故事,里面真诚的孝心,对父母细心、无私无畏的爱,体贴入微的关怀,还是值得我们学习的。"

"不错。小戒,老师给你们布置任务了吗?"

"老师周末就给我们布置了孝心任务:第一,写一封信给父亲或母亲;第二,给母亲做一件手工作品,送一朵康乃馨花;第三,为父亲或母亲洗一次脚;第四,搜索一个现代关于孝的故事;第五,写一个关于自己和父母亲之间的孝心故事。"

"这个任务有意思,小戒给我们洗脚,这可是头一回。"妈妈期待地说。

欲语还休的黍离悲歌

王风·黍离

彼黍离离，彼稷之苗①。行迈靡靡，中心摇摇②。知我者，谓我心忧，不知我者，谓我何求。悠悠苍天③！此何人哉？

彼黍离离，彼稷之穗。行迈靡靡，中心如醉。知我者，谓我心忧，不知我者，谓我何求。悠悠苍天！此何人哉？

彼黍离离，彼稷之实。行迈靡靡，中心如噎④。知我者，谓我心忧，不知我者，谓我何求。悠悠苍天！此何人哉？

● 词语注释

①黍（shǔ）：农作物名，也称"糜子"，煮熟后有黏性，可酿酒、做糕等。离离：一行行排列的样子。稷（jì）：农作物名，粟或黍。②靡（mǐ）靡：迟缓的样子。③悠悠：遥远的样子。④噎（yē）：堵塞。

● 大家说诗

《王风·黍离》抒发的是故国之思，悲怆的故国情怀。

"王风"共十首，《王风·黍离》居首位。两千多年前，周王朝因遭遇外敌侵袭，周平王只好放弃了原来的都城镐京而东迁。朝中一位大夫重回镐京，看到昔日的繁华闹市、宫廷殿宇，现在变成一片茂盛的黍苗。他见黍而生情，历史的苍凉感，沉甸甸的故国情怀，对家国厚重的责任感，对曾经繁华辉煌的眷念，让他的心沉重而悲凉，久久不能释怀。

站在故国遗址前，恍如隔世。看到黍麦苍茂，他想起这儿曾经有过

的繁华喧闹，不免百感交集、忧思难忘。"悠悠苍天，此何人哉"，是怎样的无可奈何、伤心愁苦，才会有这样仰望浩渺苍天、痛彻心骨的悲怆呼喊？

古往今来，一心为民的伟人志士们，"先天下之忧而忧，后天下之乐而乐""居庙堂之高则忧其民，处江湖之远则忧其君"。他们心里装的是国家，是天下，是苍生，但他们的赤胆忠心，有多少君主能懂？他们看到满目疮痍的古都、摇摇欲坠的朝堂，奔走呼号，呕心沥血，想唤起国君的重视，希望得到进步、改善，但最后的结局呢？

难，难，难！空悲切！

《王风·黍离》后，人们把诗中这种因国家昔盛今衰而发自心底的、失落的悲哀、伤痛称为"黍离之悲"。"前不见古人，后不见来者，念天地之悠悠，独怆然而涕下"——后世诗人陈子昂像《王风·黍离》一诗的作者一样，都有着对诗人命运的担心和不被人理解的惆怅、忧恨。这心系国家而不能力挽狂澜的无助孤独感，曾令多少人感慨、唏嘘。《王风·黍离》中沉痛的"黍离之悲"开创凭吊诗之先河，在中国文学史上成为感叹亡国之痛的绝唱，将无奈、凄凉、悲怆的亡国情怀抒发得淋漓尽致。

● 个性解读

初夏，天气凉爽舒适。因为公务，我今天来到了故都镐京。掀开帘子，走下马车，我没反应过来——眼前绵延不尽的，是一垄垄整齐排列、郁郁葱葱的黍苗。这是我生活、工作了十多年的京城吗？

那些交错相通的街道呢？那些货物琳琅满目的店铺呢？那些熙熙攘攘、来来往往的人群呢？那此起彼伏、车喧马叫的市井之声呢？

耳畔轻柔的南风，无言掠过。我慢慢行走在黍垄间，浑身松塌无力。长长尖尖的稷叶，请告诉我，是我走错路了吗？曾经的繁华已沉寂在你们根底下了吗？

当年我们离开京城时，夕阳下郊野的麦田也是郁郁葱葱，白鹭在田地里时而栖息时而展翅飞翔。但现在为何只剩这无边无际的郊野呢？曾经的中心城区呢？那傲视各方诸侯的王者气象的都城在哪里？

繁华散尽，恍如隔世。越往前走，我的心越像被掏空了一样。过了一座石桥，桥那边荒草萋萋。草间隐约可见昔日城阙宫殿的碎瓦断砖，那曾经的高堂殿宇，偶尔只能听到一两声野鸡的呼啼，听着让人揪心。

烽火戏诸侯，一笑失天下。曾经这里凤楼龙阁，花遮柳护绣成堆，而今谁会想起当时的闾阎扑地，钟鸣鼎食？那女子的嫣然一笑，竟只博来如今满眼的苍凉！

我一个土生土长的镐京人，曾在这里长大、玩耍。街坊里的友邻们现在搬到哪儿去了？小时候的玩伴呢，他们经历过战火纷飞现在还安好吧？苍天哪，告诉我，一世繁华，竟可以这么快就灰飞烟灭吗？

我堂堂一个士大夫，也曾在大街上风光无限，招摇而过。也曾在富丽堂皇的殿堂里执笏上朝，谈论国事。国君不明，我也急火焚心，辗转难眠。可惜我徒有一片赤诚爱国之心，谏劝无门，又哪能力挽狂澜、改变国家命运？匆促间，随着队伍东迁到洛邑，哪料到短短十几年，物是人非，只有这坍塌倾圮，满目黍稷。

苍天哪，告诉我，这沉重如灌铅的脚步，这郁结沉痛的身躯，再也寻不到曾经的繁华和壮丽了吗？是谁把周朝盛世历史改写？是谁把这楼宇街市变田地？是谁在烽火台上游戏？

我不想再回顾，不愿再念叨。喉头哽咽，声气难提。我双腿无力、踉踉跄跄地往前拖着走。低头，是绵延无边的黍地，黍穗朝下，参差披拂，

向四周散发。

苍天哪，我还能为这片土地做点什么吗？兴亡更替会有时，我这黍米海洋中的一颗小种子，能看到这片茂盛繁密的黍田地重新孕育新的盛世王朝吗？

仰头，苍穹在上，浩渺无际。人呢？曾经显赫荣耀的人呢？曾经挥手如云的人呢？那些拼命死谏的人呢？那些在战争中奋战、流离的人呢？我，一个微尘一样的人，还能为周王天下担负更多一些责任吗？以我的残年余力，还能为国家添砖添瓦发光发热吗？

罢，罢，罢……

一曲黍离悲歌，欲语还休。

● 写作点拨

向 《王风·黍离》学写作
——情感在重章叠词中氤氲升腾

写作小练笔：身边的古战场／从黍离到家国

不少学生学完《王风·黍离》之后，很兴奋地说："《诗经》一点也不难背，每一段都差不多，只改了几个字！"

没错，《王风·黍离》采用的是《诗经》比较典型的"重章"的写作手法，所以可以背一抵三。三章的句数、句式都几乎一样，由春天的黍"苗"到晚春的黍"穗"抽花，再到夏天结的果"实"；由心中初见黍离时的心旌动摇——"摇摇"，到沉痛如喝酒醉了一样步履跌撞不稳——"如醉"，再到胸口被堵——"如噎"，用黍的不同生长变化期来体现时间的变化，用心理、步态等的改变表现情感的推移，也暗隐作者的忧思之深远。每章四十字，章节间只改了三个字，重章叠句，一咏三叹。情感在重章中逐渐深入，极具感染力。吟咏多次，让读者和诗人的心情一样，忧思满怀，唏嘘不已。

诗歌还用叠词来抒情，增强了诗歌的艺术感染力。用"离离"来表现黍的茂盛苍绿、生机勃勃。每章复沓的"离离"，不断把黍盛、人悲的反差放大、渲染。再如"靡靡""摇摇"，因心情沉痛而迈不开步，因踟蹰不前而思虑凝结、心神滞碍的情形，通过叠词的使用，使人如见其人步履迟缓，如见其人声息梗塞。叠词使诗的节奏舒缓悠扬，深沉忧思的感情基调充分展现。

● 诗经现场

一咏三叹，故国之思

今天上《诗经》校本课程，课堂各小组八仙过海，各显创意，展示小组合作搜集了许多有关"故国之思"的资料。

上课铃响，木棉花组的同学首先上台，点开播放器，婉转低回的洞箫声响起，声声似噎，句句含泪，似乎里面满溢着百千化不开的凄凉愁绪。

同学们的心情不由得低沉下去。木棉花组也开始低低跟唱："小楼昨夜又东风，故国不堪回首月明中。"

温小戒作为小组发言人，首先发言说："李煜写的这首《虞美人》太悲凉了。春花秋月，小楼东风，多么诗情画意的事物，李煜却有'不堪回首'的叹息。由万人之上的一国之君，沦为没有尊严的阶下囚，还在词中毫不掩饰自己的故国之思，这也是宋太宗下令毒死李煜的原因之一吧。故国之思，亡国之痛，怎一个'愁'字了得？"

风铃木组播放了没水之鱼和失巢之鸟的微视频，说道："嗯，故

国之思，大才子庾信喜欢以历史典故的形式来表现。以鱼和鸟，来比喻割舍不掉的对故国的眷恋。"

勒杜鹃组播放了一系列山水画的幻灯片。

看到同学们一脸茫然的神色，勒杜鹃组的发言代表解释道："用文字来表达故国之思，固然文雅，但明清时的新安画派画家在山水之景里也能表达这种遗民情怀。不信，请看……"

墙上的钟针一点点移动，同学们沉浸在勒杜鹃组的讲解中。亲爱的同学们，你也想到了发故国之幽思的名家吗？古今中外的都可以，请写出他的名字和代表作品吧。

我拿什么奉献给你

邶风·凯风

凯风自南，吹彼棘心[①]。棘心夭夭，母氏劬劳[②]。

凯风自南，吹彼棘薪[③]。母氏圣善，我无令人[④]。

爰有寒泉[⑤]？在浚之下。有子七人，母氏劳苦。

睍睆黄鸟，载好其音[⑥]。有子七人，莫慰母心。

● 词语注释

①凯风：温暖的和风。棘：酸枣。②夭夭：树木鲜嫩茂盛的样子。劬（qú）：辛苦操劳。
③棘薪：当柴烧的酸枣树。④圣善：明白事理，品德高尚。⑤爰（yuán）：何处。
⑥睍（xiàn）睆（huǎn）：婉转清脆的鸟叫声。载：传载，载送。

● 大家说诗

　　这是一首写儿子歌颂母亲、并深感自责的诗。

　　阳光下，和煦的风吹来，吹拂着酸枣小树苗。小树苗的嫩芽紫绿色，长得饱满而润泽，就像我们兄妹七人。而我们的母亲，生养了七个儿女，一把屎一把尿把我们拉扯大，没日没夜忙前忙后，辛苦操劳，多不容易啊。

　　温和的南风轻轻拂来，小枣树渐渐长高长壮。纸条变硬了，叶子深绿色，身上也长出了毛毛拉拉的尖刺。贤惠又慈祥的母亲，教育我们好好做人，辅导我们认字算数。可惜我们就像这带刺而弯曲的酸枣树，只能当柴火烧，成不了大才，枉费母亲一片苦心栽培。

　　沿着浚城墙外走，只见一湾清泉静静渗出，清凉透骨。在这炎炎夏

棘

日，伸手掬一捧来喝，多甘甜滋润。这泉水多像母爱，悄无声息萦绕在
我们身边，静静滋养我们七个儿女的生命，给我们最宝贵、最纯粹的营养。
可是，她用生命的泉水滋养我们，我们却无以为报，徒然看到母亲面容
日益苍老，积劳成疾。

美丽可爱的黄鸟，在柳树枝头清脆婉转地歌唱。善解人意的小鸟啊，
你都知道用美妙的歌喉，为辛苦的行人消乏解累。而我们七个儿女，看
见母亲忧愁却不能帮她解忧，生病不能帮她分担痛苦。

《邶风·凯风》的主题一是孝顺懂事的儿子歌颂母亲，二是儿子对
未能表孝、尽孝而自责。《毛诗序》、朱熹的《诗集传》认为这首诗歌

主要是赞美孝道。闻一多则研究认为，诗歌"名为慰母，实为谏父"。

古乐府《长歌行》里的"凯风吹长棘，夭夭枝叶倾。黄鸟飞相追，咬咬弄音声"，苏轼的"凯风吹尽棘成薪"，孟郊的名句"谁言寸草心，报得三春晖"，也都是由《邶风·凯风》"棘心夭夭，母氏劬劳"两句而来。

写母爱的诗词歌赋无数，以《邶风·凯风》为滥觞。

诗中的"凯风""寒泉"这两个典故常用来代表母爱。刘沅说，《邶风·凯风》和《小雅·蓼莪》都是赞颂母亲的千秋绝调。而《邶风·凯风》缠绵悱恻，更为深情。

● 个性解读

听说母亲最近有忧心事，夜难成眠，郁结成疾。我们兄妹七人匆忙回家看望，连续赶了两天路，烈日当头，我们在浚城城墙外的驿道边，稍事歇息。

铺着席子坐下来，擦擦汗，微闭眼。一阵清风徐来，神清气爽，劳累尽消。这多像妈妈熬给我们的草药，有点淡淡的薄荷清凉味儿。小时候发烧疼热时，只要喝上妈妈在野外采来的根根叶叶熬的草药，病立马就好了。五弟的身子骨弱，脸色、嘴唇发白，稍微变天就气喘，晚上咳得喘不上气。母亲让五弟的头靠在自己肘窝里，微微抬高一些，通宵坐在床上抱着他睡。这样五弟咳嗽稍轻松些，能安睡一晚。

母亲这次心病，不知大妹赶回去帮母亲采药治疗了没有？七个兄弟姐妹中，大妹最懂事。寒冬腊月，母亲把所有的被子床单、里外衣服洗好晒干，炒好瓜子、花生、红薯片，准备迎接新年。弟妹们尚小顽皮，陪着母亲去河边洗衣浆裳的，帮母亲抬大筐小担的，都是大妹。她们的手冻得通红，裂开的口子又深又大，像张嘴的鳄鱼，有些吓人。

可惜大妹远嫁出去后，婆家也是一大家子，上有老下有小，难得抽空回去探望母亲。纵然百般牵挂，做儿女的只能在心里着急啊。

大妹经常陪母亲在野地里采草药，母亲这次头痛难眠，她能找到对症的药材吗？身后这绿绿的酸枣树，可以入药吗？

这片酸枣林，从春天吐嫩芽，长出酱紫色的小叶苞，到茂密葱绿蔚然成片，全因这温柔和煦的南风吧。只是这酸枣树，枝条干瘦，歪歪扭扭，不树不草的。还长那么多尖尖的刺，稍不注意就会扎到人，在农村只能当柴烧。就像三弟，胆大气躁，没少让妈妈偷偷抹眼泪。妈妈用一头猪换来的学费钱送他去学堂，他撺掇着四弟一起，随着马戏团跑到外地去了。好不容易把人找回来，他还是逃学去掏鸟窝，偷西瓜，下河摸鱼。

龙生九子，各有脾性。七个儿女中，母亲最怜惜体弱又乖巧的幺妹。几个孩子抢饼吃，只有幺妹一个人远远站着不抢不争。母亲说，生一个孩子流出一瓢血，气血两亏。生幺妹时是在田里插秧久了，肚子一阵疼，幺妹当时就七个多月早产，生在水田了。大妹在灶弯里生的，母亲用烧红的剪刀自己把脐带剪断。三弟是母亲去外婆家路上突然临盆，在路边一个土地庙里生的。父亲算八字说这个孩子难养活，即使养活也忤逆难训，当时就赶来要扔掉他。是母亲哭着求着才让父亲改变了主意。

三弟啊，养儿才知父母恩，你现在也儿女绕膝，应该知道母亲的艰难了吧？你和二弟、四弟在给我的来信中，都提到自己现在悔恨，恨当时年少不更事，给母亲添了很多麻烦；恨自己读书不努力，长成荆棘难以成大材，无言愧对妈妈的期待；悔恨自己能力有限，自顾不暇，不能把母亲接到身边日夜陪伴伺候。

一声清脆的黄鸟声打断了我的思绪。可爱的鸟儿啊，你都知道我们累了，用婉转悦耳的声音给我们醒神提劲。病倒在床的母亲，我们怎样才能减轻你的病痛，让您眉心舒展、重展笑颜？

烈日炎炎，我们还得继续赶路。掬一捧清泉，清甜可口。母亲啊，您操劳一辈子，奔波劳苦，积劳成疾，有过这样享受生活的时候吗？儿女天生是母亲的债，背着自己到处卖。儿女中谁又是温席的黄香、卖身的董永？

母亲啊，我们做一只你窗前的小鸟，做一湾你屋后的清泉，又能报得了您几许母恩？

● 写作点拨

向 《邶风·凯风》学写作

——妙用"比""兴"写真情

写作小练笔：凯风自南／我的母亲

本诗通篇用比、兴的手法，以夏天长养万物的"凯风"来比喻母亲；用初发芽时嫩红的酸枣树的"棘心"，比喻初生的儿女；用长到可以当柴烧的"棘薪"，比喻已成长的儿女用凯风吹棘心、棘薪，比喻母养七子；用寒泉比喻母亲的养育之恩。

诗歌以子女的自责自谴来反衬母爱的伟大庄严，用对比的手法来体现母慈子孝。用子女七人对比母亲一人，表现母亲拉扯孩子们长大极为不易；用酸枣棘的不能成材而且多刺，来反衬凯风的不离不弃、细心调养教育。用寒泉甘甜清润，来对照儿女不能尽孝的惆怅。用黄鸟啼声悦耳慰藉路人，来对照儿女们不能慰藉母亲的忧心。

全诗用比、兴委婉地写大爱无私的母亲操劳，用直接的表白来写儿女不能好好尽孝的反躬自责。委婉和直白相间，婉曲中见率真，静穆中显正大，字字句句皆真情，读之无不动容，念之无不自省。

● 诗经现场

献给母亲的礼物

温小戒学完了《小雅·蓼莪》和《邶风·凯风》，对妈妈的热爱更加深厚了，他反复吟诵："棘心夭夭，母氏劬劳"和"父兮生我，母兮鞠我。拊我畜我，长我育我，顾我复我，出入腹我。欲报之德。昊天罔极！欲报之德，昊天罔极！"

"谁言寸草心，报得三春晖"，母亲节快到了，温小戒收集了一些关于母亲的名言古诗，打算做成小书签，配上小插图，送给妈妈做礼物。

1. 关于母亲的名言

◎ 世界上的一切光荣和骄傲，都来自母亲。（高尔基）

◎ 母爱是一种巨大的火焰。（罗曼·罗兰）

◎ 世界上有一种最美丽的声音，那便是母亲的呼唤。（但丁）

2. 关于"孝"的经典诗文句。

◎ 慈母手中线，游子身上衣。临行密密缝，意恐迟迟归。谁言寸草心，报得三春晖。（孟郊《游子吟》）

◎ 低回愧人子，不敢叹风尘。（蒋士铨《岁暮到家》）

◎ 羊有跪乳之恩，鸦有反哺之义。（《增广贤文》）

3. 关于"孝"的经典诗文、歌曲、绘画作品还有很多，请搜集有关资料，办一张以"献给母亲的歌"为主题的手抄报吧！

朋友来了有好酒

小雅·鹿鸣

呦呦鹿鸣，食野之苹。我有嘉宾，鼓瑟吹笙。吹笙鼓簧，承筐是将[1]。人之好我，示我周行[2]。

呦呦鹿鸣，食野之蒿。我有嘉宾，德音孔昭[3]。视民不恌，君子是则是效[4]。我有旨酒，嘉宾式燕以敖[5]。

呦呦鹿鸣，食野之芩。我有嘉宾，鼓瑟鼓琴。

鼓瑟鼓琴，和乐且湛。我有旨酒，以燕乐嘉宾之心。

● 词语注释

①承：双手捧着。将：送，献。②周行（háng）：大路，这里指好的大道理。③德音：品德和声誉。孔：十分、非常。昭：显明。④视：同"示"。恌（tiāo）：同"佻"，轻薄，轻浮。则：法则，楷模。⑤旨：甘美。式：语助词。燕：安。敖：舒心畅快。

● 大家说诗

据朱熹《诗集传》载，这是君王宴请群臣时所唱的乐歌，后来逐渐推广到民间。

诗共三章，开头皆以"呦呦鹿鸣"起兴。鹿与"禄"谐音，在古代是神物。鹿见美食不独享，而是发出呦呦鸣声，呼朋引伴，此起彼应，和谐悦耳。由物及人，这样一个热烈而又和谐的气氛为后面的欢快奠定了基础，缓解君臣宴会初始时的拘谨。

"我有嘉宾"，首先交代嘉宾光临，以鼓瑟、吹笙、鼓簧等方式奏乐，

鹿

用竹筐献上礼物，以隆重的方式欢迎客人的到来。华夏文明古国，礼仪之邦，酒宴上馈赠礼品的古风，即使今天也仍然可以见到。

接着君主以"人之好我"的相赞，广开言路，请嘉宾"示我周行"，以心换心，请嘉宾发表治国安邦的高论，恰与开始的鹿鸣分享食物相呼应。"君子是则是效"，君王进一步赞扬嘉宾德才兼备名声好，可以教化百姓，是大家学习的榜样。是赞扬，也是督促和鞭策，同时暗示君主要求臣下成为清正廉明的好官。

宴酣之乐，君臣尽欢。"鼓瑟鼓琴"出现两次，反反复复敲呀敲呀，暗示大家自得、微醺、和乐且湛、陶醉其中。正应了末句的宴会目的——

使参与的嘉宾愉快，心甘情愿君王效劳，可谓卒章显志。

《周南·关雎》乃"风"之始，《小雅·鹿鸣》乃"雅"之始。这样看来，它不是一次简单的宴请，是周代的宴飨之礼，不仅仅为了欢乐，还有一定的政治色彩。宴飨之礼除《小雅·鹿鸣》外，《小雅·四牡》《小雅·皇皇者华》也在其中。

东汉末年曹操《短歌行》引用此诗首章前四句，表示求贤若渴、一统天下的强烈愿望。后世为了庆祝学子参加乡试、会试、殿试金榜题名，除"鹿鸣宴"外，还有"鹰扬宴""曲江宴""琼林宴"等宴会，足见华夏民族重视人才的优良传统。

● 个性解读

鹿，神物，千年的精灵。它是善聚散，性胆怯，饮水见影跑的小可爱。"心如鹿撞"的感觉你有没有？

它是祥瑞的化身。它的骨可占卜，角刻文字，诠释着先民们的祈愿与心声。它的眼是世上最亮的星，盛放一切美好与纯真。鹿，谐音"禄"，是那长寿神骑着梅花鹿送来的吉祥和安康。

它是美丽的象征。据说，古人嫁娶时，男方要送女方两张鹿皮作为聘礼，寓意迎娶美丽的姑娘，"以俪皮为礼"。"俪皮"即鹿皮，后人由此称夫妻为伉俪。

我仿佛听见三千年前的鹿鸣呦呦。

在河畔，苹叶鲜嫩哟，鹿儿见了，呦呦，呦呦，伙伴们快来，快来；

在田野，蒿草碧绿哟，鹿儿见了，呦呦，呦呦，伙伴们快来，快来；

在山间，芩苗芬芳哟，鹿儿见了，呦呦，呦呦，伙伴们快来，快来！

它们呼朋引伴，是分享，是友爱，是奉献，是欢快。

鹿鸣呦呦，声越千年。我仿佛看见三千年前的"鹿鸣宴"。

周王宴请群臣嘉宾。尊贵的客人们来了，他们步从容，笑意融。笙管起，簧片弹，瑟铿锵，琴悠扬。欢快的迎宾曲响彻云霄，悠扬的古琴声牵动心肠。

把最华美的杯盏摆好，把最香醇的美酒斟满，将一筐筐帛币奉上，送上热情的欢迎词。酒坛沉，酒味淳；未开坛，香气溢。闻一下，心芳菲；喝一口，人先醉。这陈年的老酒，是取山间最美的泉水、集人间最好的黍米酿制，陈放数十年，就等这一天。佳肴丰，滋味美，呈山珍，上野蔌。那芦笋，是你的最爱；那鲈鱼，是他的喜欢……

举起杯，一敬天，二敬地，三敬祖先神灵佑，风调雨顺，国泰民安。

举起杯，共祝福，回首峥嵘岁月，艰难困苦共度。清香醇甜的是谁？是美酒还是嘉宾？

停杯起身，嘉宾向宴会的主人献上他的智慧，献上他的才华，献上他的谋略，献上他的真诚：感谢君王你，感谢你热情真诚的款待，感谢你将心比心的厚爱，感谢你以身作则的表率，感谢你肝胆相照的信赖……

待到微醺时，再拿琴瑟出。我为你抚琴，你为我舞剑。弹了一遍又一遍，舞了一曲又一曲，舞了一曲又一曲，弹了一遍又一遍……

酒明志，歌咏声，舞动容。宴会酣，君王乐，贤臣欢。

呦呦的是林中鹿，悠悠的是宴上心。

"呦呦鹿鸣，食野之苹。我有嘉宾，鼓瑟吹笙"，我看见，两千年前，魏武帝月下求贤若渴、一统天下的雄心；我看见，科举时代长官善待贤士的大力举措……

呦呦鹿鸣。鹿鸣悠悠。

● 写作点拨

向 《小雅·鹿鸣》学写作

——如何绘声

写作小练笔：大自然的声音 / 柳林风声

我们常用"绘声绘色"来形容叙述、描写非常逼真。在写作中，常常涉及声音描写，如果表达得好，能增加文章的生动性，给人留下深刻印象。

《诗经》中有许多描述声音的叠词。"呦呦"是鹿鸣声，"关关"是雎鸠应和声，"喈喈"是黄鸟鸣声，描绘螽斯（蝗虫）的叫声是"薨薨兮"，写得准确细腻。

如何绘声？一是实写：就像上面的例子，多用拟声词。如《安塞腰鼓》里的"百十个腰鼓发出的沉重响声，碰撞在四野长着酸枣树的山崖上，山崖蓦然变成牛皮鼓面了，只听见隆隆，隆隆，隆隆"。

二是发挥想象，用比喻，用有形的画面展示无形的声音，如《琵琶行》中"大弦嘈嘈如急雨，小弦切切如私语。嘈嘈切切错杂弹，大珠小珠落玉盘"，《绝唱》中"那王小玉唱到极高的三四叠后，陡然一落，又极力骋其千回百折的精神，如一条飞蛇在黄山三十六峰半中腰里盘旋穿插"，化无形为有形，突出表演者技艺高超。

● 诗经现场

史上宴会故事多

温小戒和妈妈自驾旅行，车在许广高速行驶，他忽然发现前方隧道口上方有"鹿鸣关"三个字，他很兴奋，"百度"了一下，发现有这样一段文字："鹿鸣关，古关隘。位于广东省县境东北部，始建于清康熙

二十九年（1690年），始称鸡笼关，亦称鸡鸣关，清嘉庆二十二年（1817年）重修时，取'文宴《鹿鸣》'之意，又改关名为'鹿鸣关'"。名称一改，高下立见。"鹿鸣宴"的典故出自《诗经》，用来表示皇恩浩荡和对人才的器重，是文宴。与之对应的还有武宴——"鹰扬宴"。

历史上的许多宴会都有惊心动魄的故事，你能说说发生在下列宴会上具体的事件吗？

◎鸿门宴

◎煮酒论英雄

◎杯酒释兵权

◎渑池会

◎斡难河之宴

（文／谭妙蓉）

泛读涉猎

小雅·鹤鸣

鹤鸣于九皋，声闻于野①。鱼潜在渊，或在于渚②。

乐彼之园，爰有树檀，其下维萚③。他山之石，可以为错④。

鹤鸣于九皋，声闻于天。鱼在于渚，或潜在渊。

乐彼之园，爰有树檀，其下维榖⑤。他山之石，可以攻玉⑥。

● 词语注释

①九：虚数，形容数量之多，这里指沼泽非常曲折。皋（gāo）：沼泽地。②渊：深水，潭。③爰（yuán）：于是。萚（tuò）：指枯枝落叶。④错：可以打磨玉器的一种砺石。⑤榖（gǔ）：即楮树。⑥攻玉：将玉石打磨成玉器。

● 泛读赏析

很多人认为这是一首招隐诗，目的是要招揽人才为国效劳。

微风轻轻吹过水草丰茂的沼泽地，嫩绿的芦苇像绿色的波浪随风起伏，一群群洁白俊逸的鹤，张开羽翅，翩然潇洒飞过，时不时发出清越嘹亮的鸣叫声。碧绿幽深的渊潭里，欢快的鱼儿啊，在一群群怡然游动，有时又游到浅滩边休憩。

附近的园林里，假山嶙峋，池沼曲折回环。高大的檀树枝繁叶茂，形成一片片浓郁的树荫。这参天大树，傲然挺立，可以做成最贵重的家具，可以修造神圣的庙宇，可以充当殿堂的主梁房椽。

那矮小而弯曲的楮树啊，你的枝干纤细、节节疤疤的。除了树皮可以做成纸张，你还能做成什么东西呢？树下落叶杂乱堆叠，除了当柴火

更好的
方法读 诗经

鹤

烧，还能做什么用呢？

　　旁边那座山上褐色的砺石啊，可以取来将它们精心打造成精美绝伦的玉器。

　　这首招隐诗，用"比"的写法，把"乐彼之园"的"园"——花园，比作国家；把"爰有树檀"的"树檀"——檀树，比作贤能的人、国家的栋梁之材；把"鹤"比作暂时隐居在野、贤能的人；把"鱼潜在渊"，比作贤能人隐居在山野；鱼"或在于渚"，比喻圣贤之人出仕；"它山之石，可以攻玉"，比喻别国的人才可以为本国效力，来为我所用。

　　所以，从"比"的写法来看，诗歌表现了君王招揽人才、求贤若渴的情怀。

除了"比"的手法的运用，诗歌还从多感官来写郊野场景。鹤鸣是从听觉来写，几声鸣叫，一下子把人拉入开阔而悠远的旷野中，神思飞扬。飞鹤、檀树、潜鱼、石，是从视觉来写，从远到近，像中国山水画一样，色彩素净、高低错落、疏密有致。诗歌的氛围，隐隐透着中国道家"隐士"风骨的闲逸之气，而心怀天下、人尽其力、为国效力的儒家入世情怀，也巧妙地表现出来了。

《毛诗序》认为《鹤鸣》是在讽谏、劝导周宣王要多多引用贤人来辅佐自己，治理天下。东汉郑玄所作《毛诗传笺》补充说，是劝导周宣王要把隐居在野的圣贤之人招致到朝廷中来，尽早让他们为国家发光发热。程俊英说，这是招隐诗，通篇用借喻，来抒发招致人才为国所用的主张。

小雅·庭燎

夜如何其？夜未央，庭燎之光①。君子至止，鸾声将将②。

夜如何其？夜未艾，庭燎晣晣③。君子至止，鸾声哕哕。

夜如何其？夜乡晨，庭燎有辉④。君子至止，言观其旂⑤。

●词语注释

①央：尽，完毕。燎：庭院里燃亮的大火把。②将（qiāng）将：通"锵锵"，铃铛的响声。③艾：完，穷尽。晣（zhé）晣：明亮的样子。④乡（xiàng）晨：天就要亮了。乡：向。有辉：光明、明亮的样子。⑤言：乃，爱。旂（qí）：诸侯仪仗时用的旗。

更好的
方法读 **诗经**

●泛读赏析

这是赞美君王勤于政事，描写诸侯、大臣们进宫早朝景象的诗歌。

"夜如何其"——夜晚什么时候了？众大臣们不安于寝，急于视朝。"夜未央，庭燎之光"——看到外边已有亮光，宫廷中烛光摇曳。"鸾声将将"——好像听到车铃叮当响。"君子至止"——应该是有诸侯大臣们来上朝了吧？

天大亮了吗？还没呢，还蒙蒙亮，大街上旌旗在飘扬，车轮滚滚驶过，铃铛之声清脆细密。点燃的火炬把宫廷照得灯火通明，烟雾缭绕，诸侯、大臣们都已入朝等待朝会了吧？

东边的鱼肚白越来越通透，头顶的天空也是一片明朗。相比之下，先前熊熊燃烧的火炬现已不显其明亮。

君王、诸侯们勤政，心里装的是"天下"，一心为民，"居庙堂之高则忧其民"——父母官们在朝廷当官的时候，心里装的是老百姓，时时念想着怎么样使国家富裕、强大，让老百姓生活得更好，让老百姓享受更多的福利。

为政者有着宽阔的胸襟和崇高的人格，以天下为己任，吃苦在前，享乐在后，这种"后天下之乐而乐"的爱国爱民情怀，激励一代又一代父母官们勤政为民、励精图治。

诗歌以问答形式开篇，用白描手法，真实记录君王早朝的具体时间、场景，反映当时君王勤政、诸侯公卿严肃畏敬的情景。

小雅·常棣

常棣之华，鄂不韡韡①。凡今之人，莫如兄弟。

死丧之威，兄弟孔怀。原隰裒矣，兄弟求矣②。

脊令在原，兄弟急难。每有良朋，况也永叹。

兄弟阋于墙，外御其务③。每有良朋，烝也无戎④。

丧乱既平，既安且宁。虽有兄弟，不如友生。

傧尔笾豆，饮酒之饫⑤。兄弟既具，和乐且孺。

妻子好合，如鼓瑟琴。兄弟既翕，和乐且湛。

宜尔室家，乐尔妻帑⑥。是究是图，亶其然乎⑦！

● 词语注释

①常棣（dì）：植物名，属蔷薇科，果可食。鄂：通"萼"，花萼。不（fū）：花托。韡（wěi）韡：鲜艳明丽的样子。②隰（xí）：又低又湿之地。裒（póu）：聚集、汇聚。③阋（xì）：争吵、吵架。墙：墙内，指家庭之中。下文的"外"，指墙外，家庭之外。务（wǔ）：通"侮"，欺侮，侮辱。④烝（zhēng）：长久。戎：帮助。⑤傧（bīn）：陈列。饫（yù）：宴请。⑥宜：安好，和顺。帑（nú）：通"孥"，儿女。⑦亶（dǎn）：确实，的确。

● 泛读赏析

这是歌唱兄弟亲情的诗。

如今我们可能已很难体验兄弟亲情了。这不仅是由于独生子女渐多，还因为现代化的物质文明加深了人与人之间的隔阂，即使从亲缘关系上说，兄弟之间的亲情，总是不如妻子儿女那么直接而深刻。这就产生了一个问题，即古人何以那么看重和强调兄弟亲情？恐怕我们已很难确切回答这一问题。

亲兄弟毕竟是同一血缘而出，犹如结在一根藤上的瓜，开在一棵植株上的花。因为血缘关系，父系社会里男性主宰国、家，所以兄弟天伦重于夫妇人伦。一旦遇急有难，旁人只能隔靴搔痒，只有兄弟牵肠挂肚、生死与共、相帮相助，所以兄弟亦高于良朋。关起门来兄弟也许会打架，但一旦有外侮，立马团结一心、一致对外，共进退。

兄弟和睦也是家族和睦、家庭幸福的基础。兄弟相亲，大家庭才能和乐融融，阖家欢乐。

诗歌用夫妻、朋友关系来对比兄弟关系，用兄弟对内和对外的不同处理，突出兄弟关系的重要性以及对建立和睦兄弟关系的期许，作为立行的标准，对兄弟关系的明理规劝，这首诗歌对情同手足、常棣之华等兄弟文化产生了深远影响。

第七章

逝将去女，适彼乐土

——卑微在尘埃，高歌入云霄

万福友

导 读

　　这是一组来自三千年前的先民的歌唱。这里，有讽刺统治者不劳而获的，有怨遭遇饥荒生不逢时的，有替弃妇愤愤不平的，有劳动者埋怨征役的，有劝世人勿听谗言的，有写士大夫忧时伤己的，有劝诫他人远小人、重教化的，还有斥责统治者兔死狗烹的……

　　由于年代久远，一开始你可能会感到有点隔阂，在快餐文学盛行的时代，这些诗篇中字词的读音和意义，也许会让你产生畏难的情绪。然而，当你静下心去品读，就会慢慢发现，这是一个全新的世界：这些最古老的诗歌，不仅可以诵读，可以吟唱，还可以呈现出一幅幅鲜活的画面，体现作者丰富、复杂的情感。

我用黑色的眼睛寻找光明

魏风·硕鼠

硕鼠硕鼠，无食我黍①！三岁贯女，莫我肯顾②。逝将去女，适彼乐土③。乐土乐土，爰得我所④。

硕鼠硕鼠，无食我麦！三岁贯女，莫我肯德⑤。逝将去女，适彼乐国。乐国乐国，爰得我直⑥。

硕鼠硕鼠，无食我苗！三岁贯女，莫我肯劳⑦。逝将去女，适彼乐郊。乐郊乐郊，谁之永号⑧？

● **词语注释**

①硕鼠：又名田鼠，啮齿类动物，北方俗称"耗子"。②三岁贯女：侍奉你多年。三岁：指长时间。贯：服侍，养活。女（rǔ）：通"汝"，你。③逝：通"誓"，发誓。去：离开。适：前往。乐土：快乐幸福的地方。④爰（yuán）：乃，才。所：居住的地方。⑤德：感谢。⑥得我直：使我的劳动得到相应的报酬。直：即"值"，报酬。⑦劳：慰问。⑧之：表示反问的语气。永号：长叹。

● **大家说诗**

　　《毛诗序》说此诗："国人刺其君重敛，蚕食于民，不修其政，贪而畏人，若大鼠也。"

　　意思是说，魏国的百姓讽刺他们的君主收取的税赋过重，蚕食百姓的利益，而且不理政事，内心贪婪却害怕人们知道，偷偷摸摸，就像丑陋自私的大老鼠一样。

　　朱熹在《诗序辨说》里说，这也是假托大老鼠来讽刺有关官员的话，

未必是用大老鼠来比喻他们的君王。可见，古人认为这首诗的内容要么是讽刺君王，要么是讽刺官员，讽刺他们为了自己的利益不顾百姓死活，滥收苛捐重税。

　　第一章头两句均直呼剥削者为"硕鼠"，并用命令的语气发出警告："不要吃我的黍！"

　　三四句进一步揭露剥削者贪得无厌，只顾自己："我多年养活你，你却不肯给我哪怕只是一点点的照顾。"揭示了"硕鼠"和我之间尖锐的对立关系。

　　后四句的呐喊更是振聋发聩："逝将去女，适彼乐土。乐土乐土，爱得我所。"诗人公开宣布"逝将去女"，决心不再被统治者盘剥，也不再养活统治者！"逝"即"誓"，充分地表现了诗人决绝的态度。全诗三章，意思相同。

这首诗大量运用了比喻的手法，特点是前半部分以物拟人，后半部分以人控诉鼠，喻体与喻指基本是一对一的对应关系，起到了很好的谴责和讽刺的作用。

●个性解读

"天鸽"在深圳疯狂肆虐的时候，我翻开了《诗经》，读起了《魏风·硕鼠》。周围是呼呼的风声及随风而来的暴雨；楼下，一棵棵已经长了多年、一直在夏日为村民提供绿荫的树被拦腰折断，也有一些树被连根拔起。我想此时，那些只要过街便人人喊打的老鼠，也应该受了惊，躲进鼠洞里去了吧？

《诗经》里并没有呼啸的台风，《诗经》里的"老鼠"也没有安眠。他们长得个头肥胖，胃口却一点都不斯文：他们不但吃黄黍，吃麦儿，甚至对刚刚出土的"苗"也不放过；他们贪得无厌，对他人辛苦得来的劳动成果从来都是只嫌少，不怕多；他们对他人创造的财物与财富，来者不拒，对下属搜刮来的民脂民膏，统统笑纳。他们的吃相一点都不偷偷摸摸，而是大大咧咧；他们的行为没有丝毫约束，而是放浪不拘；他们的心态一点儿都不害怕，而是理所当然；大有"能够享受者，舍我其谁"的骄横与傲慢。这些肥硕的老鼠啊，把自己的所有享受都看成是上天的旨意，把自己的一切获取都归功于他们祖上的恩泽。他们大摇大摆，趾高气扬；他们眼睛朝上，鼻孔张开；他们横行无忌，无限张狂……于是，他们成就了大腹便便的"硕鼠"。

这些肆无忌惮的"大老鼠"啊，从不知道什么叫收敛和低调。许多年过去了，还是"依然故我"的做派：该吃吃，该喝喝，该玩玩，该搜刮时自搜刮；自以为该疾言厉色、颐指气使的时候，绝不停歇。

哪里有压迫，哪里就有反抗和斗争。于是，没日没夜替他累死累活的农人终于忍无可忍，从心底喊出——"大老鼠啊大老鼠，千万别吃我的黄黍（小麦、小苗）！任劳任怨服侍你多年，你却一点都不照顾我。我发誓就要离开你，去那遥远的新乐土。新乐土啊新乐土，那儿有我好住处！"

尽管他们处在社会的最底层，始终处在被压迫、受奴役的地位，但他们心里依然存留着对美好的向往和对幸福生活——"乐土"的渴求，不泄气，不放弃。

他们心底里发出的呐喊，一唱三叹，回环往复，振聋发聩，是那个时代的最强音，又何尝不是那个时代的十二级台风——"天鸽"？

● 写作点拨

向 《魏风·硕鼠》学写作
——如何增强讽刺效果

写作小练笔：狐狸 / 狼 / 蝗虫

本诗运用了多种写作手法，如比喻、排比、重章叠唱等，都是为了加强讽刺效果。

诗歌不止一次地呼告那些"硕鼠""无食我黍"，加上三次用"三岁贯女，莫我肯顾"，进而三次用"逝将去女，适彼乐土"等，不仅形成很强的语势，固定了人们对"硕鼠"贪得无厌的嘴脸的认识，还加深了读者对剥削者就是"硕鼠"这一形象的印象。

这些"硕鼠"不但毫无顾忌地吃"我"的"黍"，理所当然地吃"我"的"麦"，还明目张胆地吃"我"的"苗"……否则，"我"就不会那么悲愤，一次次发出泣血的呼喊和无奈、无助的劝阻；而"硕鼠"无情无义，自私狭隘，他们以自我为中心，毫无怜悯之心，一点都不顾及曾多年侍奉他们的"我"的死活……终于使得"我"对那些"硕鼠"有了清醒的认识。于是，"我"不再犹豫，理直气壮地说出了自己的强烈不满和谴责，鲜明地表达出他与"硕鼠"决裂的态度：我们一定会去到没有剥削，没有压迫，也没有欺骗的"乐土"去。

这种写法，内容上深化了主题，形式上易于朗读吟诵，情绪上感染力提升。重章叠唱为全诗的谴责和批判效果起到了强化的作用，增强了诗歌讽刺的力量。

●诗经现场

说说你心中的乐土

温小戒很爱思考，读到《魏风·硕鼠》中提到的"乐土""乐国""乐郊"。他想，没有剥削，没有压迫，可以吃饱穿暖，这应该就是先人们心中的理想国吧。

自古以来，人们就喜欢构建理想中的"乐土"。

温小戒搜集资料发现，古今中外的许多文人墨客都在他们的作品里尽情描述过他们心中的理想国。

这样的理想国有老子的理想社会："甘其食，美其服，安其居，乐其俗，邻国相望，鸡犬之声相闻，民至老死不相往来。"

庄子的无何有之乡——"今子有大树，患其无用，何不树之于无何有之乡，广莫之野，彷徨乎无为其侧，逍遥乎寝卧其下。"

《礼记》中的"大道之行"——"大道之行也，天下为公，选贤与能，讲信修睦。故人不独亲其亲，不独子其子，使老有所终，壮有所用，幼有所长，矜、寡、孤、独、废疾者皆有所养，男有分，女有归。货恶其弃于地也，不必藏于己；力恶其不出于身也，不必为己。是故谋闭而不兴，盗窃乱贼而不作，故外户而不闭，是谓大同。"

陶渊明笔下的"桃花源"——"土地平旷，屋舍俨然，有良田美池桑竹之属。阡陌交通，鸡犬相闻。其中往来种作，男女衣着，悉如外人。黄发垂髫，并怡然自乐。"

除了他们，还有柏拉图的《理想国》、赫胥黎的《美丽新世界》、梭罗的《瓦尔登湖》等，这些"乐土"有许多共同之处。你可以向温小戒学习，搜集一些有关名人理想国的资料。

你最喜欢哪种"乐土"呢？你心中的"乐土"又是怎样的？请你描绘一下。

为谁辛苦为谁忙

魏风·伐檀

坎坎伐檀兮，置之河之干兮，河水清且涟猗①。不稼不穑，胡取禾三百廛兮②？不狩不猎，胡瞻尔庭有县貆兮③？彼君子兮，不素餐兮④！

坎坎伐辐兮，置之河之侧兮，河水清且直猗⑤。不稼不穑，胡取禾三百亿兮？不狩不猎，胡瞻尔庭有县特兮⑥？彼君子兮，不素食兮！

坎坎伐轮兮，置之河之漘兮，河水清且沦猗⑦。不稼不穑，胡取禾三百囷兮⑧？不狩不猎，胡瞻尔庭有县鹑兮？彼君子兮，不素飧兮⑨！

● 词语注释

①坎坎：伐木的声音。置：放到。干：河岸。涟：指水的波纹。猗：同"兮"，语气助词。②稼（jià）：播种。穑（sè）：收获。胡：为什么。禾：谷物。三百廛：很多农家所交的税。三百：虚数，指很多。下文的"三百亿""三百囷"与此同意。③狩：冬猎。猎：夜猎。都泛指打猎。瞻：向前或向上看。县（xuán）：同"悬"，悬挂。貆（huán）：猪獾。④君子：反语，指地位和权势兼备的人。素餐：白吃饭。⑤辐：车轮上的辐条。直：水流平且直。⑥特：较大的兽。⑦漘（chún）：水边。沦：小的水波纹。⑧囷（qūn）：谷仓。⑨飧（sūn）：熟食。

● 大家说诗

　　《魏风·伐檀》是一首民歌，共三章，二十七句，是《诗经》中最为人们熟悉的篇目之一。诗中写的是一队伐木工人在砍伐檀树的过程中，联想到统治者不种庄稼、不打猎，却占有这些劳动果实，因而无比愤怒，就你一言我一语地提出了责问。

檀

　　戴君恩《读诗臆评》评价此诗："忽而叙事，忽而推情，忽而断制，羚羊挂角，无迹可寻。"意思是说，这首诗一下子是叙事，一下子是写景，一下子是议论抒情，一下子责问批判，真的如羚羊挂角，让人无法找到它的格式与规律，写法灵活极了。

　　牛运震的《诗志》对本篇的评价是："起落转折，浑脱傲岸，首尾结构，呼应灵紧，此长调之神品也"。用现代话来说就是：忽而上升忽而下落忽而转折，完全是洒脱不羁自成一格，无人能及，而且开头与结尾遥相呼应，灵活而紧密，这是长篇叙事诗中的神品。

　　诗歌反复咏叹、重章叠句，先写劳动过程中的砍伐声清脆悦耳，劳动的环境风光如画，后来却联想到那些剥削者和统治者，他们既不用参加耕种，也不用上山打猎，无偿占有全部的劳动果实，自然是越想越气，越想越不是滋味，心中生出愤懑，口中便将反抗情绪宣泄出来，斥责他们只是白白吃闲饭的"君子"和"大人"，读起来痛快淋漓。

本诗是最早的杂言诗的典型。诗歌句式灵活多变，有四言、五言、六言、七言，乃至八言，纵横错落，有的直陈其事，有的反语讽刺，让诗人心中的"块垒"得到了自由且充分地抒发。

● 个性解读

这是一个阳光灿烂的日子，也是一个秋高气爽的日子。一群伐木工带着斧头、刨刀、凿子与锯子，来到了浩瀚的林海中。他们对这片树林已经十分熟悉，哪里长着松树，哪里长着杉树，哪里长着紫檀，他们早就心中有数。"老板"——或许应该叫奴隶主，要不就叫君侯，他已下了死命令：三十天内，要造出百辆大车，因为东边的某国已经下了战书，四十五天后，两军就要决战！

风轻轻地吹动树叶，也吹动伐木工的头发；河水在微风的吹拂下，一层一层的波澜泛着银光。他们为了这百辆战车，已经苦苦干了二十天。奋力抡起锋利的斧头，一斧一斧砍向檀树的根部，"坎坎坎坎"的声音和回响，一直飞向远方。"嚯嚯嚯嚯"，砍倒了一棵又一棵。漫长的生长期、坚硬的质地，让檀木成为稀世之珍，更成为制造战车最优良的木材。手握斧头砍檀木，力量震裂了伐木工的虎口，也震厚了他们手掌的老茧。随着大树的轰然倒塌，伐木工又提起斧头，一下一下砍削掉那些旁逸斜出的树枝。"嘿呀嘿呀"，他们又把重重的大树扛到清清的河边。那里有平整的场地，有他们食宿的工棚，有许多即将完工的战车。只是长时

间的劳累已经使他们气喘吁吁、汗流浃背！

"不稼不穑，胡取禾三百廛兮？不狩不猎，胡瞻尔庭有县貆兮？彼君子兮，不素餐兮！"工作间隙休息时，不知是谁，突然间愤怒地控诉起来。这一阵愤怒的歌唱引起了伐木工强烈的共鸣，正在做车辐条的人们也不禁唱了起来："坎坎伐辐兮，置之河之侧兮。河水清且直猗。不稼不穑，胡取禾三百亿兮？不狩不猎，胡瞻尔庭有县特兮？彼君子兮，不素食兮！"声音更加响亮。

歌声刚刚落下，那厢另一种声音也随之而来："……不稼不穑，胡取禾三百囷兮？不狩不猎，胡瞻尔庭有县鹑兮？彼君子兮，不素飧兮！"

一句句歌声，就是一句句控诉；一句句歌声，就是一团团怒火！

● 写作点拨

向 《魏风·伐檀》学写作

——绘色让读者身临其境

写作小练笔：一次春游 / 傍晚的云 / 月色朦胧

本诗出色地运用了绘色的写作手法。"河水清且涟猗"（河水清清，还发出一圈一圈的涟漪）；"河水清且直猗"（河水清清，而且泛起一条一条的波纹）；"河水清且沦猗"（河水清清，还微微泛起些小小的波纹）……一条河的河水，三种不同的流动形态，全被诗人形象地描绘出来了。这种写法，其实就是描写中的"绘色"，把目之所及，用最准确、最生动、最传神的文字详细而具体地描绘出来，让人读来如同身临其境，从而达到最完美的艺术效果。绘色这种写作手法，如同画家手中的画笔，用好了，就可以把人物活动的场景、人物的外貌等描写得栩栩如生，从而更好地引出人物和事件，衬托作品的主题。

● 诗经现场

芮城找"芮"

暑假,妈妈带着温小戒参加了"怀揣《诗经》游山西"的旅行,他们来到芮城。带队老师说:"今天到了芮城,看看我们能不能找到'芮'这种植物。"于是大家都积极地找起植物来,甚至连一棵草都不肯放过。

来到檀道庙,接待他们的村主任说这里就是《魏风·伐檀》的发生地。

"坎坎伐檀兮,置之河之干兮,河水清且涟猗……咦,村主任,那河呢?怎么不见了?"

村主任瞬间黯然:"河已经干涸了,河道还在那边。"

他指着一个方向,那里一片芳草萋萋。

"能找到檀树吗?"一路热衷于找芮草的人开始转移目标。

"檀树现在也没有了……"

大家发出一阵唏嘘。村主任说:"没有檀树不要紧,我们檀道庙门口有两棵柏树,已经三千岁了。这个不算稀奇,稀奇的是它们一雄一雌,相互依靠。雄树枝干粗壮,直指天空;雌树枝叶繁茂,婀娜多姿……"

村主任越说越自豪,连声音都提高了。大家高兴起来,纷纷与夫妻古柏树合影。

没有檀树有古柏,运载檀树的清清河水已经干涸,芮草也没有找到,历史的变迁何止是人事呢?连植物都在改变啊。

温小戒心里忽然生出"沧海桑田"的感慨来。

读者们,你们不妨也找一找身边跟《诗经》有关的植物吧!

青黄难掩的悲伤

小雅·苕之华

苕之华，芸其黄矣①。心之忧矣，维其伤矣。

苕之华，其叶青青②。知我如此，不如无生。

牂羊坟首，三星在罶③。人可以食，鲜可以饱④。

● 词语注释

①苕（tiáo）：即凌霄花。芸：指深黄色。②其叶青青：指花凋谢了，叶却正茂盛。比喻好景不长。③牂（zāng）羊坟首：母羊的头大，这里指因饥饿，羊的身体瘦小而头很大。比喻人的穷困。三星在罶（liǔ）：参星映在鱼篓中，此处指笼中没有鱼。罶：捕鱼的竹篓子，鱼能进不能出。④鲜：少。

● 大家说诗

　　这首诗，初读时，仅仅觉得是一首用凌霄花衬托自己心情，顺便写写"牂羊坟首""三星在罶"等景象和人们陷于灾年困境的短诗。多读几遍，便觉得断语下得过于轻率：早知我现在饿得生不如死，还不如当初就不要来到这个世界！这是怎样一种绝望和无助！而"人可以食，鲜可以饱"则更进一步，向人们更详尽地展示出当时的境况：即便人还有一点儿粮食吃，也实在是太少太少了，少到难以让人吃饱！这就是身处其境的诗人面对的苦难和困厄，那是多么悲痛、伤感与无助！

　　朱熹《诗集传》中说："羊瘠则首大也……罶中无鱼而水静，但见三星之光而已。言饥馑之余，百物凋耗如此。"意思是：羊瘦，看起来

羊

就头大……鱼篓中没有鱼，水就不会动，就不会有涟漪，只能看见天上
的星星在水里的倒影罢了。这短短几句，说出了在饥荒岁月里，能吃的
东西都很难找到，百姓忍饥挨饿已经到了如此地步。

　　清代王照圆分析说："举一羊而陆物之萧索可知，举一鱼而水物之
凋耗可想。"意思是：举出一个羊头的事例，陆地上食物的萧索缺乏便
足以说明；举出一条鱼的事例，水中食物的凋敝耗尽便可以想象。

　　"人可以食，鲜可以饱"是最沉痛的呼号。此句与"朱门酒肉臭，
路有冻死骨"和"是岁江南旱，衢州人食人"两句所写的惨景同样触目
惊心。

● 个性解读

当火辣辣的阳光炙烤大地，我坐在凉风习习、舒适无比的空调房里，信手翻阅着手中的《诗经》，读着《小雅·苕之华》，口里不时发出轻吟之音：

"苕之华，芸其黄矣。心之忧矣，维其伤矣。

苕之华，其叶青青。知我如此，不如无生。

牂羊坟首，三星在罶。人可以食，鲜可以饱。"

读着读着，我脑海中顿时呈现出了这样的画面：满眼金黄色的凌霄花，青葱的枝叶铺满了山岗，瘦得只剩下大头的母羊，还有空无一物的捕鱼篓……

我不知道三千年前的作者究竟长啥模样，也不知道他的职业是工匠、农人、士子、小官还是商人。他的面前肯定有碧绿的田野，有那连绵不断地攀援而上、肆意开放、万绿丛中一点金黄的喇叭状的凌霄花。

这里，有金黄的花，有青葱的叶，也许还有高大粗壮的大树，有饥饿的母羊大大的羊头，还有鱼儿抓尽后在星光映照下的清清河水，更有面对这一切而饥肠辘辘、衣食无着的人们……我知道，《小雅·苕之华》的作者，他的眼睛明亮而又深邃，他有血有肉、有情有义，他不仅看到了眼前金黄的凌霄花，碧绿的叶子，漫山遍野如画的风景，还看到了瘦骨嶙峋的母羊，看到了因没有游鱼而冷冷清清的河水，还有百姓有上顿没下顿的无助和饿殍遍野的悲惨；他的心里有着对百姓疾苦深深的同情，有着想伸出援手却自顾不暇的窘迫……

读着这首《小雅·苕之华》，三十余年前，在大学的图书馆期刊阅览室里读过的张贤亮著名短篇《绿化树》里的一个情节，倏地向我心头袭来：章永璘忍着饥饿，背着军用挎包里装着的仅有的两个馒头，从劳动农场赶到几十里外的另一个地方。

　　那两个馒头，给又累又饿的主人公以无限的动力——一想到到达目的地就可以享用这馒头的幸福，让辘辘饥肠不再忍受空空如也的折磨，两条腿顿时充满了力量。

　　在这条漫漫山路上，在长达好几个钟头的漫长煎熬中，馒头给了他强有力的安慰和走完全程的信心。在经受了常人难以想象的诱惑，历经饥饿带来的无力和可以想象的困难之后，章永璘到达了目的地。

　　这时，与所有人设想不同的是，章永璘并没有拿那两个宝贝馒头犒劳自己，而是将它们小心翼翼地藏进抽屉——他想，不知多久没有享受过的那么可爱的馒头，马上吃了太可惜，把它们留到第二天再来好好享受，那该有多么的美啊！

　　于是，他一边忍受着肚子的咕咕"吼叫"，一边强迫自己躺到床上。在与饥饿和劳累的一遍遍"较量"中，或许还带着睡醒后就可以品尝到馒头的美美的想象中，瞌睡虫终于占据了上风。

　　谁知，一觉醒来的章永璘满怀期待地拉开抽屉，看到的却是被老鼠吃得干干净净、空空如也的抽屉！

　　其实，出生于 20 世纪 60 年代初期，如今已经五十余岁的本人亲身经历的饥饿感受至今记忆犹新。有一年春夏之交，家里能吃的都已经吃完，能煮的都已经煮尽，老老少少八口人围在灶台边，大家眼睛望着灶台，心里都在焦急地盼着出去借粮的父亲借到大米，好马上煮成稀饭，塞进嘴里，捱过又一个难熬的日子。

　　父亲回来了。然而他手里拿着的是与早上出去时毫无二致、空空如也的干粮袋子！那时候，希望落空的我们，根本无法想象该如何活下去。

　　我的六弟，五岁多了，整天都站在灶台旁边，不敢挪开半步。每天起床之后就一直守着灶台，大概是寄望于守在那里可以先吃到东西吧。后来我去公社读高中了。

　　就在我离家的那段日子里，家里发生了大变故，家里的某位族兄事后跟我描述了当时的情景：在某一个风和日丽的上午，我的父亲，一位身高一米七六的中年大男人，站在卫生所的大门口呼天抢地一般号啕大哭——怀里抱着瘦骨嶙峋的小儿子（我最小的弟弟），身子直挺挺的，没有了气息。小弟他走了，究竟是饿死还是病死，我已无从知道……

　　我可以一次一顿吃掉八海碗的菜粥，把肚子塞成一个大大圆圆的西瓜；也可以一顿吃掉两斤糯米与芋头焖成的"娘饭"……讲起来，没有亲身经历的人很难想象。

　　总之，我的记忆里，人世间最美好的，莫过于可以美美地吃一顿饱饭。

　　而这一切，都是我在读这首《小雅·苕之华》时切身的感受。

● 写作点拨

向 《小雅·苕之华》学写作

——善用对比

写作小练笔：打瞌睡／荒原上的花

　　"对比"无疑是本诗采用的最重要的修辞手法。凌霄花的花儿黄，凌霄花的叶儿绿，正如花红柳绿的春天，给人以无限的美的享受。可是，作者的着眼点不在于此，而在于用植物的繁茂、美丽与"我"的忧伤、不幸做对比，反衬"我""不如无生"的无奈与感叹。

　　本诗第三章的"牂羊坟首，三星在罶"也是运用了对比的手法。它告诉人们，由于饥荒和灾年，母羊看起来只剩下一个大大的羊头，本来指望捕鱼的"罶"里，也只有"三星"在水里闪烁。善用对比，会使文章增色不少。

蒲

● 诗经现场

万卷书中绽放芬芳，万里路上见识飞扬

　　某日，温小戒同学翻开《诗经》，稍微注意了一下，发现其中有大量关于植物的字词：蒲，蕳，荷，蒹葭，苤苣，梅，菡萏，唐，桑，蓻，葛，萧，艾，卷耳，荇菜，蔓草，谖草，飞蓬，舜华，荼，樛木，葛藟，栎，棣，杨，柳，檀，桃，木瓜……真是一本《诗经》，无限绿意！

　　他有些不明白，像《小雅·苕之华》这首诗，登台的主角是"苕"。温小戒问妈妈："这首诗为什么要以'苕之华'为题，'苕'又是一种

木瓜

什么植物？还有，在写法上又有什么讲究？"

　　妈妈说："'苕之华'里的'苕'，其实与蒹葭、荇菜等植物一样，在《诗经》中是作为起兴使用的，为的是引出所言之物，相当于中药里的'药引'。也有用来比喻的，如《召南·摽有梅》里的'梅'，是用来比喻女子不同年龄阶段对婚姻的态度，'其实三兮'与'其实七兮'，说明心里对婚姻的态度大不一样；《卫风·木瓜》中的'木瓜''木桃'与'木李'等都是比喻。在屈原的《离骚》中，'秋兰''蕙''木兰''秋菊'也多次出现，这样以大量的香花香草比喻自己的高洁品性，也是比喻的用法。"

　　后来，温小戒同学跟着妈妈去了一趟梅州，还参观了一位朋友的老屋和祠堂。在祠堂里，他看到房门顶端写有"培兰""植桂"字样；在客家围屋里，又看到"修礼""陈义"等内容。妈妈告诉他，像"培兰"与"植桂"，其实就是指儿孙后代要好好教育培养的意思。

　　从这些祠堂和老屋留存的文字中，可以感受到客家人的祖先们创造各种条件，培养他们的子孙后代成为对社会的有用之才的用心。"修礼""陈义"两个词语则表明要坚守"礼"和"义"。客家民居里的很多内容，其实都或多或少体现了中华传统文化、儒家文化。

　　小戒认真听着，不时点头，表示自己又有了新的收获。

　　读者们，你知道《诗经》中的植物都代表哪些含义吗？可以动动手，采集植物标本，做一本趣味的《诗经》植物图鉴哦！

誓言离我有多远

卫风·氓

氓之蚩蚩，抱布贸丝①。匪来贸丝，来即我谋②。送子涉淇，至于顿丘③。匪我愆期，子无良媒④。将子无怒，秋以为期。

乘彼垝垣，以望复关⑤。不见复关，泣涕涟涟。既见复关，载笑载言⑥。尔卜尔筮，体无咎言⑦。以尔车来，以我贿迁⑧。

桑之未落，其叶沃若⑨。于嗟鸠兮，无食桑葚⑩！于嗟女兮，无与士耽⑪！士之耽兮，犹可说也⑫。女之耽兮，不可说也。

桑之落矣，其黄而陨⑬。自我徂尔，三岁食贫⑭。淇水汤汤，渐车帷裳⑮。女也不爽，士贰其行⑯。士也罔极，二三其德⑰。

三岁为妇，靡室劳矣⑱。夙兴夜寐，靡有朝矣⑲。言既遂矣，至于暴矣⑳。兄弟不知，咥其笑矣㉑。静言思之，躬自悼矣㉒。

及尔偕老，老使我怨㉓。淇则有岸，隰则有泮㉔。总角之宴，言笑晏晏㉕。信誓旦旦，不思其反㉖。反是不思，亦已焉哉㉗！

●词语注释

①氓：指男子。下文的"子""士"都是男子。蚩蚩（chī）：笑嘻嘻。蚩：通"嗤嗤"。②贸：买。匪：通"非"，不。下同。谋：商量。③淇：淇水，河流名称。顿丘：地名。④愆（qiān）：过，耽误。期：约定的时间，下同。⑤乘：登上。垝（guǐ）垣（yuán）：倒塌的墙。复关：地名，男子来时要经过的地方。⑥载：语气助词，就。⑦卜、筮：都指占卜，古代婚嫁先要占卜，看两人的"八字"是否相配。咎：不好，不利。⑧贿：财物，指嫁妆。⑨沃若：茂盛美好的样子。⑩于：通"吁"，叹词。鸠：斑鸠，传说斑鸠吃太多桑葚会醉。⑪耽：沉溺，耽溺。⑫说：通"脱"，解脱、消除。⑬陨（yǔn）：凋零，落下。⑭徂尔：去你那里，意为出嫁后。⑮渐：浸湿。帷裳：车旁的布幔。⑯爽：差错。贰：不专一。⑰二三其德：三心二意，德行起了变化。⑱三岁：多年。靡室劳矣：指家

庭劳作一身担当不觉劳苦。⑲夙：早。⑳言：助词，无义，下同。既遂：生活已过得顺心。暴：施暴，欺凌。㉑咥（xì）：笑。㉒悼：悲伤。㉓及尔：与你。偕老：一同到老。㉔隰：低洼的地方。泮：通"畔"，水边，岸。㉕总角：旧时未成年人结发成两角，称总角，这里指童年。宴：快乐。晏晏：和谐融洽的样子。㉖旦旦：诚恳的样子。反：反复，指男子变心。㉗已：停止，结束。

● 大家说诗

　　《卫风·氓》是一首距今两千七百余年的民间歌谣，通过一个女子之口，讲述了其婚变经历与真切体验，是一幅情爱画卷的生动写照，也为后人留下了当时风俗民情的宝贵资料。

　　这是一首夹杂议论和抒情的叙事诗。诗中女子重情重义，用情专一，而且循规蹈矩，取得父母同意，通过媒人作证，才与"氓"结为夫妻。即便婚后有怨，也是用心专一的反映。女主人公的悲惨遭遇，是千千万万被侮辱、被抛弃的妇女命运的缩影，因而博得后世无数读者的同情和共鸣。

　　这首诗最大的成就，就在于其成功塑造了两个性格鲜明的人物形象。

　　首先是弃妇的形象。她纯洁、善良，她爱"氓"，对他一往情深；嫁给"氓"后，她幻想着"及尔偕老"，过上好日子，一心持家，包揽了所有繁重的家务；待到人老珠黄，不再美貌，"氓"便变心，甚至对她施与家庭虐待和暴力。孤苦无助时，反而遭到兄弟讥笑，悲苦无人可以诉说。不幸的遭遇炼就了她刚强的性格，悔恨之余，她当机立断，不妥协，不哀求，果断与"氓"决绝，表现了强烈的反抗精神。

　　第二个是"氓"的形象。关于"氓"有许多种说法，其中一种认为他是一个流亡到卫国的流民，他凭借甜言蜜语博得少女的爱；结婚后，

他把大量的劳动推给了妻子；等到妻子年华老去不再漂亮，又狠心抛弃了妻子。"氓"的虚伪、薄情、三心二意，与弃妇的善良和专一形成强烈而且鲜明的对比，产生出极好的艺术效果。

● 个性解读

我不喜欢抱怨，尤其是那些有细节的絮叨：

"自从嫁到你家，我日夜操劳，从早忙到晚，没过上一天好日子，跟着你吃尽苦头……"

"你以前回来还有说有笑，现在跟你说一句话就发脾气，你凶我干什么？我做错什么了？你要这样对我……"

"你摆着个臭脸给谁看啊？在家里我也就忍了，在我姐妹面前你好歹也表现表现啊，你知不知道她们都在背后说什么？"

"你以前说过的，要一生一世对我好！现在呢？你有一天对我好过？嫁到你家这么多年，我没有功劳也有苦劳吧？可我连一点儿关心都得不到……"

夜深了，人静了，月亮明晃晃地升起来了，你还记得那些初相识的日子吗？

那一年桑叶长得真好，绿得油光发亮。犹记那一天，阳光那么好，你披一身春光站在桑树下，说要买我的丝。

第二天，你又来了。第三天……

我看见你额上那些细细的汗珠，还有你脸上羞涩又掩不住的笑，你搓着手紧张不安的样子，有点傻也有点可爱。那时的你葛衣粗布，衣褶里却流动着清新的气息，那是男孩特有的味道。

桑

啊，那时你发誓说，非我不娶，要一生一世对我好！

"你等着，我一定叫媒人来！"说完这话，你就到别处忙买丝的生意了。

你离去后，太阳忽然无光了，桑叶变得死气沉沉的，像一片发绿的死海，令人生厌。约定的秋天快到了，桑叶都要落尽，你在哪里？我站在墙头望穿来路，风冷冷，草寂寂，连云朵都懒懒的，没情没绪。就只有树上那聒噪的鸟儿，多嘴多舌地吵得人心烦意乱。有一天女伴跟我说："别再耽溺在那个男孩身上了，他是个跑生意的，说不定转身就忘了你！"

然而你终于来了，秋日的阳光原来可以暖得教人迷醉。你怎么能一

下子带来那么多那么多的好消息！媒妁喜气，聘礼丰厚，你落在我身上的眼神炽热如火……连空气里都开出了花儿，溢出了蜜。

淇水忽然打湿了我出嫁的车帷，我揭开了红头盖，却没有揭开幸福的魔盒，难道婚姻真的是爱情的坟墓？我还没有细细品到日子里的甜蜜，幸福和快乐就像潮水一般迅速退去！今夜，我独自抚着内心的伤痛，真的不知道哪里出了错！

男人都是那么无情的吗？你说过的誓言怎么都不算数了？

此刻的男人呢？他默默地蹲在一个角落里，吧哒吧哒地抽着烟袋。他是什么时候抽上烟袋的？大概是女人开始絮叨、开始抱怨的时候吧……

他其实记得说过的誓言，他的誓言是说给桑树下那个言笑晏晏的女孩的。阳光斑驳地落在她的身上，她的笑比阳光还明媚——他愿意一生一世对她好，而不是眼前这个满身怨气的女人。

誓言，它能走多远？它什么时候变味了？

我只知道，三千年来，这婚姻的角色与心情从来没有改变。

（文／黄琬雅）

● 写作点拨

向《卫风·氓》学写作

——让叙述闪现独特的光芒

写作小练笔：（　　）又回来了／我的成长故事

《卫风·氓》是一首叙事诗。这首诗的最大特色是具有完整的故事情节。

诗歌从"我"与"氓"以"贸丝"为名相约见面开始，到订下婚约，结婚礼成，到婚后"氓"开始变心，到"我"对婚后生活的付出和"氓"的不负责任、移情别恋，甚至拳脚相向，自己兄弟不了解实情，还冷嘲热讽，弄得"我"倾诉无门，由此感到无比伤痛。故事有时间，有地点，有事情起因、经过和结果，一桩桩，一件件，"我们"的过往，"我"的现在，"我"的处境，听了令人同情。这也许是最早的一个具有代表性的中国婚姻及情变的故事。叙事需要娓娓道来，需要注意六个要素，即时间、地点、人物，还有事件的原因、经过和结果。只有这样，才能讲好故事。这是写好叙事文章第一个要学习的地方。

要写好叙事文章，第二是要学会详略得当，把事件的主要部分写具体，与主题无关的部分则略写和概述。《卫风·氓》中就用"三"统一表示"多"的意思。"三岁为妇"里的"三"与"三岁贯女"里的"三"，都是"多年"的意思。这样可以让文章的中心更突出，情节更简洁精炼。

要写好叙事文章，第三是要学会巧妙运用起兴，为表达自己的感情服务。如"桑之未落，其叶沃若""桑之落矣，其黄而陨""淇则有岸，隰则有泮"等，分别引出刚结婚时男子的良好表现，渐渐地男子开始变心，并违背了当初的誓言。随着结婚时间的推移，男子的感情也在发生变化，女子受到的伤害不断加深……让读者读起来感觉水到渠成。

● 诗经现场

《诗经》里的成语

温小戒是一个活泼的男孩，他爱读书、也爱动脑筋。在上个假期，他沉迷于曹文轩的《草房子》和古典名著《西游记》，沈石溪的动物小说也是他的至爱。

更好的
方法读 诗经

　　好在温小戒的妈妈给了他充分的自由。无论读书也好，写字也好，旅游也好，妈妈都没有给他布置什么任务，也没有过多的干预。于是，相对于许多同龄人，自由自在的温小戒同学偶然也会拿起《诗经》，翻一翻，看一看。这一次，他翻到了《卫风·氓》，也是极为放松地看了起来，嘴里有时也轻轻读几句。突然，他眼前一亮："夙兴夜寐""信誓旦旦"，这两句不就是两个成语吗？他很为自己的发现而高兴，而且对着手里那本《诗经》翻找起来——

　　窈窕淑女　君子好逑　求之不得　辗转反侧

　　甘棠遗爱　战战兢兢　忧心忡忡　新婚宴尔

　　如切如磋　如琢如磨　肤如凝脂　巧笑倩兮……

　　亲爱的读者，你能帮帮温小戒同学，从《诗经》中找出更多的成语来吗？

野草黄，独彷徨

小雅·何草不黄

何草不黄？何日不行①？何人不将？经营四方②。

何草不玄？何人不矜③？哀我征夫，独为匪民④。

匪兕匪虎，率彼旷野⑤。哀我征夫，朝夕不暇。

有芃者狐，率彼幽草⑥。有栈之车，行彼周道⑦。

● **词语注释**

①行：这里指行军，出征。②将：行军，出征。③玄：黑，草枯烂后的颜色。矜（guān）：
通"鳏"，没有妻子的人。这里指当兵出征的人离开了家，就等于没有妻子。④匪民：
不是人。⑤兕（sì）：野牛。率：循着，沿着。⑥有芃（péng）：即芃芃，野兽毛蓬松
不光滑的样子。⑦有栈：即"栈栈"，装载着征人的车高高的样子。周道：也就是大道。

● **大家说诗**

　　这是一首行军远征的人面对悲苦的、没有尽头的行役发出愤怒控诉
的诗篇。

　　全诗以"何草不黄"为起句，紧接着是"何日不行"和"何人不将"
两句，构成三个"何……不……"相同句式的排比，从野草变黄的季节
自然属性起兴，切入自己作为征人每日重复、劳累而且枯燥的行伍生涯，
心中的不平、愤懑呼之欲出。更何况，还从东走到西，自南行到北，不
知何日才是一个尽头。

　　第二章，又以两个"何……不……"开头，先描述的是没有感知的

兕

野草的变黑腐烂，引出每一个征人的生活都如同"鳏夫"，没有温暖，没有生气，没有希望，没有止境，倾诉出自己的无限哀伤。

第三章，说自己这些征夫并非野牛，也非老虎，却被强迫着做超出体能的兵役和劳役，从早走到晚，从月初走到月末，从开年走到年底，倾诉自己行走的悲苦没有尽头，生活的劳累无边无际。

第四章，写毛发蓬松的狐狸穿行于荒原与野草之间。对狐狸而言，并无什么不妥。而像我们这样的征夫被强行"绑架"于高高的运兵车上，终日行走在大道上，却是非常不人道的。

本诗揭示出这样一个现实：在统治者心目中，"征夫"们命如草芥，生同禽兽，他们只能听从统治者的安排，注定要在征途中结束自己的一生。因为，他们不过是一群战争的工具而已。这种毫无希望、无从改变的悲惨告白，最大限度地展现了征人的悲苦。

清代方玉润《诗经原始》说道："纯是一种阴幽荒凉景象，写来可畏。所谓亡国之音哀以思，诗境至此，穷仄极矣。"意思是，本诗揭示的完全是一种阴沉幽暗而且荒凉的景象，写出来令人恐惧。正如前人所说的"亡国之歌声哀怨而且充满无穷的思念"。诗歌创设的意境到了这里，确实穷尽了征人们的悲伤哀怨和绝望。

● 个性解读

我是一名战士。

我从屈原的《九歌·国殇》中走来："霾两轮兮絷四马，援玉枹兮击鸣鼓。天时怼兮威灵怒，严杀尽兮弃原野……"千军万马，奋力厮杀，血肉模糊，哀鸿遍野，我成了战争这台残酷大机器中的一个部件。

我从木兰的身边走来："将军百战死，壮士十年归"，巾帼英雄的胆气与豪迈，熏染了我，砥砺了我，我觉得战争也不那么令人恐怖了。

我在《十五从军征》中，目睹我邻人的悲惨遭遇："遥看是君家，松柏冢累累。兔从狗窦入，雉从梁上飞，中庭生旅谷，井上生旅葵……"那是十五岁便出门当兵，八十岁才回乡的见闻与处境！

我见过无数的惨状，"爷娘妻子走相送，尘埃不见咸阳桥。牵衣顿足拦道哭……哭声直上干云霄"催人泪下，"白骨露于野，千里无鸡鸣"触目惊心！

我回到最古老的《诗经》中，里面有我更多的兄弟姐妹："君子于役，妻儿盼归""昔我往矣，杨柳依依，今我来思，雨雪霏霏"……

　　我是《小雅·何草不黄》中一声声的叹息：

　　什么草儿能永远不枯黄？哪一天能够不行军？哪一个人可以不出征？我从东走到西，从南又走到北，如今，我的家乡在哪里，我儿时的伙伴在哪里？

　　回答我的，只有呼啸的北风，陪伴我的，只有手中的武器和身上的铠甲。茫茫雪地上，野兽的足迹延伸到远方……

　　我不是野牛，也不是老虎，却只能像他们一样，在无际的旷野到处奔跑。毛发蓬松的狐狸出没于深深草丛。我形容枯槁，还不及野地里的狐狸。我从白天站到黑夜，何时才能得空闲？

　　回家，回家，回家，给年迈的父母做一顿热热的饭菜，摸摸那只见了我就摇尾欢跳的黄狗，来到河边，一边开荒种地，一边等心中的她来洗衣……

　　看看高高的役车载着士兵，驰行在大路上，没有尽头。

　　这不是我的归途……

　　●写作点拨

向 《小雅·何草不黄》学写作

——立意高，绘宏章

　　写作小练笔：我看国庆大阅兵

　　战争，是一个宏大的主题。怎样才能写好战争的题材？《小雅·何草不黄》这首诗其实就是一个很好的范本。

　　首先，要立意高。热爱和平，反对战争，这是主题。有了这样的立意，你就可以构思：可以写行军的苦与累，把目光放到行军生活的单调与枯燥上，放到行军日子的寂寞与孤单里；可以写行军中吃食物的乏味，可以写行军中住所的简陋，可以写山路上的危险，面对滔滔江河，遇见无数的烈日，碰到来势汹汹的暴雨；可以写家居生活的安逸，种田的快乐，夏日里在河中游泳的自由，到集市上闲逛的满足，并以此与战争的危险、死亡，形成鲜明的对照，衬托出和平生活的美好。

其次，要关注民生，要写能引起读者共鸣的话。写好作文，仅仅立意高是不够的。我们中华民族热爱和平，但也不害怕战争。把自己放进战争的大背景中去，与军人同呼吸、共命运，把自己当成一名军人，他们的生活就是你的生活，他们的困境就是你碰到的困境，他们的渴望就是你的渴望。可以歌，可以吟，可以怨，可以怒。写出自己的真实生活细节，也写出自己的喜怒哀乐。

第三，要选取好角度，必须有细节和事件，像《小雅·何草不黄》一诗，就选取了"行军"这一司空见惯的细节和事件落笔，达到了"以小见大"的效果。

此外，还要用好排比，可以增强反诘的语气；用好起兴，可以做好铺垫，更好地引出对最高统治者发动战争、热衷于战争的厌倦和反对；用好对比，可以鲜明地衬托出征人连野兽也不如的处境……而取好标题，如"何草不黄"，便达到了"言在此而意在彼"的效果。

● 诗经现场

与《诗经》有关的对联

寒假，温小戒与同学怀揣《诗经》游天下，来到了湖北房县《诗经》主要采集者、"中华诗祖"尹吉甫的故里。导游说，十堰市《诗经》尹吉甫文化研究会的袁正洪会长写过一副长长的楹联，集中展示了他家乡的文化特色，对联是这样的：

上联：诗乡房陵，周南召南交汇，维水、泮水、沮水关关雎鸠；荡舟南河，探幽深谷，清溪瀑、珠藏风，神洞仙峡，钟乳冰窕壮观；尹祠瞻碑，仰兮伯采风，编纂诗经，赋雅蓼莪、六月、江汉，穆穆清风，流芳百世。

下联：吉甫故里，彭国庸国毗邻，荆山、景山、南山哦哦麋鹿；寻胜榔峪，赏景远山，七井泉、万峰雾，地缝天井，石窟古寨奇峭；宗庙拜祖，赞太师征战，薄伐猃狁，诵吟韩奕、烝民、崧高，雄雄韬略，光耀千秋。

小戒上网搜查，发现这副楹联的内容巧妙而丰富，藏了很多首《诗经》篇目，你能找出来吗？

小戒又进一步学习了和对联相关的小知识。请你向温小戒学习，搜集跟《诗经》相关的对联，也可尝试写写对联，与小戒共赏。

泛读涉猎

召南·羔羊

羔羊之皮，素丝五纪①。退食自公，委蛇委蛇②！

羔羊之革，素丝五緎③。委蛇委蛇，自公退食！

羔羊之缝，素丝五总④。委蛇委蛇，退食自公！

●词语注释

①皮：羔羊毛皮做成的皮袄。下文的"革""缝"意思大致相同。素丝：白色的蚕丝。纪（tuó）：量词，丝数，五丝为纪，此处意为缝合。②退食自公：从官府吃完饭回家。下文"退食自公"意思同。委（wēi）蛇（yí）："逶迤"，悠哉自乐之意。③緎（yū）：丝数，丝二十缕为緎，此处指缝合。④总：丝数，八十根丝为总，这里也是缝合的意思。

●泛读赏析

　　《召南·羔羊》是一首讽刺官员的诗。初读此诗，往往会觉得其讽刺的意味并不明显：柔软洁白的羔羊皮与白色的蚕丝做成的服装华美、温暖且舒适，合体而又精神；吃完饭后，慢慢腾腾、大摇大摆地从官府踱着官步回来。看似只是一幕很平常的生活情境，可是，你认真细读，仔细品味，这些平常的语句里——尤其是第二和第三节的"自公退食""退食自公"，都包含着诗人心中的不平和讽刺：你这官老爷啊，吃得好，穿得好，无忧无虑，大摇大摆，这世界的所有人，都在你的掌控之下，他们要干什么，要怎么干，都必须看你的眼色，都得看你喜不喜欢，都要迁就你的性情！凭什么？凭什么！

　　羔羊皮的洁白、蚕丝的轻暖、服饰的华丽，加上志得意满、大摇大

摆的狂妄，官老爷的形象不就跃然纸上了吗？

姚际恒在《诗经通论》里说："诗人适见其服羔裘而退食，即其服饰步履之间以叹美之。而大夫之贤不益一字，自可于言外想见。此风人之妙致也。"

诗人的才华在于没有用多一个字写讽刺，他人就可以在文字之外想象出来。这是讽刺别人最高的手法和最高的境界。"从文字之外就可以想象出来"也就是意在言外，是本诗的主要特色。

鄘风·相鼠

相鼠有皮，人而无仪①。人而无仪，不死何为？

相鼠有齿，人而无止②。人而无止，不死何俟③？

相鼠有体，人而无礼。人而无礼，胡不遄死④？

● 词语注释

①相：认真、细致地看。仪：严肃容貌和庄重举止。②止：节制，限度。③俟（sì）：等候。④遄（chuán）：快，迅速。

● 泛读赏析

这是一首讽刺那些出门不讲仪表仪态、欲望没有节制、行事没有礼节的人的诗歌。作为讽刺诗，本诗非常直接，从"相鼠有皮"写起，一连三节，每节开头都有"相鼠"二字。三个句子，引出作为最高级别动物的人，反而"无仪""无止""无礼"，十分可笑；继而更进一步，直斥那些人"不死何为""不死何俟""胡不遄死"，痛快淋漓！

"鼠辈"是中国人想出来的骂人的话。人们表达对鼠辈的厌恶感的成语可谓多矣：比如"贼眉鼠眼""鼠头鼠脑""鼠目寸光""老鼠过街人人喊打"等。可见，老鼠已经为绝大多数的人所不齿、不屑。丁立梅老师评价此诗作者骂人的手段极为高妙，骂人竟能做到不用一个脏字。

同时，诗歌运用了"顶真"的修辞手法，与"比喻""排比"一起，使本诗读起来朗朗上口、好读易记，也使得本诗的讽刺更有力量。

小雅·青蝇

营营青蝇，止于樊①。岂弟君子，无信谗言②。
营营青蝇，止于棘③。谗人罔极，交乱四国④。
营营青蝇，止于榛⑤。谗人罔极，构我二人⑥。

● 词语注释

①营营：象声词，形容苍蝇飞舞的声音。青蝇：绿色苍蝇，这里是指爱说别人坏话的小人。止：停下。樊：篱笆。②岂（kǎi）弟（tì）：同"恺悌"，性格平和举止有礼。谗言：挑拨离间的话。③棘：酸枣树。④罔极：行为没有标准。交：交错。乱：纷乱。⑤榛：灌木名，榛树，果实可食。⑥构：离间，使两人之间产生隔阂。

● 泛读赏析

这首诗歌是《诗经》中"小雅"的一篇。每章的首句都是"营营青蝇"，即描写苍蝇那令人生厌的嗡嗡叫声，那看了让人恶心的青绿颜色，再加上其到处飞舞的行径，相当于开篇就引入了一个丑陋的形象，为下文张本、铺垫。接着，诗歌直白而又诚恳地奉劝行止有礼、进退有据的君子们，

不要听信那些小人挑拨离间的谗言。

从第二章开始，诗人继续描述那些令人生厌的苍蝇飞到酸枣树上，飞到榛子树上，引出专门用谗言搬弄是非的小人，又义正词严地指出，四周的国家之所以战争不断，许多好朋友之所以失和，根本原因就是那些行为没有标准、翻手为云覆手为雨的、像绿苍蝇一般的小人从中使坏，唯恐天下不乱。

写法上，借物喻人是这首诗的重要特色。通过比喻起兴，绘声绘色而且绘形，形象地描绘出苍蝇的丑恶嘴脸和丑恶行径，继而引出对君子的劝告，点明为何要劝告，层层递进，如剥茧抽丝一般。读完全诗，便豁然开朗。

诗歌每一章的后两句都是逐章递进：先规劝君子别听信谗言，接着列出谗言的危害：一是搅乱各国间的关系，二是挑拨人际关系，使好朋友反目成仇。

诗歌毫不客气，直接指出进谗言者阳奉阴违、出尔反尔、翻云覆雨的恶劣行径，并给予无情的揭露和批判。

第八章

高山仰止，景行行止

——在历史的隧道中穿行

黄琬雅

导 读

　　我国历来就"文史不分家"，优秀的文学作品往往具有历史与文学双重价值。重大历史事件，改变了人们的生命轨迹，人在事中，看世界瞬息万变，看沧海变成桑田，不能不感慨万千，"情动于中而形于言"（《毛诗序》），这样的文字最是感人。

　　本章有"风"，如《秦风·渭阳》《唐风·扬之水》，或称颂，或讥讽，从个体的角度看历史大事，很接地气；有"雅"，如《大雅·生民》《大雅·文王》《大雅·绵》，属于文人的创作，或记录远古祖先的事迹，或颂赞贤能君王，描绘生动，语言文雅，写法成熟；有"颂"，如《商颂·玄鸟》《周颂·武》《鲁颂·駉》，不吝赞美之辞，气势恢宏，语气里充满敬爱。

　　读诗明史，读史明诗。了解《诗经》中每首诗歌的历史背景，有助于更准确、更深入地了解它们所表达的情感与思想。

活下来就是一项伟大的事业

大雅·生民 （节选）

厥初生民？时维姜嫄①。生民如何？克禋克祀，以弗无子②。履帝武敏歆，攸介攸止，载震载夙③。载生载育，时维后稷。

诞弥厥月，先生如达④。不坼不副，无菑无害，以赫厥灵⑤。上帝不宁，不康禋祀，居然生子。

诞寘之隘巷，牛羊腓字之⑥。诞寘之平林，会伐平林。诞寘之寒冰，鸟覆翼之⑦。鸟乃去矣，后稷呱矣。实覃实讦，厥声载路⑧。

● 词语注释

①民：指周人。姜嫄（yuán）：传说中有邰氏之女，帝喾元妃，后稷之母。②禋（yīn）：古代祭祀上帝的仪式。③履：踩踏。帝：传说中的上帝。武：足印。敏：大脚趾。传说姜嫄郊祭时踩巨人脚印而有孕。歆：欢喜。攸：语助词。介：休息。止：停息。载：助词，加强语气。震：怀孕。夙：通"肃"，严肃，肃敬。④先生：刚生下来。达：通"羍"，指刚出生的小羊。⑤坼（chè）：开裂。副（pì）：破裂。菑（zāi）：同"灾"，灾害。⑥寘（zhì）：放置。腓：通"庇"，庇护。字：爱护。⑦覆翼：用羽翼覆盖。⑧实覃（tán）实讦（xū），厥声载路：指婴儿哭声响亮，传到大路上。实：这样。覃：长。讦：指声音大。

● 大家说诗

　　这是追述周朝先祖后稷事迹的诗，整首诗颂赞了后稷开创农业的功绩，节选部分主要记述姜嫄生下后稷的传说。《史记·周本纪》记载："周后稷，名弃。其母有邰氏女，曰姜原。姜原为帝喾元妃。姜原出野，见巨人迹，心忻然说，欲践之，践之而身动如孕者。"意思是说，帝喾

259

的元妃姜嫄在一次"郊祀"时，看到地上有巨大的脚印，她好奇地踩着脚印玩，谁知竟玩出"事故"来：她怀孕了！

传说故事往往不遗余力地为伟大人物的诞生增添神奇的色彩。《毛诗序》说："《生民》，尊祖也。后稷生于姜嫄，文武之功起于后稷，故推以配天焉。"姜嫄生孩子时竟不疼不痛，生下的孩子也不哭，以至于姜源怀疑上帝不满她的"郊祀"，给了她一个不健康的孩子。生下来的孩子不会哭，在今天还是个大问题，更别说医疗落后的上古时代了，这样的孩子会被直接丢弃。请理解先人的残酷，他们没有多余的食物去喂养没有生存能力的婴儿。

最初，姜嫄把这个婴儿丢在小巷里，却有牛羊来护他；再将他丢到树林中，砍柴的人救了他；干脆丢他到冰面上，然而奇迹还是发生了，许多鸟儿来护他。关键是这时孩子"哇——"地哭出来了！声音洪亮，响震大地，震动天宇。

后稷被抛弃的过程一波三折，后人因此叫他"弃"。方玉润的《诗经原始》说："述后稷诞生之异，为周家农业始也。"谁也没想到这个孩子后来成了农业的始祖。

● **个性解读**

姜嫄看着白烟袅袅升起，闻着宜人的香气，轻轻瞌上了眼睛，心里一片宁静。在这宁静中，各种光影在她眼里神奇地交错、流溢，流溢越来越快，仿佛说出许多话来，然而声音杂乱，任姜嫄怎么努力都听不清。光影交错，声音凌乱，越来越杂，越来越响……

她猛地睁开眼！

一切幻影皆失，周围倏地安静了，只有草丛里传来几声"唧唧"虫鸣。

白烟渐淡渐散……姜嫄忽然看见烟雾后面有一串脚印。

脚印很大，比自己的要大出两三倍。会是谁留下的呢？姜嫄试着踩在上面，亦步亦趋，渐渐快活起来，不由自主在脚印间起舞，心情随舞蹈飞扬……忽然，姜嫄腹部一阵温热，身为巫女能通灵的她立即敏锐地感觉到：她怀孕了！她内心透出一阵喜悦，却又生起七上八下的担忧。

孩子，你这就出生了吗？姜嫄疑惑地看着地下那无声无息的"东西"，她摸摸腹部，已经平复如初，毫无痛感，不是说生孩子会痛得死去活来吗？姜嫄小心翼翼地靠近观察，一个男婴赫然出现。

孩子，你怎么了？为什么这么安静？为什么不哭？儿子！儿子！

屋外等候的帝喾，他是强大尊贵的王。当没有声息的婴孩被抱出来，他只瞥了一眼："扔了吧！"

"是个儿子啊！"

"儿子也不行！"帝喾忽然暴怒。姜嫄听见自己心碎的声音，可她也知道一个不会哭的孩子意味着什么。孩子，原谅我不能保护你……

她选择一条偏僻的小巷作为他最后的归宿，虽寂寥，但不至于太荒凉。当一群牛羊走过，姜嫄闭上了眼睛……小巷里有种奇怪的窸窸窣窣的响动，姜嫄睁开眼睛，竟看见一头母牛在给儿子喂奶。

"不行！"帝喾的声音还是那么斩钉截铁！利刃又一次划过姜嫄的心房。儿子，我们就到树林里去吧！姜嫄想起，那是他"来"的地方。

可是树林里，一群伐木的人唱着歌，他们的歌声是如此欢快有力。姜嫄只好又抱起儿子，她看着他合着的双眼和紧闭的小嘴："孩子，你哭啊！为什么不睁开眼看看母亲？"

姜嫄又一次听见自己心碎的声音。来到结冰的湖面，姜嫄不由得紧了紧大衣，怀中的孩儿是暖的，但他依然一动不动，闭着眼睛。孩子，你是睡着了吗？醒一醒好不好？醒一醒啊！

姜嫄的泪滴落在孩子的脸上、身上，他是那么温暖。

良久，姜嫄感觉到有人在推她。她回头，是跟随她的老妈妈。老妈妈抱过姜嫄怀中的婴儿，快速将其置于冰面，拉起姜嫄，不管她如何一步三回头，还是强硬地把她拖走了。

天上一群鸟儿飞下，姜嫄的心在汩汩地冒着血。

"哇——哇——"

是孩子的哭声！姜嫄暗淡的泪眼忽然闪烁起光芒，她挣脱老妈妈有力的手，扑向鸟群。鸟群惊飞！孩子正张开圆圆的嘴，他的哭声如此响亮、清脆、有力！

帝喾，帝喾你听到了吗？这是孩子的哭声！

● 写作点拨

向 《大雅·生民》学写作

——"不写之写"让你的文章含蓄有容量

写作小练笔：妈妈的背影 / 无名英雄

这首诗中写得最动人的是姜嫄弃子的情节。诗的第三节表面看来姜嫄没有出现，但仔细想想，三次弃子，其实都有姜嫄的一双眼睛在默默地盯着。这就是"背面敷粉""不写之写"，也就是衬托的写法。有一些人，即使未出现，影响力仍在。这有点像中国画里的"留白"，它营造出一种"欲说还休"的意境，在周围环境的提示下，呼之欲出却"欲抱琵琶半遮面"，引发人们更丰富的想象。

● 诗经现场

文字的"背面"亦精彩

世界文学史上把"不写之写"体现得最极致的作品应该是英国作家达夫妮·杜穆里埃的小说《蝴蝶梦》。小说成功地塑造了曼陀丽庄园神秘女主人吕蓓卡的形象。她在小说开始之前已经死去，从头到尾都没有在书中出现，曼陀丽庄园却时时处处留下她的"踪影"。小说通过她忠实的女管家丹弗斯和她的情夫费弗尔继续控制所有人，并推动故事情节的发展，直至最后疯狂的丹弗斯将整座庄园烧毁。

中国也有许多古典文学作品运用了"不写之写"的手法。比如李清照的《如梦令》："试问卷帘人，却道海棠依旧。知否，知否，应是绿肥红瘦。"小姐与丫环的对话很巧妙地隐去了重复的部分，行文简洁生动，连小姐那嗔怪的娇态都跃然纸上。又比如曹雪芹的《红楼梦》没有写过贾府给林黛玉过生日，却详写了贾母给宝钗过生日的热闹。有人因此找到贾母偏爱宝钗的"证据"，其实是不知道曹雪芹"不写之写"的巧妙。第二十二回王熙凤与贾琏商议给宝钗过十五岁生日时，有这样的描写："贾琏听了，低头想了半日道：'你今儿糊涂了。现有比例，那林妹妹就是例。往年怎么给林妹妹过的，如今也照依给薛妹妹过就是了。'"

这就明明白白地写出贾府每年都给黛玉过生日，因为有对宝钗生日宴的描写，就略去了写林黛玉生日宴的文字。

你还知道哪些"背面敷粉""不写之写"的精彩作品？不妨总结和分析一下。

你的功绩光耀日月

大雅·文王 （节选）

文王在上，於昭于天①。周虽旧邦，其命维新②。有周不显，帝命不时③。文王陟降，在帝左右。

亹亹文王，令闻不已④。陈锡哉周，侯文王孙子⑤。文王孙子，本支百世⑥，凡周之士，不显亦世⑦。

世之不显，厥犹翼翼⑧。思皇多士，生此王国。王国克生，维周之桢⑨；济济多士，文王以宁⑩。

穆穆文王，於缉熙敬止⑪。假哉天命，有商孙子⑫。商之孙子，其丽不亿⑬。上帝既命，侯于周服⑭。

● 词语注释

①文王：姓姬，名昌，周王朝的奠基人。继父亲之位任西伯侯，建国于岐山之下。在位五十年，积善行仁，政化大行，天下诸侯多归从。於（wū）：赞叹的声音。②周：指周王朝。后文的"王国"也是此意。③不（pī）：通"丕"，大。显：光明。下文的"不时"中的"不"也是这个意思。时：善且美。④亹（wěi）亹：勤勉不倦。令：美好。闻：名声。⑤陈锡（shēn）哉（zī）周：（上天）厚赐始兴周邦。陈：一再，再三。锡：同"赐"，赏赐。哉：此。孙子：即"子孙"。⑥本支：树木的主干和旁枝，指文王的直系继承者和旁系亲属。⑦士：指周朝的官员们。亦世：世世代代。⑧厥：他。翼翼：深思远虑的样子。⑨克：能够，可以。桢：树主干，骨干。⑩宁：安宁，安定。⑪穆穆：相貌堂堂，举止恭肃。缉（jī）熙敬止：光明磊落做事又认真负责。缉熙：勤奋上进。敬：做事认真负责，不敷衍。止：语气词。⑫假：大。⑬丽：数量。⑭侯：于是，就。周服：臣服周朝。

● 大家说诗

　　这首诗颂赞了周文王的德业并告诫殷商旧臣，极受后世推崇，为周朝"史诗"之一。它不仅塑造了文王仁德爱民的形象，更重要的是提出了"受天命"的观点。

　　《毛诗序》说"文王受命作周也"，也就是说，文王建立周朝是天命所归。朱熹《诗集传》："周公追述文王之德，明周家所以受命而代商者，皆由于此……文王既没，而其神在上，昭明于天。"朱熹不仅认为此诗为周公旦所作，更明确了周朝是受天命而立。文王去世后，还化作天神保佑自己的继承者。

　　改朝换代者最在意的莫过于自己政权的"合法性"。如后世的曹操，文才武略，只因非刘汉的后代，在刘备声称自己是"正统"的社会舆论下，在历史上一直背负"篡权夺位"的骂名，即使他并没有真正称帝。

　　这首《大雅·文王》堂而皇之地宣称：周夺商位，建立新政权是"受天命"，是"合法"的。全诗从文王受天命建周邦，到他勤勉治国、重视人才、治国有方、善于待人，到告诫人们（尤其是商朝旧民）要遵从天命、敬重文王，全方位无死角地颂赞了文王建立周朝的合法性、合理性。不得不说，周朝在"夺位"的宣传上做足了功夫，得到了百姓和各诸侯国的认可与拥戴。

● 个性解读

　　此诗颂赞周文王，但没有具体写到他的事迹。据零星的记载，周文王的功绩不少，最有名的非"姜太公钓鱼"莫属了。文王姬昌当时还是西伯侯，一次外出狩猎前卜得一卦，说他会"猎"得贤臣。姬昌出猎，果然在渭河北岸遇到姜子牙。后来姜子牙拜相，助他成就帝王霸业，这

故事大家都很熟悉。

周文王第二大功绩是成功解决"虞芮之争"。

虞和芮当时是两个小国，常为边界的一块土地起争端，后来被姬昌治理下的西歧人礼让的行为感化了，虞和芮都愿让出这块土地，使这块土地成了"闲原"，即闲置的原野。闲原成了一块"无主"的土地，不仅没有人索要它，大家反而还出资建设它。闲原因此成了相互礼让、和平相处的典范，姬昌大肆表彰了虞和芮两国的善行，他的贤能之美名也远播四海。更令人感动的是，这闲原自姬昌始，经历无数战火洗劫与朝代更换，一直以来，不征地、不纳税，保持了三千年，成了"相互礼让、和平相处、幸福平安"的精神符号，比陶渊明虚幻的"世外桃源"更有积极意义，它是无数人在默默守护的精神家园：哪怕人世污浊、欲望横流，但在人们内心深处，还是有 个角落，保存着一份对美好的纯粹追求。"人性向善"，信乎？

周文王的第三大功绩是割地以废炮烙之刑。

炮烙之刑在历史上很有名，是商纣王与妲己暴行的代表——把人置于烧红的金属柱上，看活人被炙烤的痛苦，闻着空气中人肉被烤焦的味道，妲己开心得哈哈大笑，纣王也因此欢悦，简直惨无人道、令人发指！姬昌听闻此事，表示愿意献上周国洛河西岸的一块肥沃的土地，只要求纣王废除炮烙之刑。商纣王竟傻傻地答应了。诸侯和百姓都称赞姬昌功德无量。姬昌损失了一块土地，却得到广大诸侯和百姓的拥护。

还有一件事就是"玉版离间"。

据说周国当时有一块价值连城的玉版，纣王很想得到，于是派大臣胶鬲来索取，姬昌不给。后来，纣王又派费仲来取，姬昌考虑再三，给了。因为胶鬲是贤臣，而费仲是奸臣。姬昌就是要纣王信任费仲而远离胶鬲，此为离间之计。

　　姬昌任用贤能，却把握机会离间纣王与贤臣的关系，再加上姬昌刻意在诸侯和百姓中建立好名声，慢慢地，西伯侯声望高于纣王，造成了"天下三分，其二归周"的局面，周王朝取代商朝已经如箭在弦，势在必发。所以，后人也习惯把姬昌当成是周王朝的"开国皇帝"，孔子更是称他为"三代之英"。

● 写作点拨

向　《大雅·文王》学写作

——颂歌应磅礴大气

写作小练笔：我的家乡／颂军歌

　　这是一首祭祀时颂赞文王功绩的诗，是"大雅"中的重要诗篇，全诗七章，非常有气势。此处只节选了四章，乃能感受到宏大之气扑面而来。孙鑛在《批评诗经》里说全诗"只述事谈理，更不用景物点注，绝去风云月露之态"。就是说去除了种种细枝末节的描写，从大处描绘了文王的重大影响，把主题拔得很高，具有领导者高瞻远瞩的目光。诗的整体结构严谨，在歌颂文王功德的同时，又以殷商的臣服作为衬托，首尾又以"天命"作呼应，写出王朝的兴盛，主题鲜明突出，立意更是高远，充分体现出帝王的风范。

● 诗经现场

虞芮让畔成闲原，千年守礼动心弦

　　温小戒怀揣《诗经》游天下，这天来到了山西芮城，到了檀道庙，带队老师说这里也叫"闲原"。

在檀道庙大门有一副很长的对联：

虞芮让畔成闲原西伯仁义建周朝八百载

魏唐伐檀成古道毕戎和合传华夏三千年

带队老师开始讲解：虞和芮在商朝时是两个小国，为了争夺这块土地，经常起纷争，甚至械斗，谁都不让谁，没有解决的办法。后来听说西伯侯姬昌（就是后来的周文王）最公正，两国便派出代表一起去西岐找西伯侯裁断。两国代表进到西岐地界，发现了这里的人很是礼让：行人让道、买卖让利、耕种让田……虞、芮两国的代表深受感动，最初羡慕，继而惭愧：原来我们的矛盾来自于各自不肯相让。他们回去后向各自的君主讲述了自己的见闻。君主都很受震动，决定不再争夺，把这块土地让出来。于是这里就成了"闲原"——闲置的原野。《大雅·绵》里有记载这件事："虞芮质厥成，文王蹶厥生"意思是：虞芮相争平复了，是文王感动了他们，让他们找回了礼让的天性。（蹶：动，感动。生：通"性"，天性。）从此，"虞芮让畔"就成了礼让的典范。

"原来是这样啊！"温小戒感叹道，"礼让的传统古已有之。"

后来他还了解到闲原这个地方不缴租金不纳税，从商朝一直延续到现在。快三千年了，经历了战火浩劫和朝代变更，人们依然世世代代在这块土地上坚守"礼让"的传统！

温小戒看着檀道庙里从"虞芮之争""虞芮问道""周朝见闻""问道还乡"，到最后"虞芮让畔"的系列壁画，嘴里不禁感叹："了不起、了不起，太了不起了！"

王朝可逝，精神不失

商颂·玄鸟 （节选）

天命玄鸟，降而生商，宅殷土芒芒①。

古帝命武汤，正域彼四方②。

方命厥后，奄有九有③。

商之先后，受命不殆，在武丁孙子④。

武丁孙子，武王靡不胜⑤。

● 词语注释

①玄鸟：黑色的燕子。传说帝喾次妃有娀氏之女简狄，与她的两位姐妹祈于"郊禖（求子的祭祀），有燕子飞来落下一蛋，简狄吞下后怀孕生下了契，契建殷商。宅殷土芒芒：意思是殷商的土地广阔。宅：居住。芒芒：同"茫茫"。②武汤：就是成汤，商朝开国君主。下文的"武王"也是指他。正：通"征"，征服。③方：通"旁"，宽广。厥：其，他。后：诸侯。奄有九有：拥有了九州。九有：九州。④先后：先王。殆：通"怠"，懈怠。武丁：商朝后期的一名卓有功绩的君主，开创了"武丁盛世"。⑤武丁孙子，武王靡不胜：这句应为"武王孙子，武丁靡不胜"，意思是武丁能胜任武王（即武商、商汤）的事业。胜：胜任。

● 大家说诗

这是一首宋君祭祀并歌颂先祖的乐歌。

《毛诗序》说："玄鸟，祀高宗也"。三家《诗》有不同的意见，认为是宋公祀中宗的。朱熹却认为："此亦祭祀宗庙之乐，而追叙商人之所由生，以及其有天下之初也。"即为"祭祀宗庙"而非某个人，同

时追述先祖开创基业的伟绩。朱熹的说法比较科学。

对于喜爱历史的人来说，《商颂·玄鸟》是有魅力的，它勾勒出商朝三大英雄人物形象，将商朝开端、建国、中兴的三大历史节点清晰地表达出来，具有强烈的史诗感，可作为历史教材的篇目。

此诗最早记录了商朝先祖"契"出生的传说。跟周朝的后稷一样，契的出生也是充满传奇色彩。《吕氏春秋·音初篇》记载："有娀氏有二佚女，为之九成之台，饮食必以鼓。帝命燕往视之……燕遗二卵，北飞，遂不反。"说是有娀氏的两个女儿筑台祭告，并伴着鼓乐饮食，天帝因此派燕子去看看，而后燕子留下两个蛋，向北飞去，不再回来。《史记·殷本记》记载得更加清楚："殷契，母曰简狄，有娀氏之女，为帝喾次妃。三人行浴，见玄鸟堕其卵，简狄取吞之，因孕生契。"这里变成了有娀氏的三个女儿共同沐浴，燕子飞来留下两枚蛋，只有简狄吃了而怀孕。记载略有不同，但契为简狄吞玄鸟卵而生却是共识。算起来，契该是后稷"同父异母"的兄弟，只是这个"生父"有待认证。

此诗与《大雅·生民》不同，却与《大雅·文王》一样，只记先王功绩，没有涉及具体事件，这就需要读诗的人开启搜寻历史的旅程了。

● 个性解读

三千年前的宋人，高唱《商颂·玄鸟》，歌颂伟大的先祖开疆拓土，建立家园。三千年后的我，诵读《商颂·玄鸟》，赞美伟大的祖先"正域四方"的豪举，敬奉他们无畏创业的精神。我是多么自豪，和《商颂·玄鸟》竟然有血缘关系，骨子里传承的竟是《商颂·玄鸟》的基因。

首先是契，他被商人公认为祖先，主要贡献在天文，被封"火正"，建造中国最早的天文台"阏伯台"，用于观测火星，即商星。通过火星的运转来判断节气并指导农业生产（这个跟后稷相似，都是为农业做出巨大贡献）。传说中他还有个弟弟叫实沈，勇武好斗。帝喾死后，实沈嫌封地大夏（今山西太原）偏远，不愿前往封地，要攻打帝都宛丘。契受帝挚之命出兵打败了实沈。实沈不得已迁往大夏，也筑台观星，不过他观的是参星，而参星与商星此起彼落、从不相见，他们兄弟也至死未见。杜甫有诗云："人生不相见，譬如参与商。"即典出于此。

第二个英雄是汤。"古帝命武汤，正域彼四方"的"武汤"是也。夏朝末年，夏桀暴虐无道，民怨沸腾。商汤任用伊尹、仲虺为相，一方面治理内部，发展经济。另一方面让伊尹到夏朝国都，观察夏桀的一举一动。

夏桀对汤征战葛国以及势力的扩张起了的疑心，遂派使者召来汤，将他囚禁在夏台。伊尹、仲虺给夏桀送了大量的珠宝美女，贪图美色的夏桀放了汤。汤不久作《汤誓》，细数夏桀之罪过，发兵讨桀。公元前1600年，汤精选战车七十余辆，敢死队六千余人，突袭夏都。夏桀仓促应战，退据鸣条。两军在鸣条交战的那一天，正赶上大雷雨，商军不避雷雨，勇敢奋战，夏军节节败退。汤和伊尹紧追不放，夏桀逃到了南巢（今安徽巢湖），对人说："我很后悔，没有在夏台杀掉汤，才落得如此下场。"不久夏桀病死，夏朝灭亡了。

第三个英雄是武丁。相传武丁少年时父亲让他和刑徒、奴隶一起生活劳作，所以他懂得民众的疾苦和稼穑的艰辛。继位后，他任用刑徒出身的傅说辅政，励精图治，使商朝得到空前发展。武丁开始扩张领土，鬼方、工方、西羌等部落部族被一一平定，荆楚、大彭等国也相继灭亡，国土越来越大，面积达到历史的顶峰。史书称这一时期为"武丁中兴"。

武丁时期，不得不说一名巾帼英雄，她就是武丁的妻子妇好。《左传》说："国之大事，在祀与戎。"祭祀和打仗是国家的两件大事，而妇好

都参与了。妇好本身就是一位学识超凡、地位至高的大祭司（古时祭司多为女性，即"阴人"，那时的人认为"阴人"更能与神鬼相通。姜嫄、简狄都是祭司）。

除了主管祭祀，妇好还经常带兵出征，甲骨文中有一条卜辞写道："贞，登妇好三千，登旅万乎伐羌。"意思是商王命妇好带领所属的三千余人马及其他士兵一万余人去征伐宿敌羌国。妇好最精彩的战役是和武丁一起征伐巴方。妇好带兵在敌人西面埋伏，武丁则带领精锐部队在东面袭击。在武丁与妇好的包围中，巴军阵形大乱，被歼灭了。这应该是我国有文字记载的最早的"伏击战"了。

商朝的统治有六百多年。一个王朝的兴旺与发展，是无数先人历经艰辛、遇见困难依然不懈努力得来的，那是一种精神，一种勤劳勇敢、不畏艰苦、勇于开拓的精神，一种嵌入到中华民族骨髓里的精神，并一代一代地传承下来。

商朝灭亡后，殷商的微子启被封到了宋国。三千年后的今天，玄鸟的后人，创建了现代化文明城市商丘。勤劳勇敢的商丘人，数典不忘祖，传承着祖先不惧困难、开拓进取的玄鸟精神。我作为宋人的后代，在《诗经》中读到先祖的威武事迹，想到那个跌宕起伏的年代，仍抑制不住自己内心的激动。

（文／宋信展）

● 写作点拨

向 《商颂·玄鸟》学写作

——选材就定下了文章的格调

写作小练笔：梦回唐朝见偶像

本诗在"选材"方面是个亮点。商朝始于商汤，终于商纣，共三十一位帝王，享国六百余年。但本诗只选影响力最大的三位来写，这种取舍是非常大气的，它定下了此诗非凡的地位，了解商史，必读此诗。

值得注意的是本诗还运用了顶真、对比、叠字等手法。尤其是顶真，即"蝉联格"，就是下一句或下一节承接上一句或上一节的最后一句，读起来很有节奏感，对后世的文学，包括《汉乐府》、建安文学都有积极的影响。方玉润盛赞此诗"诗骨奇秀，神气浑穆，而意亦复隽永，实为'三颂'压卷"，不仅赞扬了它的写法，还把它的地位提得极高，并将之与《大雅·生民》相提并论。

● 诗经现场

感受"顶真"独特的趣味

老师今天教了流沙河的诗歌《理想》：

理想是石，敲出星星之火；

理想是火，点燃熄灭的灯；

理想是灯，照亮夜行的路；

理想是路，引你走到黎明。

……

温小戒同学大声朗读着，感觉真的是朗朗上口，很有力量。他知道这个修辞手法叫"顶真"，《诗经》里常常见到，觉得很有趣，就又去找了一些运用了顶真的句子，发现它们常出现在儿歌里：

◎ 门外有条街，街内有个巷，巷内有个庙，庙里有个和尚，和尚在讲故事……

◎ 花树花，花树底结南瓜；南瓜黄，好像满地的小太阳。

不只是儿歌，温小戒发现他喜欢的《木兰诗》里也有不少顶真用法：

◎ 军书十二卷，卷卷有爷名。

◎ 归来见天子，天子坐明堂。

温小诚还发现有很多顶真形式的对联：

◎ 大肚能容，容天下难容之事；开口常笑，笑世间可笑之人。

◎ 痴则贪，贪则嗔，嗔则伤人种苦因，故知痴是苦；戒而定，定而慧，慧而悟道成师匠，当以戒为师。

他还发现，一些"严肃""高深"的哲学作品竟然也用顶真：

◎ 一生二，二生三，三生万物；地法天，天法道，道法自然。（老子《道德经》）

◎ 知止而后有定，定而后能静，静而后能安，安而后能虑，虑而后能得。（《大学》）

"顶真"是"顶真续麻"的省称，又称顶针、联珠或蝉联，还有个英文名字 Anadiplosis。原来古今中外都在用这种修辞手法啊！可见它的影响力之广。

你在我心里，不逝不灭

秦风·渭阳

我送舅氏，曰至渭阳①。何以赠之？路车乘黄②。

我送舅氏，悠悠我思。何以赠之？琼瑰玉佩③。

● 词语注释

①曰：发语词。渭：渭水。阳：河流的北面为"阳"。本诗指渭水之北咸阳一带。②路车：诸侯坐的车。乘（shèng）黄：四匹黄马。③琼瑰：次玉一等的美石。

● 大家说诗

　　这首诗两章共八句，只三十二字，然而情感却非常丰富。有人说这是女子送别情人的诗，但"路车"为当时诸侯专乘，"琼瑰玉佩"亦为当时诸侯所用，拉"路车"的黄马更是极高的规格，所以可以断定，这绝不是小儿女的送别。

　　诗歌明显地告诉我们：这是外甥送舅舅。据考证这外甥是秦太子嬴䓨（即后来的秦康公），他送的舅舅是著名的"春秋五霸"之一的重耳，即后来的晋文公。

　　太子嬴䓨的母亲，亦即重耳的姐姐"穆姬"，是晋国公主，嫁给秦穆公。当年晋国诸公子在"骊姬之乱"时散落他国，穆姬就给过晋国不少帮助。

　　穆姬的兄弟夷吾是在秦穆公的帮助下回国当了晋国国君的，即晋惠公。晋惠公政权稳定后，穆姬写信给他，希望他能把流散在各国的公子

召集回国，以增强晋国实力。但晋惠公别有心思，不仅不愿召回公子们，甚至还过河拆桥。秦穆公派兵护送他回晋国时，他曾答应割让河外五城给秦国的承诺都没有兑现。秦穆公没跟他计较，晋国遭饥荒时，还是送了粮食给他（历史没有记载穆姬的态度与作为，但读者可以想象，她必定从中斡旋）。而等到秦国遇荒时，晋惠公竟拒绝接济。秦穆公终于大怒，发兵攻打晋国，活捉了晋惠公。穆姬听闻此事，在都城架起柴火堆，把自己和三个孩子一同绑在上面，扬言道：秦穆公晚上如果带走晋惠公，她和三个孩子早上就自焚——君上你看着办吧！穆姬带着孩子以死威胁秦穆公，秦穆公没辙，就把晋惠公放了，秦晋两国的矛盾没有进一步加深。后来晋文公重耳执政，两国还联姻加强联盟，由此产生了"秦晋之好"这个成语。

重耳亦是在秦国的帮助下当上国君的，此时穆姬已逝。《毛诗序》说："康公时为太子，赠送文公于渭之阳，念母之不见也，我见舅氏，如母存焉。"当时康公还是太子，送文公（即晋文公重耳）到渭阳，想到母亲已经去世，心伤不已，作此诗以记之。

清代文学家方玉润将此诗誉为"送别之祖"，说它"诗格老当，情致缠绵，为后世送别之祖，令人想见携手河梁时也。"

● 个性解读

汤汤渭水离离情，辘辘车马迢迢路。

三千年前的这一天，渭阳蔚蓝的天空飘着白云，白云倒影在渭河水面，河岸青青芳草丛生。一切平静得像天地初开，纯净如无辜的孩童。

秦太子䇉立于水旁，心绪却如这水流一般，奔流不息。他知道，这人世间，绝非如眼前这景物般宁静如水。

十多年前，那时候他几乎还没有记忆，只是后来发生的所有事情都指向那不寻常的事件，他不得不如同补课一般把当时的事情都弄个清楚明白。那是他名誉上的"外祖母"，他外祖父晋献公的宠姬骊姬，为了让她的儿子奚齐当上晋国太子，不仅害死了原来的晋太子申生，还迫使当时的晋公子重耳和夷吾逃亡国外——那都是他的舅舅。王侯家的至亲骨肉，为了权势，顾不得这血脉亲情了，"可怜生在帝王家"啊。

然而有一个人把这骨肉亲情看得比什么都重要，她宁愿牺牲自己的性命也要使这个本来已经仇恨重重的王侯家族团结在一起。她掷地有声地说过："公族者，君之根本。"然而她要聚集公子回晋国的努力却被自己兄弟夷吾（晋惠公）轻易地背弃。秦太子罃心里默默念道："母亲，那个时候你是不是很心痛失望？"

但秦太子罃知道自己的母亲穆姬是不会真正放弃的。他脑海里又浮现出和母亲、弟妹一起站在柴草堆上的情形，他的脚已经陷进草堆里，草的芒刺隔着鞋袜刺痛了他的肌肤，还有一根硬硬的木头一直抵在他的腰间，把他顶得发麻。但他仍然毫无惧怕之意——是的，跟母亲在一起，无论做什么，他都不害怕。

母亲痛心疾首地高喊着："上天降灾，使两君匪以玉帛相见，乃以兴戎。"她高昂着头望着苍茫的天空，向父王发出通牒："晋君朝以入，婢子夕以死。"母亲大无畏的形象是那样鲜明，它深深烙在少年太子罃的心里，以至于多年以后，他每每梦见这一幕，心里仍是深深地感动以至落泪。

自小，母亲就教导他，一家人不能内斗，自己打自己，那是自取灭亡！这就是母亲在舅舅夷吾（晋惠公）一而再、再而三地不讲道义后，被父王（秦穆公）捉拿起来准备处死时，她仍然要保他性命的原因。她知道父王的震怒，所以才如此激烈地不仅要拿自己的性命，甚至还要搭上他

们三兄妹的性命作为赌注，去救那个背信弃义的舅舅，她只想让秦晋两国人知道：我们不能自相残杀！

如果那次真的被烧死了，我会后悔吗？秦太子罃曾这样问过自己。他却很快给出答案：我不后悔！生命若成了苟活，还不如死得痛快有价值！母亲一直在他心头，一直是他的榜样，他没有一刻忘记母亲的教诲。

天空依然很蓝很蓝，仿佛刚被水洗过一般清净明朗。秦太子罃仰头微笑，他知道母亲一定在那里看着他。母亲，你看，我护送重耳舅舅回晋国了，他将是晋国真正的国君。母亲，你说过，重耳舅舅有才干、讲情义，他当晋国的国君，晋国一定会强盛。母亲，你的愿望要实现了，你高兴吗？

泪水流过秦太子罃含着笑的面颊，重耳舅舅紧紧握住了他的手。他们的手心里，是一块雕琢精美的琼瑰玉佩，而他们的身旁是华美大气的路车。路车前面，站着四匹气宇轩昂的黄马，它们仰着高贵的头颅，傲然立于天地之间，它们将团结一致，面对一切激流与暗滩，载着重耳舅舅勇往直前！

勇往直前的还有他——秦太子罃，还有他心性坚定的母亲——穆姬。

● 写作点拨

向 《秦风·渭阳》学写作

——仪式感让送别更动人

写作小练笔：离别的车站 / 今天，我毕业

这首诗善用物件来表达离别之情，"路车乘黄""琼瑰玉佩"就是绝佳的"道具"，让送别充满了仪式感。仪式不是形式，所有的物件都

有象征意义。我用最高的级别送你，不着一言却足见情重，这比直抒胸臆多了一点委婉缠绵、荡气回肠的余韵。生活需要仪式感。仪式让我们对生活心生敬意，认真对待。

我国传统文化送别的仪式很多，如折柳送别、分梨（离）、十里长亭、酒宴饯行、《阳关三叠》的曲调等，后来还有车站、船舷上的纸带、机场……当送别有了仪式，送别就会显得正式而庄重，而送别的物件也承载着人们情意的"密码"。

● 诗经现场

那些有送别寓意的物象

温小戒同学最近学会了一首歌，天天在哼唱："长亭外，古道边，芳草碧连天。晚风拂柳笛声残……"哼着哼着，他忽然发现这首名为《送别》的歌写了好多景物：长亭、古道、芳草，还有柳笛，这是为什么呢？

温小戒同学跑去问老师。老师表扬了他爱动脑筋，然后告诉他：亭，最初有"停"的意思，就是停下来。它是建在路边有顶无墙的建筑，供人休息用的。后来送别的人常在亭子分手，所以"长亭"就有了"送别"的象征寓意了。另外一个送别意象明确的是"柳"，因为它与"留"同音，表示留恋不舍。所以有"折柳送别"的风俗。而《折杨柳》还是古代一首送别的曲子，用笛子吹奏的……

这太有意思了！温小戒同学忍不住自己又去查了资料，他找到了原来"芳草"也有送别的意思，如李后主的"离恨恰如春草，渐行渐远还生"，白居易有诗"又送王孙去，萋萋满别情"，都是以萋萋芳草衬离情伤感。还有"渭阳"也表示送别，它出自《诗经》的"秦风"，最初是指外甥送别舅舅的。

王维有一首《送元二使安西》："渭城朝雨浥轻尘，客舍青青柳色新。劝君更尽一杯酒，西出阳关无故人。" 这首诗送别的意象极其丰富，有渭城、柳、酒、阳关。送别时通常要设宴饯行，酒就成了送别必不可少之物。还有"阳关"，《阳关三叠》也是有名的送别曲。喝着酒，唱着离别的歌，窗外蒙蒙细雨笼罩着柳树……那情景很伤感、很催泪啊！

下列送别的诗句，你能填出多少？

◎ 故人西辞黄鹤楼，＿＿＿＿＿＿＿＿＿＿＿。（李白《送孟浩然之广陵》）

◎ 春草明年绿，＿＿＿＿＿＿＿＿＿＿？（王维《山中送别》）

◎ 洛阳亲友如相问，＿＿＿＿＿＿＿＿＿＿。（王昌龄《芙蓉楼送辛渐》）

◎ ＿＿＿＿＿＿＿＿＿＿，落日故人情。（李白《送友人》）

◎ 又送王孙去，＿＿＿＿＿＿＿＿＿＿。（白居易《赋得古原草送别》）

◎ 荷笠带斜阳，＿＿＿＿＿＿＿＿＿＿。（刘长卿《送灵澈上人》）

◎ ＿＿＿＿＿＿＿＿＿＿，天下谁人不识君。（高适《别董大》）

历史巨轮中的小人物

唐风·扬之水

扬之水，白石凿凿①。素衣朱襮，从子于沃②。既见君子，云何不乐③？

扬之水，白石皓皓④。素衣朱绣，从子于鹄⑤。既见君子，云何其忧？

扬之水，白石粼粼⑥。我闻有命，不敢以告人⑦。

● 词语注释

①扬：小的水，小河。凿凿：鲜明的样子，这里指颜色明丽。②朱襮（bó）：红色的衣领。襮：衣领。沃：曲沃，地名，在今山西闻喜县东北。③既见君子，云何不乐：当时民歌常用句式。云何：如何，怎么。④皓皓：洁白的样子。⑤朱绣：指衣领上红色的刺绣。鹄：邑名，一说还是曲沃；一说是曲沃的城邑。⑥粼粼：水清澈能看见水中石头的样子。⑦命：指令。

● 大家说诗

　　关于这首诗所写的内容，有许多种说法，有一种说法认为是讽刺晋昭公，还有人认为它描写了桓叔的部下知道桓叔要秘密起事后的感受。这些说法涉及的历史背景都是春秋时期晋国国内的一次叛乱。晋国原是周朝分封的诸侯国，它的第三代君王晋昭侯封他的叔父成师于曲沃，号为桓叔。曲沃地大而肥沃，桓叔又好施德，势力逐渐强大，造成了晋国的分封国强盛于本国的局面。有野心的人蠢蠢欲动，欲取晋君而代之。司马迁《史记·晋世家》中说："晋之乱其在曲沃矣。末大于本而得民心，不乱何待！"这个"乱"指的是晋大臣潘父与曲沃桓叔密谋造反。

《毛诗序》说："《扬之水》，刺晋昭公也。昭公分国以封沃，沃盛强，昭公微弱，国人将叛而归沃焉。"

晋昭公的封赏过于丰厚，最后自己都控制不住附属的曲沃，人心都是归顺强盛的，叛乱也就必然发生了。

后来晋国分裂为"晋国"与"曲沃国"就是这次叛乱的结果。潘父与桓叔没有取晋国而代之，而晋昭侯也未能完全平定叛乱。后来是翼城（晋国都城）的人拥立晋昭侯的儿子晋孝侯为晋国国君，才诛杀了叛党潘父，稳定了局面。

● 个性解读

河水从山顶一泻而下，激落于皓皓白石，四面飞溅的水花像灿烂却短暂的烟火。子都立于激流之下，遥望白石山脚下的大地。那是一片沃土，此时黍麦正郁郁葱葱，一陇接一陇，一片连一片。枣树、桐树列植其间，如田野的界线，亦如列阵的兵士。夏日的阳光闪烁着生命的葱绿，一派欣欣向荣。可是子都的内心却如风吹过的黍麦波涛，风不止，浪难息；亦如这山顶倾泻的水流，激荡飞扬，把握不住自己的方向。他深叹了一口气，昨晚那一幕在脑海里无论如何都挥之不去……

篝火烈烈，人影幢幢。营地里，兵士们来来往往，忙碌有序。最近头领一连下达几个命令，子都隐隐感到有战事要发生。对于士兵来说，征战是常态，只是这一次，子都感觉有点异样。

一群将士雄赳赳地走，威武的气势立即笼罩了整个营地，大家不由得停下手中的忙碌，目视这非凡的队伍。子都眼尖，看见了为首将领袍服上那红色的刺绣，在火光的影照下鲜艳如血：是桓叔！子都的心没来由猛地一跳。

所有的兵士都被召集到营地中心。桓叔踱着步子，站到威武的护卫队前列，火光映着他肃穆的脸，衣领上鲜红的刺绣在火光中跳跃，如一颗不安分的心。

"如今政局不稳，昭侯无能，不能压服诸侯。潘父欲迎立寡人主持大局，寡人愿成潘父之愿……"

底下忽起窃窃语声，头领喝令制止。桓叔顿了一下，环顾四周，声音愈发雄奇荡漾："寡人有令：明日出发攻绛（晋昭公都城）！此为机密，不可告人，告人者，杀无赦！"

整个营地鸦雀无声，只有桓叔激昂的声音回响在没有星星的夜空。军令如山，王命不可违。但这一次，子都心里却忐忑难安：绛都，那里有他服役的哥哥啊！

彻夜未眠的子都，此时望着"扬之水"流过的这片沃土，注视着沃土上青郁喜人的庄稼与树木，多少纠结在心头：本是同根、本是同根啊！

有一刻，他很想把这秘密传递出去，但"杀无赦"的严令如铁般坠在心里……

何去何从？子都脑海里浮现出年迈的爹娘、可爱的妹妹和顽皮的小弟，还有村口溪边美丽的她……

该如何面对在都城服役的哥哥？

子都内心一阵绞痛：我的亲人，我该拿什么向你们交代！

● 写作点拨

向 《唐风·扬之水》学写作

——"延时描写"能突出重点

写作小练笔：那一刻，我……

本诗主人公在知晓"秘密"的一瞬间产生的激动不安的情绪、无法淡定的心情，被扬之水激荡的流水衬托得很是饱满，令人难忘。人生中那些重要的时刻往往只有一瞬，但在当事人的心里，却如同千万年。写"这一刻"，属于"延时写作"，就是把时间"拉长""延伸"。如：

1. 看见喜欢的那个人，心跳加速，仿佛风都停止了，鸟儿都不会唱歌了，耳朵里只有嗡嗡的声音。

2. 某个重大消息公布了，感觉心脏停跳了两拍，忽然日月无光。

……

这重要的一刻，它对你心灵的冲击力那么大，不仅身体的反应不同平常，连周遭的一切都与往日不同，种种前因后果涌上心头！灵活运用环境描写、心理描写，再结合倒叙、插叙的手法，延伸拉长"这一刻"，能很好地写出这种感受。

● 诗经现场

旅行是"进入"历史最好的方式

温小戒怀揣《诗经》游天下，今天他来到了山西曲沃。一片翠绿的田野，玉米、黄豆、土豆、大葱、烟叶，还有成片的枣树、苹果、向日葵、油桐，郁郁葱葱，一陇接一陇，一片连一片，跟普通的农村没什么差别。然后温小戒登上了一座不太高的山，看了一条水流不太丰沛的瀑布，一切都很平常，直到领队老师说这里就是《诗经》中的名篇《唐风·扬之水》所描绘事件的发生地，是二千七百年前晋国桓叔叛乱的地方。老师带大家读这首《唐风·扬之水》："……扬之水，白石粼粼。我闻有命，不敢以告人……"诗里描写那个人听到桓叔计划谋反的秘密难以平静的心情，用激荡的"扬之水"起兴。

温小戒似乎触碰到古人那颗怦怦乱跳的心，因为他的心也激烈地跳动起来了——他没有想到，《诗经》的现场竟然就在他眼前！他仿佛看到历史人物就在田野间穿梭，人群走过，原野上留下了杂乱的脚印。

"扬之水，白石凿凿……"温小戒大声朗诵着，凿凿白石就在他脚下，扬之水从山顶倾泻而下，激荡出无数飞溅的水花……

读者们，你也可以和温小戒一样，在旅行中搜集跟当地有关的历史名人故事，并试着用文字重现历史画面，这会让你的旅行更有意思！

泛读涉猎

大雅·绵 （节选）

绵绵瓜瓞，民之初生，自土沮漆①。古公亶父，陶复陶穴，未有家室②。

古公亶父，来朝走马③。率西水浒，至于岐下④。爰及姜女，聿来胥宇⑤。

周原膴膴，堇荼如饴⑥。爰始爰谋，爰契我龟⑦，曰止曰时，筑室于兹⑧。

● 词语注释

①绵绵：连绵不断。瓜瓞（dié）：大瓜小瓜。民：指周人。土：或写作杜，水名。下文的"漆"也是河水的名称。沮：即"徂"，往、到。②古公亶父：周王族十三世祖，周王朝的奠基人之一，后追称"太王"。周文王的祖父。古公是称号，亶父是名。陶：即"掏"。复：通"覆"，在地上夯土筑成的住所。穴：洞窟。③来朝：第二天的早晨。走马：马快速奔驰。④水浒：水边。岐：地名，在今陕西省岐山县东北。⑤爰：于是。后文的"爰"同义。姜女：姜氏，古公亶父的妻子。胥：视察。宇：住宅。⑥膴膴：土地肥沃的样子。堇、荼：两种可吃的野菜、苦菜。饴：糖。⑦始、谋：策划、规划。契我龟：在龟甲上灼刻文字，有占卜之意。⑧止、时：都是居住在这儿的意思。

● 泛读赏析

选篇描述了周太王亶父率周人从豳地迁往岐山，定居周原的事迹，是周族的史诗之一。在《大雅·生民》篇里，记载了周人先祖后稷因事农有功，分封在豳地。《孟子·梁惠王下》记载了后稷之后，周族衰微，受到夷狄的侵犯。亶父认清了"狄人之所欲者，吾土地也"的本质，于是带领族人"去邠，逾梁山，邑于岐山之下居焉"。这就是周人定居岐山（亦称"西岐"）的开始。周太王亶父带领愿意跟随他的人，来到岐山。此诗以"绵绵瓜瓞"起兴，写出周族人丁兴旺，家业发达。如今不少宗祠悬挂"绵绵瓜瓞"的横匾，以寄望子孙连绵。

失去土地的周人并没有失去生存的信心，古公亶父带领浩浩荡荡的队伍来到社水、漆水边，岐山下，经过考察与占卜，决定在这片茫茫原野定居下来。他们齐心协力，筑土夯墙，掏土挖穴，先居住下来。这时亶父的妻子姜女也起到了很大的作用，我想她也是一名通灵的祭司，用龟壳占卜的事应该由她主持。注意"堇荼如饴"一词，它表达的是一种以苦为乐、以苦为甜的精神风貌——和你在一起共建家园，生活再苦心也是甜的。"堇荼如饴"是成语"甘之如饴"的来处。

诗歌后面还描绘了周人建筑城池的热闹场面，充满了重建家园的喜悦。最后还记述了周文王的功绩，这个我们在《大雅·文王》里讲述过。

周颂·武

於皇武王，无竞维烈①。

允文文王，克开厥后②。

嗣武受之，胜殷遏刘，耆定尔功③。

● 词语注释

①武王：即周武王姬发，西周王朝的开国君主。於（wū）：叹词。皇：伟大。竞：争，比。烈：功业。②允：诚信。文：文德。文王：即周文王姬昌，姬发的父亲，为周王朝的建立打下坚实的基础，是一代明君。克：能。厥：其，指周文王。 ③嗣：后嗣。武：指周武王。遏：制止。刘：杀戮。耆（zhī）：致，做到。尔：指武王。

●泛读赏析

　　这是武王灭商后，命周公作的一组颂歌中的一首乐歌，歌颂了武王的功绩。诗歌先颂赞武王，继而颂扬文王创下的基业，"允文"是也，即：实在是文德显赫。诗的后三句直陈武王伐商除暴的功绩，将第二句未言明的"无竞维烈"（举世无双的功绩）揭出，简短的诗句里营造出一波三折的效果，使本来空而大的"颂歌"显得曲折有致。此篇虽简短，却是歌功颂德作品中的上品。

　　武王取得决定性胜利的是"牧野之战"。公元前1046年初，周武王带领约四万五千精兵，攻至牧野，接近朝歌。当时商朝的主力部队在东夷征战，无法抽调回来。商纣王帝辛在短时间内把朝歌的奴隶和战俘武装起来，集结了数十万人，近四倍于周武王的"兵力"，准备迎战！

　　武王看准了这数十万人没有战斗力的本质，采取"进七步停，刺七枪停"的奇特战术，一边还喊："帝辛残暴，你们愿为他出生入死吗？"商军在周军煽动性喊话的影响下，纷纷调头，把戈矛指向纣王——他们倒戈了！纣王虽有禁卫军，但敌不过人多。集结的人越多，反戈的力量越大，这是纣王最初没有想到的吧？他慌慌张张地逃回朝歌，登上鹿台，"蒙衣其珠玉，自燔于火而死"，身着宝衣，举火自焚。

　　牧野之战留下两个成语"临阵倒戈"和"反戈一击"。

　　这首诗颂赞武王"胜殷遏刘"，即取得胜利后停止杀戮，用武止戈。但事情恐怕与诗相违。纣王死，商朝却未完全灭亡，许多残留的势力必须清除。据记载，武王获得政权后即命联军兵分四路，驱逐商朝残部。商朝大将蜚廉（即后世传说中的黄飞虎）就是被杀于东海海滨的。战争终是残酷，越是伟大的功绩付出的鲜血越多，这是我们从"反面"看颂歌的新发现。

鲁颂 · 驷 （节选）

驷驷牡马，在坰之野①。

薄言驷者，有骄有皇，有骊有黄，以车彭彭②。

思无疆，思马斯臧③。

●词语注释

①驷驷（jiōng）：马高大健壮的样子。坰（jiōng）：遥远。② 骄（yù）：黑身白胯的马。皇：《鲁诗》作"騜（huáng）"，黄白杂色的马。骊（lí）：纯黑色的马。黄：黄赤色的马。彭彭：马强壮有力的样子。③思：句首语助词，下同。疆：边界。臧（zāng）：美好。

●泛读赏析

此诗为颂赞鲁僖公重视发展牧业，强大鲁国而作。

说到鲁国，不得不提周公旦，即周公。他姓姬，名旦，是周武王的弟弟、周成王的叔父，他辅佐武王灭商建周后，封地于鲁。武王死后，即位的成王年幼，周公留在镐京辅政七年，之后还政成王。他的儿子伯禽去鲁地赴任，勤政爱民，使得鲁成为当时第一大诸侯国。第一代鲁国国君伯禽之后，继任的国君都比较无能，使得鲁国土地被侵占。

《毛诗正义》说："伯禽之后，君德渐衰，邻国侵削，境界狭小。"人们希望一个有才干的国君带领他们恢复往日的繁荣，这时鲁僖公出现了，他是鲁国第十八代国君。《毛诗序》说"僖公能尊伯禽之法"，继承了伯禽"俭以足用，宽以爱民"的优良品德，不仅发展了农业，更重视畜牧业的发展，使得鲁国强大起来。因此"鲁人尊之。于是季孙行父请命于周，而史克作是颂。"因为僖公的功德，季孙行父请示周王朝为

他作颂。这也就是为什么《诗经》里有"鲁颂"而无"鲁风"的原因。而"鲁颂"虽为"颂",却有很明显的"风"的特点。

就这首《鲁颂·驷》来看,全诗共四章(此处节选第一章),运用了"风"惯用的反复咏叹的手法,描写了原野上马群肥壮有力的样子。

这一章就写了四种马:骄、皇、骊、黄。其余三章也各写了四种马,全诗共写了十六种马,对马感兴趣的你可以深入研究一下。成群的马驰骋于无疆无垠的原野,真是一片生机勃勃、欣欣向荣的景象。"思无疆"和其余三章的"思无期""思无斁""思无邪"颂赞了僖公英明正直、深谋远虑。